Stefan Naglis · Der Schrei der Möwe

Einen erholsamen Italienurlaub hatte er sich gewünscht, der Schweizer Privatdetektiv David Klein, um Abstand von seiner zerrütteten Ehe und dem Alkohol zu gewinnen. Doch nicht nur einer Diebstahlsserie soll er hier im Nobelhotel am Meer auf den Grund gehen, mit höchster Diskretion, versteht sich – plötzlich soll er auch das Verschwinden der jungen Gattin eines wohlhabenden älteren Gastes aufklären. Alles deutet auf ein Verbrechen hin, zumal schon bald Beweismaterial gefunden wird. Mit tatkräftiger Unterstützung durch seine Urlaubsbekanntschaft, die hübsche Anna Lundgren, nimmt David Klein die Ermittlungen auf. Als jedoch ein weiterer Mord passiert, gerät der Ermittler selbst in größte Schwierigkeiten. Alle Indizien sprechen gegen ihn – und mit einem Mal steht nicht nur sein Job auf dem Spiel …

Stefan Naglis wurde 1958 geboren, machte eine Ausbildung als Informatik-Projektleiter und arbeitete viele Jahre als selbständiger IT-Spezialist. Sein erster Roman „Der Schatten des Geldes" wurde mit dem Zürcher Krimipreis ausgezeichnet. „Der Schrei der Möwe" ist sein dritter Roman.

Stefan Naglis

Der Schrei der Möwe

PENDRAGON

Für Beata

1

Die Hitze war beinahe unerträglich. Ich spürte, wie sich Schweißperlen auf meiner Stirn bildeten. Die Sonne brannte erbarmungslos auf das Blechdach des Wagens und mir ging der Gedanke durch den Kopf, ab welcher Temperatur wohl ein menschliches Gehirn zu schmoren begann.

„Haben Sie keine Klimaanlage?“, fragte ich den Fahrer. Meine Stimme klang gereizt.

„Ist kaputt.“ Der Fahrer zuckte bloß mit den Schultern.

Typisch, dachte ich. Ausgerechnet in diesen Wagen hatte ich steigen müssen.

Durch das Seitenfenster betrachtete ich die vorbeiziehende Landschaft. Es hatte sich nichts verändert. Alles sah immer noch so aus, wie ich es in Erinnerung hatte. Wie lange war das nun schon her? Dreißig Jahre? Die Zeit schien hier stehen geblieben zu sein. Die holprige, mit Löchern und Flicken durchzogene Landstraße, die Schatten spendenden alten Platanen, die die Straße säumten, die alten Villen, die inzwischen teilweise mit neuer Farbe übertüncht worden waren.

„Sind Sie das erste Mal hier?“ Die Frage des Fahrers riss mich aus meinen Gedanken.

„Nein, ich war schon öfters hier, aber das ist schon lange her.“ Mein Mund war trocken und ich fuhr mit der Zunge über die Lippen.

„Ah, deshalb sprechen Sie unsere Sprache so gut." Der Fahrer musste meinen Akzent bemerkt haben. Er musterte mich im Rückspiegel, an dem ein schwarzer Rosenkranz unruhig hin und her baumelte.

Mit einem gewissen Missfallen bemerkte ich die Löcher in seinem Hemd, durch die die braun gebrannte Haut zu sehen war. Der aufdringliche Geruch eines Gemischs aus billigem Rasierwasser und Schweiß stieg mir in die Nase. Ich kurbelte das Seitenfenster herunter.

„Ist Ihnen nicht gut?" Der Fahrer schien besorgt. „Soll ich anhalten?"

Ich machte eine abweisende Handbewegung. „Nein, nein. Alles in Ordnung."

Zwischen den Alleebäumen hindurch konnte man jetzt die weite, offene Landschaft sehen. Die rechteckig angelegten Gemüsefelder, die manchmal durch Reihen von schmalen Zypressen abgetrennt waren. Dann und wann tauchte ein alter Hof aus roten Backsteinen auf. Auf vielen Feldern waren Bewässerungsanlagen im Einsatz.

„Verdammte Hitze." Der Fahrer versuchte die Unterhaltung fortzusetzen. „Es hat schon seit mehr als zwei Monaten nicht mehr geregnet. Das ist nicht normal für diese Jahreszeit. Die Wetterfrösche meinten, dass es einen sehr heißen Sommer geben wird und die Bauern haben sich bereits über eine schlechte Ernte beklagt. Wie auch immer, wenigstens für den Tourismus ist das Wetter gut."

Ich beobachtete, wie dem Fahrer Schweißperlen die Schläfe hinunterrannen. „Woher kommen Sie?", fragte er. Anscheinend hatte er meine Reserviertheit bemerkt, denn er fügte sogleich hinzu: „Wenn ich fragen darf."

„Aus der Schweiz", antwortete ich knapp, schaute demonstrativ aus dem Fenster und hoffte, dass der Fahrer endlich merken würde, dass ich keine Lust auf eine weitere Unterhaltung hatte. „Wie weit ist es noch?", fragte ich, um ihn von weiteren unangenehmen Fragen abzulenken.

„Die Via Fiori hinunter, dann rechts zur Via Attica, wieder rechts durch die Via San Cristobal. Dort gibt es eine Baustelle, die wir umfahren müssen. Diese verdammten Baustellen. Immer werden irgendwo die Straßen aufgerissen …"

Ich hörte schon nicht mehr zu, denn eigentlich interessierte es mich überhaupt nicht. Wenn du in Eile bist, frag nie einen Taxifahrer nach dem Weg, dachte ich, und amüsierte mich innerlich über meine humoristische Erkenntnis und darüber, dass ich den Fahrer erfolgreich hatte ablenken können.

Als wir endlich in die Einfahrt zum Hotel einbogen, seufzte ich erleichtert und betrachtete die weißen Mauern, welche die Hotelanlage umgaben. Der Wagen hielt ruckartig und mit kreischenden Bremsen an. Ich reichte ein paar Geldscheine nach vorne. „Stimmt so", sagte ich und stieg aus.

Der Fahrer holte den Koffer aus dem Kofferraum, stellte ihn neben den Wagen und wischte sich mit einem Taschentuch den Schweiß von Stirn und Nacken. „Einen schönen Aufenthalt“, wünschte er, stieg wieder ein, startete durch und hinterließ eine dunkelbraune Abgaswolke. Ein paar Tauben flatterten davon.

Ich nahm den Koffer und schritt durch den weißen Torbogen, auf dem in großen, goldenen Lettern „Hotel Eleonora“ geschrieben stand. Im Innenhof blieb ich im Schatten eines großen Baumes einen Moment stehen und atmete die frische Luft ein. Es roch nach frisch geschnittenem Gras. Die Mitte des Hofs zierte ein kleiner Goldfischteich, in dem ein Springbrunnen plätscherte. In der Ferne hörte man das Meer rauschen.

Das Hotel war alt, aber gut erhalten. Es machte einen sehr gepflegten Eindruck mit der weiß getünchten Fassade, den roten Dachziegeln und dem kleinen Türmchen, auf dessen Spitze ein goldener Wetterhahn thronte. Plötzlich war mir, als wäre ich zurück in meine Kindheit katapultiert worden. All jene Erinnerungen waren wieder da, die schon seit Langem verblasst zu sein schienen. Mit Wehmut erinnerte ich mich an jene glücklichen und unbeschwerten Tage.

Die Hotelanlage lag wie verlassen da, ein Relikt aus einer unwirklichen, fernen Zeit. Ich ließ diese friedliche Ruhe auf mich wirken und mir wurde bewusst, dass ich mich danach gesehnt hatte. Ich hatte absichtlich in einer Zeit gebucht, in der nicht viele Gäste zu erwarten waren.

Ich nahm den Koffer, schritt an rosa blühenden Oleanderbüschen vorbei und stieg ein paar Stufen hinauf zum Hoteleingang. Dort stieß ich die schwere gläserne Pendeltür auf.

„Guten Tag, mein Herr“, wurde ich freundlich begrüßt. Der Mann an der Rezeption lächelte mir entgegen und faltete die Hände wie zum Gebet.

„Mein Name ist David Klein. Ich habe ein Zimmer gebucht.“

„Einen Moment, bitte.“ Der Mann blätterte elegant in einer Liste. Er trug einen perfekt geschnittenen Anzug mit Krawatte und die glänzend pomadigen, schwarzen Haare wurden durch einen millimetergenauen Seitenscheitel geteilt. „Mario Bernasconi“ stand auf dem goldenen Namensschild an seinem Revers.

„Ah, ja, herzlich willkommen, Herr Klein“, sagte er mit vornehmer, leicht schräger Kopfhaltung. „Nummer 112. Könnten Sie bitte noch dieses Formular ausfüllen?“

Ich trug meine Personalien ein und schob das Formular wieder zurück über den Tresen.

„Ah, Sie sind von Beruf Privatdetektiv?“ Mario sah erstaunt vom Formular auf und blinzelte auffällig mit seinen langen Wimpern. „Das ist ja höchst interessant. Ich bin nämlich ein großer Fan von Detektivromanen. Sherlock Holmes, Hercule Poirot, Miss Marple. Ich habe sie alle gelesen.“

Ich musste lachen. „Die Realität sieht leider etwas weniger spektakulär aus."

„Aber Sie tragen doch bestimmt eine Waffe, nicht wahr?" Mario sah mich mit erwartungsvollem Blick an.

„Nein, ich habe keine Waffe", entgegnete ich, um weitere peinliche Fragen zu vermeiden. Ich besaß zwar einen Waffenschein, hatte aber meine Pistole zu Hause gelassen.

Dann hörte ich hinter mir eine tiefe, sonore Stimme: „Guten Tag Herr Klein, lange ist's her."

Ich drehte mich um und vor mir stand ein etwas untersetzter Mann Mitte sechzig, mit schütterem grauem Haar und Schnurrbart, der mir lachend die Hand entgegenstreckte. „Wie geht es Ihren Eltern? Können Sie sich an mich noch erinnern?"

Ich musste einen sehr überraschten Eindruck gemacht haben, denn er fuhr fort: „Nein, er kann sich nicht mehr an Herrn Cavallo erinnern, nicht wahr?"

Jetzt erkannte ich ihn wieder. Cavallo, der Hoteldirektor. Bilder von damals tauchten vor meinem inneren Auge auf. Meine Eltern hatten oft mit Cavallo bei einer guten Flasche Chianti beisammengesessen. Sie hatten manchmal bis tief in die Nacht hinein gesungen, gefeiert und tiefgründige Gespräche geführt, an deren Inhalt ich mich nicht mehr erinnern konnte. Damals hatte Cavallo noch schwarzes Haar und einen imposanten Schnurrbart gehabt. Ja, Herr Cavallo war in der Zwischenzeit alt geworden.

„Ja, ich erinnere mich.“ Ich schüttelte ihm die Hand.

Mario verfolgte unsere Unterhaltung gespannt.

„Sie hatten mir damals gezeigt, wo die Zwergseeschwalben nisten“, sagte ich.

„Ja, ja. Sie waren ein großer Vogelfreund. Haben die ganze Zeit am Strand verbracht, um Seevögel zu beobachten. Ich kann mich gut erinnern.“

Wir lachten und Cavallo umarmte mich herzlich und klopfte mir freundschaftlich auf den Rücken.

„Wie geht es Ihren Eltern?“, wollte er wissen.

„Es geht ihnen gut. Mein Vater ist seit ein paar Jahren pensioniert. Aber mir scheint, er ist jetzt noch mehr beschäftigt als vorher, als er noch gearbeitet hat.“

„Wissen Sie, Ihre Eltern waren für mich immer das perfekte Paar. Man hatte immer den Eindruck, als wären sie frisch verliebt. Obwohl sie doch damals schon viele Jahre zusammen waren.“ Cavallo unterstrich seine Aussage mit einer bedeutungsvollen Handbewegung und zog hochachtungsvoll die buschigen Augenbrauen hoch. „Und was machen Sie? Sind Sie verheiratet?“

Ich schüttelte den Kopf. „Ich bin seit Kurzem geschieden. In diesem Punkt scheine ich nicht in die Fußstapfen meiner Eltern zu treten.“

„Oh, das tut mir leid.“ Cavallo zupfte verlegen an seinem grauen Schnurrbart.

Es entstand eine für alle peinliche Pause. Deshalb

fuhr ich fort: „Nun bin ich hier, um mich von allem etwas zu erholen."

„Wir werden unser Bestes tun, damit Sie auf andere Gedanken kommen. Fühlen Sie sich ganz wie zu Hause. Willkommen im Hotel Eleonora." Cavallo wandte sich an Mario, der immer noch neben uns stand und interessiert zuhörte. „Mario, bring den Koffer auf Herrn Kleins Zimmer. Welche Zimmernummer hat er?"

„Nummer 112."

Cavallo warf Mario einen vorwurfsvollen Blick zu. „Herr Klein bekommt unser bestes Zimmer. Gib ihm Nummer 201."

Das Zimmer war hell und geräumig. An der Wand hing ein Bild, auf dem ein Mädchen auf einer Schaukel zu sehen war. Das Mädchen erinnerte mich an meine Tochter Jenny. Eigentlich hätte sie mich begleiten sollen. Es sollten die ersten gemeinsamen Ferien ohne Silvia werden. Aber kurz vor der Abreise geschah dieser dumme Unfall mit den Inlineskates, bei dem sie sich den Arm gebrochen hatte.

Ich stellte den Koffer neben dem Bett ab. Die Tür zum Badezimmer stand offen. Auf der gegenüberliegenden Seite befand sich eine Verbindungstür zum Zimmer nebenan. Ich versuchte sie zu öffnen, doch sie war verschlossen. Ich trat auf die Terrasse hinaus. Die Aussicht auf die Küste und das Meer war atemberaubend. Mit tiefen Zügen atmete ich die frische

Meeresbrise ein und blickte auf die unendliche Weite hinaus. In einiger Entfernung war ein einsamer Fischkutter zu sehen.

Entspannt ließ ich mich in einen der beiden gelb gestreiften Liegestühle fallen. Endlich Urlaub, dachte ich. Endlich weg von allem. Diese Ferien hatte ich mir redlich verdient. Seit zwei Jahren hatte ich mir keine mehr gegönnt. Zuerst die Probleme mit der schlechten Auftragslage und dann die Scheidung, die mir gewaltig zugesetzt hatte. Nie hätte ich es für möglich gehalten, dass es einmal so weit kommen könnte. Obwohl es schon einige Warnsignale gegeben hatte, die ich aber ignoriert hatte. Oder hatte ich sie einfach nicht wahrhaben wollen? Als es dann so weit war, traf es mich wie ein Faustschlag.

„Ich will mich scheiden lassen."

Silvia und ich hatten beim Abendessen gesessen. Jenny war bei einer Schulfreundin. Es war nur dieser eine Satz, doch er sollte mein ganzes Leben verändern. Silvia hatte ihn ohne große Emotionen ausgesprochen, als hätte sie es vorher schon tausend Mal geübt. Es waren nur fünf Worte, doch sie hatten mich tief getroffen, mitten ins Herz. Ich hatte nur dagesessen und nichts gesagt, konnte nichts sagen. Aber ich wusste, dass sie es ernst meinte. Und wenn sie sich für etwas entschieden hatte, dann ließ sie sich von nichts in der Welt davon abbringen. Da war ich mir ganz sicher.

An diesem Abend war ich in eine schummrige, kleine Bar im Niederdorf gegangen, in der mich niemand kannte. Dort hatte ich mich in eine dunkle Ecke verkrochen, um über alles nachzudenken. Aber meine Gedanken ertranken im Whisky. Ich erinnere mich noch an die rote Kerze, die vor mir auf dem Tisch stand, wie sie immer verschwommener wurde, und ich weiß nicht mehr, ob das von meinen Tränen oder vom Whisky herrührte. Wahrscheinlich von beidem. Später konnte ich mich nicht einmal mehr daran erinnern, dass mich die Polizei nach Hause gebracht hatte. An jenem Abend in jener düsteren Bar war ein wichtiges Kapitel meines Lebens für immer abgeschlossen worden.

Der Schrei einer Möwe, die nahe an mir vorbeiflog und mich neugierig beäugte, holte mich wieder in die Realität zurück. Ich erinnerte mich an die Worte meines Vaters, die er bei seiner Rede auf unserer Hochzeit gesagt hatte: „Die Ehe ist wie eine zarte Pflanze. Man muss sie immerzu hegen und pflegen, damit sie nicht verwelkt." Ich dachte an meine Eltern. Wie schafften sie es nur? Sie waren bereits über fünfzig Jahre verheiratet. Mein Vater sagte einmal in Anbetracht der vielen Scheidungen in der Bekanntschaft scherzhaft: „Ich bin seit über fünfzig Jahren verheiratet, und noch immer mit derselben Frau." Wie hatte es nur geschehen können, dass wir uns so auseinandergelebt hatten? Es ist wie ein Krebsgeschwür, dachte ich. Es ist unbemerkt da, ohne dass man es richtig wahrnimmt, und breitet sich heimtückisch aus, bis die Symptome erkennbar sind. Doch dann ist es bereits zu spät.

Ich sah dem Flug der Möwen nach, die in endlosen Kreisen über dem Meer schwebten. Die Wellen schwappten gegen das Ufer und es war kein Wölkchen am Himmel zu sehen. Ich fühlte mich plötzlich einsam und verlassen. Ich würde gerne noch einmal von vorne anfangen, dachte ich. Einfach das Rad der Zeit um zwanzig Jahre zurückdrehen. Eine zweite Chance bekommen und nochmals neu beginnen. Jedoch mit dem Bewusstsein der Fehler, die ich in der Vergangenheit gemacht hatte. Aber es gibt nie ein Zurück. Es gibt nur ein Vorwärts. So wie der Flug der Möwen.

Etwas später spürte ich, dass ich durstig und müde war. Ich ging hinein, nahm eine Cola aus der Minibar und trank sie gierig aus. Dann ließ ich mich aufs Bett fallen.

Ich liege in einem kleinen Boot, das sanft hin und her schaukelt. Über mir am Himmel kreisen Möwen. Plötzlich höre ich jemanden rufen, immer lauter. Es ist ein Hilferuf. Jetzt erkenne ich die Stimme. Es ist Silvias Stimme. Sie ruft um Hilfe. Sie ruft meinen Namen. Ich schaue über die Bootskante und sehe sie zwischen hohen Wellen treiben. Ich will aufstehen, doch es gelingt mir nicht. Da merke ich, dass ich an Händen und Füßen gefesselt bin. Silvia schreit verzweifelt. Mit einem Taschenmesser in meiner Hosentasche gelingt es mir, die Fesseln zu durchtrennen. Ich strecke die Hände nach Silvia aus, kann sie aber nicht erreichen. Das Boot ist zu weit entfernt. Nun beginne ich, mit den Händen zu paddeln. Langsam kommt das Boot voran. Kurz bevor sie in Reichweite ist, versinkt ihr Körper in den Wellen. Verzweifelt greife ich ins dunkle Wasser, das eiskalt ist. Ich fühle etwas. Es ist Silvias Körper. Ich greife nach ihr, packe sie an den Schultern, ziehe sie mit aller Kraft zu mir ins Boot. Ich lege sie vorsichtig auf den Boden. Sie liegt unbeweglich auf dem Rücken, ihre Kleider sind nass, die Haare liegen in Strähnen über ihrem Gesicht. Ich beuge mich zu ihr herunter, streiche die Haare beiseite. Ich erschrecke! Es ist nicht Silvia. Es ist eine andere Frau. Sie öffnet die Augen. Ihr drohender Blick ist auf mich fixiert. Ich weiche zurück, stolpere, falle rücklings auf den Boden des Bootes. Die Frau springt unvermittelt auf und stürzt sich mit einem entsetzlichen Schrei auf mich. Ich erstarre. Sie hat ein Messer in der Hand. Sie holt aus, sie sticht zu …

Mit einem Ruck setzte ich mich auf. Ich war schweißgebadet. Benommen sah ich auf die Uhr und stellte fest, dass ich eine Stunde geschlafen hatte. Unter der Dusche dachte ich darüber nach, was dieser Traum wohl zu bedeuten hatte.

2

Nachdem ich mich frisch gemacht hatte, beschloss ich, einen kurzen Spaziergang am Strand zu unternehmen. Als ich hinaus auf die Hotelterrasse trat, schien mir die tief stehende Sonne ins Gesicht. Ich hob zum Schutz die Hand über die Augen und sah mich um. Die Liegestühle waren leer und es lag eine friedliche Ruhe über der ganzen Anlage. Der Chlorgeruch des Swimmingpools vermischte sich mit dem Duft frisch gemähten Rasens. Die Strohdach-Sonnenschirme erinnerten mich an die ersten gemeinsamen Ferien mit Silvia in Tunesien und ich dachte mit Wehmut an jene glückliche Zeit zurück, als wir frisch verliebt waren.

Als ich den Strand erreicht hatte, zog ich die Schuhe und Socken aus. Ich liebte das Gefühl, den Sand zwischen den Zehen zu spüren. In einiger Entfernung lag ein Pärchen innig umschlungen im Sand. Die Sonne hatte inzwischen die Trennlinie zwischen Meer und Himmel erreicht. Die Silhouette eines großen Frachtschiffs zeichnete sich am blutroten Horizont ab. Ich setzte mich in den Sand und beobachtete das Schauspiel, wie sich die Sonne mit dem Meer vereinte und schließlich vollständig von ihm verschlungen wurde.

Ich schloss die Augen und atmete die frische Meeresluft tief ein. Nur das regelmäßige Rauschen der Wellen und dann und wann der Schrei einer Möwe war zu hören. Allmählich kam ich zur Ruhe. Spann aus, sagte ich zu mir. Spann endlich aus. Da kam mir Tom in den Sinn.

„Spann endlich aus. Du hast es dringend nötig", hatte Tom zu mir gesagt, als wir uns wie so oft in einer Bar getroffen und ich ihm vom aktuellen Stand meiner Scheidung erzählt hatte. „Und leg dir endlich eine Freundin zu."

Thomas Benz kannte ich seit der Aspiranten-Ausbildung bei der Kantonspolizei Zürich. Wir waren ein gutes Team, hatten einige bedeutende Fälle bei der Drogenfahndung gelöst und einen Drogenring aufgedeckt. Bis zu jenem verhängnisvollen Tag im November. Es war schon dunkel und regnete in Strömen. Meine Kleider waren durchnässt, als wir in das alte Gebäude eindrangen und vorsichtig die Treppe hinauf zur Wohnung im dritten Stock stiegen. Vor der Wohnungstür blieben wir einen Moment stehen und lauschten. Ich fühlte den Puls in meinen Schläfen hämmern. Von drinnen war nichts zu hören. Die schwache Lampe im Korridor zeichnete seltsame Schatten an die Wand.

„Aufmachen, hier ist die Polizei!" Meine Stimme hallte im Treppenhaus wider. Nichts rührte sich. Wir warteten einen Moment.

„Polizei! Machen Sie auf!"

Immer noch nichts. Wieder warteten wir.

Ich warf einen Blick zu Tom hinüber, der angespannt auf der anderen Seite der Tür stand. In diesem Moment hörte ich ein Geräusch von Innen. Jemand hantierte an der Tür herum. Das Schloss klickte. Wir zogen gleichzeitig unsere Waffen und richteten sie auf die Tür. Die Klinke wurde heruntergedrückt und die Tür öffnete sich langsam einen Spalt weit. Ich stieß sie mit einem Fußtritt auf und stürzte mit erhobener Waffe in die Wohnung. Tom blieb stehen und gab mir Rückendeckung. Mir gegenüber im Flur stand eine nur leicht bekleidete junge Frau mit bleichem Gesicht. Die Angst stand in ihren Augen. Sie hielt die Hände über dem Kopf und zitterte am ganzen Leib.

„Wo sind die anderen?“, fragte ich.

Sie richtete den verängstigten Blick in die Wohnung.

Ich wies sie an, sich auf den Boden zu legen und die Hände über den Kopf zu halten.

„Pass auf sie auf“, rief ich Benz zu, während ich mich vorsichtig weiter in die Wohnung vorwagte.

Direkt neben der Eingangstür war die Toilette. Sie war leer. Ich betrat das Wohnzimmer. Niemand war zu sehen. Ein Sofa, zwei Sessel, ein laufender Fernseher. Dann bemerkte ich die Tür, die ein wenig offen stand. Vorsichtig näherte ich mich. Ich trat mit dem Fuß dagegen und ging in die Hocke, die Waffe in den Raum gerichtet. Das Zimmer war dunkel und ich konnte nichts erkennen.

„Kommen Sie mit erhobenen Händen raus!“, rief ich hinein. Nichts bewegte sich. Da durchfuhr mich ein Gedanke wie ein Stromstoß. Wir hatten die Schutzwesten im Wagen liegen lassen. Ein Fehler, der mir nicht hätte passieren dürfen. Eine lähmende Angst packte mich plötzlich. In mir stieg eine Vorahnung auf. Der Horror, der mich schon oft aus dem Schlaf gerissen hatte. Angeschossen zu werden. Ich spürte, wie mir eine eisige Kälte den Nacken hinunterlief und wie meine Hände zu zittern begannen. Aber ich kämpfte dagegen an. Es war nicht das erste Mal, dass ich mich in einer lebensbedrohlichen Situation befand. Ich musste mich aus dieser lähmenden Umklammerung der Angst befreien und sie überwinden. Ich machte einen gewaltigen Satz durch die Tür ins Zimmer und legte mich flach auf den Boden, die Waffe schussbereit in der Hand. Durch das hereinfallende Licht konnte ich direkt neben mir ein leeres Bett erkennen. Ich blieb auf dem Boden liegen und wartete ein paar Sekunden, bis sich meine Augen einigermaßen an die Dunkelheit gewöhnt hatten. Gleichzeitig lauschte ich angestrengt auf jedes Geräusch im Raum. Totenstille. Vorsichtig ließ ich meinen Blick durch den Raum schweifen. Auf der anderen Seite befand sich ein hoher Schrank. In der gegenüberliegenden Ecke stand eine schirmförmige Stehlampe. Neben dem Schrank war etwas, das ich zuerst nicht richtig erfassen konnte. Doch dann erkannte ich es im Dunkeln. Es war eine weitere Tür, die offen stand. Fluchend sprang ich auf. Ich riss die Tür ganz auf, betrat einen Korridor und konnte gerade noch einen Schatten erkennen, der um die Ecke verschwand. Er entkommt mir!, dachte ich und setzte hinterher. Als ich das Ende des Korridors erreicht hatte und um die Ecke bog, sah ich eine Gestalt die Treppe hinunterflüchten. Ich folgte ihr, stolperte über die Stufen, konnte mich gerade noch am Geländer festhalten. Das Treppenhaus war schlecht beleuchtet. Dann ging alles blitzschnell. Der Mann vor mir drehte sich plötzlich um, er schien etwas in der Hand zu halten. Die Erkenntnis durchfuhr mich wie ein Blitz. Er hat eine Waffe! Reflexartig hob ich die Pistole und gab zwei Schüsse ab. Der Mann sackte in sich zusammen und blieb auf der Treppe liegen.

Diese wenigen Sekunden veränderten mein ganzes Leben.

Später stellte sich heraus, dass es sich um einen Familienvater mit drei Kindern handelte. Er hatte in der Wohnung seine Geliebte besucht und war aus Angst vor Entdeckung geflüchtet. Der Mann war nicht bewaffnet gewesen. Bei der vermeintlichen Waffe hatte es sich um einen Autoschlüssel gehandelt. Ich wurde vom zuständigen Untersuchungsrichter wegen Selbstverteidigung in einer mutmaßlich lebensbedrohlichen Situation freigesprochen. Aber ich konnte mit dieser schweren psychischen Belastung nicht mehr umgehen. Trotz langer, intensiver Behandlung durch mehrere Polizeipsychologen entschied ich mich damals, den Dienst zu quittieren.

Ich stand auf und klopfte mir den Sand von der Hose. Das Liebespärchen war verschwunden. Ich machte mich auf den Rückweg zum Hotel. Die Dämmerung hatte eingesetzt und eine kühle Brise war aufgekommen. Als ich die Hotelhalle betrat, verspürte ich das Bedürfnis, einen Whisky zu trinken. Wie immer versuchte ich, dieses brennende Verlangen zu unterdrücken. Nein, sagte ich mir, ich bin jetzt darüber hinweg. Ich habe mich wieder im Griff. Ich bin jetzt in der Lage, in eine Bar zu gehen, ein einziges Glas zu trinken und die Bar wieder zu verlassen. Nach der Trennung von Silvia hatte ich den Halt völlig verloren. Alkohol war meine einzige Rettung und der Mittelpunkt meines Lebens geworden. Mit dem Alkohol kamen aber auch noch andere Probleme: Konzentrationsschwierigkeiten, Schlaflosigkeit, Resignation. Ich bekam kaum noch Aufträge als Privatdetektiv und stand kurz vor dem Ruin. Aber ich hatte es aus eigener Kraft geschafft, aus dem Sumpf herauszukommen. Freiwillig hatte ich sechs Wochen in einer Entzugsklinik verbracht und am Ende hatte ich mir geschworen, höchstens ein Glas pro Tag zu trinken.

Die Hotelbar war in eine dezente Beleuchtung gehüllt. Niemand saß am Tresen. Ich setzte mich auf einen Barhocker und erinnerte mich daran, wie ich in der Entzugsklinik auf dem Bettrand gesessen und geweint hatte, den gepackten Koffer neben mir. Und wie der Pfleger hereingekommen war und auf mich eingeredet hatte, den Koffer wieder auszupacken und weiterzumachen. Nie mehr in meinem Leben werde ich so tief fallen, schwor ich mir. Damals hatte ich es mir vorgenommen. Wenn ich den Entzug erfolgreich hinter mich bringen sollte, würde ich hierher zurückkehren. An jenen Ort, an den ich so viele schöne Kindheitserinnerungen hatte. Diese Erinnerungen tauchten immer wieder in meinen Meditationsübungen auf und an sie hatte ich mich geklammert. Sie waren gleichsam der Schlüssel für meinen Entzugserfolg.

„Was darf's sein?" Es war eine sympathische Frauenstimme, die mich auf Italienisch ansprach. Ich blickte auf und sah in ihre dunkelgrünen Augen. Für einen Moment war ich sprachlos und gleichzeitig fühlte ich mich von ihr angezogen.

„Haben Sie Whisky?", hörte ich mich sagen.

„Welche Marke bevorzugen Sie?"

Ihr Parfum betörte meine Sinne. „Jack Daniel's?" Meine Stimme klang heiser und ich räusperte mich.

„Mit oder ohne Eis?"

„Mit Eis, bitte."

„Kommt sofort." Ihr Lächeln raubte mir den Atem. Ich betrachtete sie von der Seite. Meine Augen wanderten über ihre schlanke Figur. Das kastanienrote Haar umschmiegte ihren zarten Hals. Fasziniert sah ich ihr zu, wie sie das Getränk zubereitete.

Sie stellte das Glas vor mich auf die Theke. „Woher kommen Sie?"

„Aus der Schweiz. Aus Zürich." Ich spürte, wie mir das Blut in die Wangen schoss.

Zu meinem großen Erstaunen wechselte sie jetzt von Italienisch zu Deutsch. „Dann können wir uns ja in Ihrer Sprache unterhalten."

„Sie sprechen Deutsch?"

„Meine Mutter ist Deutsche, sie stammt aus Hamburg. Ich bin zweisprachig aufgewachsen. In der Schweiz war ich nur einmal. Auf dem Flughafen in Zürich. Eine Zwischenlandung. Mir ist aufgefallen, dass dort alles sehr sauber und ordentlich war."

„Ja, das ist es wirklich. Von den Straßen könnte man glatt essen. Und woher kommen Sie?"

„Ich komme aus Schweden."

„Tatsächlich? Eine rothaarige Schwedin?" Ich hob erstaunt die Augenbrauen. „Ich dachte, alle Schweden seien blond?"

„Es gibt Ausnahmen." Sie lächelte und strich sich die Haare aus der Stirn. „Es hat ja auch nicht jeder Schweizer eine eigene Bank, nicht wahr?"

Wir mussten beide lachen.

Ich nahm einen großen Schluck. Dann fuhr ich fort: „Und was verschlägt eine Schwedin nach Italien?"

Sie legte die Stirn in Falten. „Das ist eine lange Geschichte, die mit einer großen Liebe beginnt und mit einer großen Enttäuschung endet."

Ich bemerkte die Traurigkeit in ihrer Stimme. „Da scheinen wir beide eine ähnliche Erfahrung hinter uns zu haben“, erwiderte ich. „Ich bin hierhergekommen, um mich von allem zu erholen.“

„Sie haben auch eine Enttäuschung hinter sich?“

„Das könnte man so sagen.“ Ich kratzte mich verlegen am Kinn.

„Das tut mir leid. Da sind wir ja sozusagen Leidensgenossen und können uns gegenseitig etwas Trost spenden.“

Ihre zweideutige Anspielung machte mich etwas verlegen, weshalb ich fortfuhr, ohne weiter darauf einzugehen. „Ich war früher als kleiner Junge mit meinen Eltern jedes Jahr hier. Aber das ist schon über dreißig Jahre her. Es ist eine seltsame Erfahrung, nach so langer Zeit wieder an einen Ort zurückzukehren. Man hat alles viel größer in Erinnerung und man fühlt sich irgendwie in diese Zeit zurückversetzt.“

Ein älteres Paar betrat jetzt den Raum und nahm am anderen Ende der Bar Platz.

„Entschuldigen Sie mich bitte.“ Sie wandte sich den neuen Gästen zu.

Ich hob das Glas und betrachtete die goldbraune Flüssigkeit. Die Eiswürfel hatten sich schon fast aufgelöst. Ich beobachtete die neuen Gäste am anderen Ende der Bar, die gerade ein Bier bestellten. Beide waren etwas korpulent und hatten von der Sonne leuchtend rot gefärbte Gesichter.

Ich trank aus und starrte in mein Glas, das so leer war wie ich selbst. Der Whisky war gut und ich überlegte einen kurzen Moment, einen zweiten zu bestellen. Doch ich erinnerte mich an mein eigenes Versprechen, nur ein einziges Glas zu trinken.

„Noch ein Glas?“ Sie stand wieder vor mir und mir fiel auf, dass ich noch immer nicht wusste, wie sie hieß. Ich wollte nichts mehr trinken, hatte aber auch keine Lust, schon zu gehen. „Nein, danke. Aber ich wüsste gern Ihren Namen.“

„Ich heiße Anna Lundgren. Und Sie?“

„David Klein.“ Ich reichte ihr die Hand. Ihr kräftiger Händedruck überraschte mich.

„Sind Sie jeden Abend hier?“, fragte ich.

„Nein, ich wechsle mich mit einer Kollegin ab. Mir gefällt es so, denn dadurch sind wir sehr flexibel, je nachdem, wer gerade etwas vorhat. Wir verstehen uns sehr gut. Sie kommt hier aus der Gegend.“

Ich betrachtete sie fasziniert und sie schien es bemerkt zu haben.

„Und was machen Sie beruflich?“ Sie wollte anscheinend von ihrer Person ablenken. Schnell hob sie die Hand. „Warten Sie! Lassen Sie mich raten.“ Sie musterte mich kritisch. „Sie sind Bankdirektor.“

„Falsch geraten“, entgegnete ich. „Ich bin Schokoladenfabrikant.“ Ich machte eine kurze Pause und als ich ihr verdutztes Gesicht sah, konnte ich mein Lachen nicht mehr zurückhalten. „Das war ein Scherz. Aber es würde gut zu einem Schweizer passen, nicht wahr?“

Anna musste auch lachen und schüttelte den Kopf, weil sie auf meinen Scherz hereingefallen war.

„Früher war ich bei der Polizei", fuhr ich fort. „Dann habe ich eine eigene Detektei gegründet."

Sie sah mich überrascht an. „Heißt das, Sie sind Privatdetektiv?"

Ich nickte und griff automatisch nach meinem Glas, das aber leer war.

„Interessant. Ich dachte immer, das gibt es nur in Amerika."

„Sie würden sich wundern, wie vielen Privatdetektiven Sie schon über den Weg gelaufen sind, ohne dass Sie es bemerkt haben."

Sie schien zu überlegen. „Sie spüren also Mörder und Verbrecher auf?"

Ich schüttelte schmunzelnd den Kopf. „Sie haben zu viele amerikanische Krimiserien gesehen. Die Realität sieht etwas anders aus. Bei den meisten Aufträgen handelt es sich um die Suche oder Überwachung von Personen. Die Auftraggeber sind oft eifersüchtige Ehemänner und Ehefrauen, die viel Geld dafür bezahlen, dass ihre Befürchtungen bestätigt werden. Manchmal stellt sich auch heraus, dass der Verdacht unbegründet war. Das ist aber eher die Ausnahme. Es kann vorkommen, dass ich beauftragt werde, Nachforschungen anzustellen in Fällen, bei denen die Polizei oder die Staatsanwaltschaft nicht weitergekommen ist und die Ermittlungen eingestellt wurden. Das sind dann die interessanten Fälle, die aber leider nicht sehr häufig vorkommen."

Anna hatte das Kinn auf ihre Handfläche gestützt

und hörte mir gespannt zu. „Das klingt ja wahnsinnig spannend. Vielleicht werde ich Sie eines Tages auch engagieren." Doch dann winkte sie mit der Hand ab. „Aber vermutlich kann ich mir das gar nicht leisten."

„Solche Aufträge sind nicht gerade billig. Aber schließlich muss ich ja auch meinen Lebensunterhalt verdienen. Ihnen mache ich aber gern einen Freundschaftspreis."

Jetzt meldete sich der Mann mit dem roten Gesicht, um zu zahlen. Anna ging zu ihm herüber. Ich stand auf und suchte die Toilette. Als ich mir die Hände wusch und in den Spiegel blickte, bemerkte ich, dass ich nicht rasiert war. Ich lachte und dachte, dass ich mich bereits an das *dolce far niente* gewöhnt hatte. Als ich die Bar wieder betrat, musste ich feststellen, dass niemand mehr anwesend war. Auch Anna war nicht zu sehen. Ich schaute auf die Uhr. Es war kurz nach elf.

Auf meinem Zimmer setzte ich mich im Dunkeln auf die Terrasse und hörte dem Rauschen der Wellen zu. Ich musste an Anna denken und gleichzeitig spürte ich ein kribbelndes Gefühl in der Magengegend. Es war ein Gefühl, das ich schon seit langer Zeit nicht mehr verspürt hatte. Dann kam mir in den Sinn, dass ich vergessen hatte, meinen Whisky zu bezahlen.

Das Handy klingelte, als ich gerade unter der Dusche stand. Ich sprang heraus, wickelte mir das Handtuch um die Hüften und zog das Handy aus meiner Jacke, die auf dem Bett lag.

„Hallo Papa."

„Hallo Jenny. Wie geht es deinem Arm?"

Sie schnaubte. „Manchmal werde ich fast verrück. Weißt du, wenn es juckt und ich nicht kratzen kann."

„Schmerzen hast du keine mehr?"

„Nein. Ein paar Freunde haben auf dem Gips unterschrieben und lustige Zeichnungen darauf gemalt. Deine Unterschrift fehlt noch. Hast du ein schönes Zimmer?"

„Ich habe eine tolle Aussicht auf das Meer. Schade, dass du nicht hier sein kannst. Es würde dir bestimmt gefallen."

„Ja, schade. Bitte schreib mir eine Karte. Und wirst du mir ein paar schöne Muscheln mitbringen?"

„Versprochen." Ich zögerte einen Moment. „Wie geht es Mama?"

Ihr Schweigen machte mich stutzig. „Ist etwas passiert?", fragte ich besorgt.

Wieder Schweigen. Dann ein tiefes Seufzen am anderen Ende. „Du wirst es ja sowieso irgendwann erfahren", sagte sie. „Es gibt da einen Typen. Er ist Architekt, glaube ich. Sie gehen manchmal zusammen aus. Er ist zwar ganz nett, aber mir ist er zu schleimig. Ich weiß nicht, was Mama an ihm findet. Er ist dick und hat eine Glatze."

Mir hatte es die Sprache verschlagen. Wir waren kaum ein paar Monate geschieden und schon hatte sie sich einen Anderen geangelt. Verdammt, wie konnte sie mir nur so etwas antun?

„Papa? Bist du noch da?"

„Ja, ich bin noch da."

„Ich muss jetzt Schluss machen. Ich wünsch dir schöne Ferien. Rufst du mich mal an?"

„Ja, mache ich."

„Tschüss."

Ich stand wie erstarrt da. Das Handtuch hatte sich inzwischen gelöst und lag auf dem Boden. Wasser tropfte von meinem Körper auf den Teppich. Ich hielt noch immer das Handy am Ohr und starrte geistesabwesend an die Wand. Ich konnte es einfach nicht glauben. Silvia war mit einem Anderen zusammen. Eine tiefe Enttäuschung überkam mich. Und plötzlich stieg eine ohnmächtige Wut in mir auf. Es war die Machtlosigkeit, die mich rasend machte. Ich kam mir betrogen und hintergangen vor. Ich brüllte wie ein Wahnsinniger und schlug mit der Faust auf den kleinen Tisch, der neben dem Fenster stand. Wie wild schlug ich darauf ein. Meine Knie zitterten und ich sackte zu Boden. Ich kniete nackt auf dem Teppich und weinte.

3

Die hämmernden Kopfschmerzen waren das Erste, das ich wahrnahm, noch bevor ich die Augen öffnete. Diese verdammte Migräne, dachte ich, nicht einmal in den Ferien bleibe ich davon verschont. Ich überlegte, ob der Grund für die Kopfschmerzen der Whisky von gestern Abend war. Ich hatte schon lange keinen Alkohol mehr getrunken. Meine ersten Gedanken kreisten um Anna und ich fühlte mich sogleich etwas besser, obwohl mein Schädel zu zerplatzen drohte.

Langsam stieg ich aus dem Bett, ging ins Badezimmer und suchte die Kopfschmerztabletten. Ich nahm gleich zwei auf einmal und spülte sie mit Wasser aus dem Hahn hinunter. Vorsichtig legte ich mich wieder aufs Bett und wartete, bis die Wirkung eingesetzt hatte.

Als ich das Zimmer verlassen wollte, stand plötzlich der Albtraum wieder vor meinen Augen, in dem ich gefesselt in einem Boot lag. Der Traum war so real und deutlich gewesen, dass es mich schauderte. Ich öffnete meinen Koffer und holte das alte Taschenmesser heraus, das ich noch aus meiner Rekrutenzeit besaß. Auf Reisen hatte es mir schon oft gute Dienste geleistet. Ich steckte es in meine Hosentasche und beschloss, es fortan immer bei mir zu tragen. Man kann ja nie wissen, dachte ich. Auch schlechte Träume werden manchmal wahr. Schmunzelnd erinnerte ich mich an einen Ausspruch meines Vaters: „Ein richtiger Mann trägt immer ein Messer bei sich."

Der Speisesaal war beinahe menschenleer. Es schien, als wäre ich der letzte Gast. Das Ambiente war einladend: weißer Marmorboden, rosa Tischtücher, auf jedem Tisch stand eine kleine Vase mit einer rosaroten Rose. An einem Tisch erkannte ich das Paar, das gestern Abend auch in der Bar gewesen war. Die Arme und Beine der beiden waren ebenso glühend rot wie ihre Gesichter. Ich nahm an einem Tisch am Fenster Platz und beobachtete draußen eine Bachstelze, die auf dem frisch geschnittenen Rasen nervös nach Insekten jagte.

Ich bestellte einen Kaffee und bediente mich beim Frühstücksbüffet. Das knusprige Weißbrot schmeckte vorzüglich und der Espresso ließ keine Zweifel daran aufkommen, dass es den besten Kaffee nach wie vor in Italien gab. Und um das Bild abzurunden, spielte im Hintergrund dezent eine Klaviermusik von Chopin.

Ich sah mich im Speisesaal um. An einem Tisch fiel mir ein ungleiches Paar auf. Der Mann war Mitte fünfzig und hatte grau meliertes Haar. Ihm gegenüber saß eine bildhübsche junge Frau mit schwarz gelocktem Haar, das bis zu ihren Hüften reichte. Fasziniert betrachtete ich ihr perfektes Profil. Sie musste Mitte zwanzig sein. Ein weißes Top und enge Jeans betonten ihre schlanke Figur. Ob sie Model ist oder vielleicht Schauspielerin?, dachte ich. Ich überlegte, ob der Mann ihr gegenüber ihr Vater war. Oder vielleicht ein Agent oder Regisseur? Ein boshafter Gedanke ging mir durch den Kopf, dass es sich um einen Zuhälter handeln könnte.

Ich erinnerte mich an einen Fall, in dem mich ein Zuhälter beauftragen wollte, eine seiner Prostituierten zu finden. Sie hatte sich anscheinend mit einem Freier aus dem Staub gemacht. Ich hatte den Auftrag abgelehnt. Als der Zuhälter mich unter Druck setzen wollte, hatte ich ihn etwas unsanft vor die Tür setzen müssen. Es gab gewisse Aufträge, die ich aus ethischen oder moralischen Gründen nicht übernahm. Diese Freiheit war mir wichtig und ein Grund, warum ich meinen Job gerne machte.

Das ungleiche Paar erhob sich nun vom Tisch und verließ den Saal. Fasziniert beobachtete ich den graziösen Gang der jungen Frau, bis sie verschwunden war.

Als ich die Hotelhalle betrat, winkte mir Mario von der Rezeption zu und deutete mit einer Handbewegung an, dass er mit mir sprechen wolle.

„Guten Tag, Herr Klein", begrüßte er mich. „Entschuldigen Sie bitte, aber Herr Cavallo lässt ausrichten, dass er Sie gerne am Nachmittag sprechen würde. Würde es Ihnen um zwei Uhr passen?"

Ich sah auf die Uhr. „Ja, das ist in Ordnung. Worum geht es?"

„Das weiß ich leider nicht." Mario rückte sich verlegen den Krawattenknoten zurecht. „Sein Büro ist dort drüben." Er wies mit einem goldenen Kugelschreiber auf die gegenüberliegende Tür.

„Ich werde um zwei Uhr dort sein", versprach ich.

Neben der Rezeption entdeckte ich einen drehbaren Ständer mit Ansichtskarten. Da kam mir in den

Sinn, dass ich Jenny eine Karte versprochen hatte. Ich fischte eine heraus, auf der das Hotel und das Meer zu sehen waren.

„Haben Sie Briefmarken fürs Ausland?“, fragte ich.

Mario nickte. „Selbstverständlich. Nur eine?“

„Ja, für meine Tochter. Sie hätte eigentlich auch mitkommen sollen, aber kurz vor der Abreise hat sie sich den Arm gebrochen.“

„Wie schade. Aber vielleicht klappt es ja im nächsten Jahr.“

Ich klebte die Briefmarke auf die Karte und steckte sie in die Jackentasche. Im nächsten Jahr?, dachte ich. Was wird wohl im nächsten Jahr sein? Vielleicht ist Silvia schon wieder verheiratet. Vielleicht fährt Jenny schon mit ihrem Freund in die Ferien. Vielleicht …

Auf meine Bitte hin überreichte mir Mario eine Plastiktüte mit Werbeaufdruck des Hotels. Ich hatte mir vorgenommen auf Muschelsuche zu gehen.

Draußen neben dem Swimmingpool entdeckte ich das Paar mit dem Sonnenbrand. Auch der grau melierte Mann vom Morgenbüffet war da. Er lag auf einem Liegestuhl und las ein dickes Buch. Seine junge, schwarzhaarige Begleiterin war nicht in Sicht. Schade, dachte ich, ich hätte sie gerne im Bikini gesehen.

Eine starke Brise wehte mir entgegen, als ich den Strand erreicht hatte. Das Meer lag nicht mehr so ruhig da wie am Vortag. Kräftige Wellen mit weißen Schaumkronen peitschten gegen das Ufer. Ich liebte dieses Wetter. Ich zog die Schuhe aus, krempelte die Hosenbeine hoch und folgte der Linie dem Ufer entlang, wo sich Sand und Wasser trafen. Die Wellen umspülten meine Füße und meine Schritte hinterließen Eindrücke im nassen Sand. Ich drehte mich um und sah gedankenverloren zu, wie das Meer die Spuren wieder verwischte. Was wird wohl von mir eines Tages übrig bleiben?, dachte ich. Werde ich irgendwann ebenso verschwunden und vergessen sein wie diese Fußspuren?

Ich beobachtete ein paar Austernfischer, die in einiger Entfernung hastig am Ufer entlangschritten und eifrig mit ihren langen Schnäbeln im Sand stocherten. Diese auffallenden schwarz-weiß gefiederten Vögel mit den langen roten Schnäbeln und Beinen hatte ich als Junge oft beobachtet. Obwohl sie ihre Eier einfach auf den flachen Boden legten, hatte ich nie welche finden können. Austernfischer bleiben sich ihr ganzes Leben lang treu. Die Natur hat dem Menschen manchmal etwas voraus, dachte ich.

Wegen des starken Wellengangs waren einige Muschel- und Schneckenschalen an den Strand gespült worden. Es gab sie in allen Größen und Formen und in unendlich vielen Farbvarianten und bald hatte ich die Plastiktüte gefüllt. Zufrieden dachte ich an Jenny, die sich bestimmt darüber freuen würde.

Nach diesem Sammelerfolg setzte ich mich auf einen angespülten Baumstamm, wischte mir sorgfältig den Sand von den Füßen und zog die Schuhe wieder an. Ich sah zum nahen Waldrand hinüber.

In einer Lichtung musste sich die Kolonie der Zwergseeschwalben befinden, glaubte ich mich erinnern zu können. Als ich den Waldrand erreicht hatte, zwängte ich mich durch das Gebüsch. Der Wald war hier ziemlich dicht. An einem dornigen Busch blieb ich hängen und kratzte mir die Hand auf. Ich fluchte leise und stapfte weiter, bis ich auf einen schmalen Pfad stieß. Eine aufdringliche Wespe kreiste um meinen Kopf, bis ich sie mit einigen hastigen Handbewegungen verscheuchte. Der Pfad führte als schlängelnde Linie durchs dichte Unterholz. Über mir rauschte der Wind in den Baumkronen.

Nach einer Weile blieb ich stehen. Was war das? Ich hielt den Atem an und horchte. Durch das Rauschen des Blätterwaldes waren Stimmen zu hören. Sie kamen aus der Richtung des Strands. Mein Instinkt als Privatdetektiv war erwacht und meine Neugier trieb mich voran. Ich verließ den Pfad und folgte jener Richtung, aus der die Stimmen gekommen waren. Langsam und vorsichtig bewegte ich mich durch die Büsche und achtete darauf, auf keine Äste zu treten. Als ich den Waldrand erreicht hatte, tauchte vor mir ein altes, verwittertes Bootshaus auf. Ein schmaler Steg aus Brettern führte hinüber. Hinter einem Baumstamm blieb ich stehen und horchte wieder. Nichts war zu hören. Ein Specht trommelte in der Ferne an einem Baumstamm. Waren die Stimmen aus dem Bootshaus gekommen? Oder hatte ich mir alles nur eingebildet? Ich wollte gerade umdrehen, als ich wieder etwas hörte. Diesmal näher und deutlicher. Die Stimmen kamen tatsächlich aus dem Bootshaus. Jemand schien zu flüstern. Das kam mir seltsam vor. Wollten sie nicht entdeckt werden? Hatten sie etwas zu verbergen? Mein Detektivgehirn fing unwillkürlich an zu arbeiten und meine Neugier trieb mich weiter an. Ich deponierte die Plastiktüte am Fuß des Baumes und schlich vorsichtig vorwärts bis zum Holzsteg. Dieser machte einen morschen Eindruck und ich prüfte zuerst die Stabilität mit einem Fuß. Schließlich balancierte ich vorsichtig hinüber, bis ich die Plattform des Bootshauses erreicht hatte. Ein unangenehmer Benzingeruch stieg mir in die Nase. Vorsichtig bewegte ich mich an der landeinwärts gerichteten Bretterwand entlang. Hier befand sich ein kleines Fenster. Ich hielt inne und lauschte wieder. Die Stimmen waren jetzt deutlich zu hören. Es waren ein Mann und eine Frau. Sie sprachen leise miteinander. Ich konnte jedoch nicht verstehen, was sie sagten. Vorsichtig beugte ich mich zum Fenster vor und versuchte einen Blick hineinzuwerfen. Die Scheibe war von innen stark verstaubt, weshalb ich nicht viel erkennen konnte. Ein altes Ruderboot, einige Metallfässer, ein paar Taue auf dem Boden. Dann entdeckte ich zwei ineinander verschlungene, nackte Beinpaare. Das Flüstern war in ein Wimmern und Stöhnen übergegangen. Verlegen zog ich den Kopf vom Fenster zurück.

Was machst du eigentlich hier?, sagte ich zu mir selbst. Es war mir peinlich. Mit schnellen Schritten überquerte ich den Steg zurück zum Ufer. Hoffentlich hatte mich niemand beobachtet.

Ich nahm die Plastiktüte mit den Muschelschalen und ging zurück, bis ich wieder auf den Pfad stieß, von dem ich abgebogen war. Hier setzte ich meine ursprüngliche Route fort. Ich wollte die Kolonie der Zwergseeschwalben finden. Die Sonne schien manchmal zwischen den Baumkronen hindurch und malte helle Flecke auf den Boden. Zwei kleine, blau schillernde Schmetterlinge tanzten dicht über dem Boden vor meinen Füßen her.

Vor mir öffnete sich unvermittelt der dichte Wald und ich stand am Rande einer großen Lichtung. In der Mitte thronte eine gewaltige alte Eiche, die vom Blitz getroffen worden sein musste, denn es war nur noch die eine Hälfte des mächtigen Baums übrig. Ich war erstaunt, dass er eine solche Katastrophe überstanden hatte. Die Eiche stand da wie ein Mahnmal für alle vom Schicksal Getroffenen, ein Symbol, dass das Leben auch nach einer schweren Tragödie weitergeht. Ich stand eine Weile gerührt da und ließ diesen Eindruck auf mich wirken.

Da kam mir der Termin mit Cavallo in den Sinn und ich sah auf die Uhr. Ich musste mich beeilen. Auf dem Rückweg überlegte ich mir, warum mich Cavallo wohl sprechen wollte. Wollte er mit mir über die guten alten Zeiten reden? Oder hatte sich vielleicht ein Hotelgast über meinen Wutausbruch von letzter Nacht beschwert?

4

Um Punkt zwei klopfte ich an die Tür mit der Aufschrift Direktion.

„Ja, bitte!“, kam es von innen.

Ich trat ein. Cavallos Büro war relativ klein, aber hell und gemütlich. An den Wänden hingen mehrere goldgerahmte Rosenbilder und auf dem Schreibtisch stand ein Strauß gelber Rosen. Der ganze Raum war in einen zarten Blütenduft gehüllt.

Cavallo erhob sich von seinem Sessel und begrüßte mich freundlich. „Herr Klein. Danke, dass Sie gekommen sind. Bitte setzen Sie sich.“ Er wies mir einen Besucherstuhl zu und ließ sich wieder in den hohen Ledersessel hinter seinem Schreibtisch fallen.

„Schöne Rosen.“ Ich deutete auf den Strauß.

„Meine große Leidenschaft.“ Cavallos Augen leuchteten. „Ich habe über hundert verschiedene Rosenarten in meinem Garten und einige davon habe ich selbst gezüchtet. Dies hier ist meine neueste Kreation.“ Mit diesen Worten nahm er zärtlich eine Rosenblüte in die Hand. „Eleonora habe ich sie getauft.“ In seiner Stimme klang ein gewisser Stolz.

„Ich bin beeindruckt.“

Cavallo fing an zu philosophieren. „Die Rose verkörpert Schönheit, Qualität und Tradition. Merkmale, die ich auch in meinem Hotel sehr hochhalte.“ Er versuchte seinen Worten einen gewichtigen Ton zu verleihen und hob den Zeigefinger. „Diese Grundsätze habe ich von meinem Vater übernommen und mein Vater von seinem Vater. Es ist die Grundlage für unseren Erfolg. Das Hotel ist jetzt schon seit drei Generationen in unserem Familienbesitz. Darauf bin ich ganz besonders stolz. Mein Großvater hatte es vor dem Krieg gekauft. Damals war es alt und heruntergekommen. Er hat es mit seinen eigenen Händen wieder aufgebaut und renoviert und ihm den Namen seiner Frau gegeben. Eleonora. Und so heißt es noch heute."

Jetzt fiel mir ein Wappen auf, das über Cavallos Kopf an der Wand hing. Es zeigte zwei gekreuzte Dolche. Ich deutete darauf. „Ist dies das Wappen Ihrer Familie?"

„Das ist das Wappen der Cavallos. Unser Geschlecht geht zurück bis ins sechzehnte Jahrhundert. Meine Vorfahren waren lombardische Kaufleute." Cavallo nahm eine Holzschachtel vom Schreibtisch, öffnete sie und hielt sie mir hin. Der angenehme Geruch von teuren Zigarren mischte sich mit dem süßlichen Rosenduft. „Aus Kuba. Beste Qualität." Er nickte mir aufmunternd zu.

Ich schüttelte den Kopf und hob dankend die Hand.

Cavallo nahm eine Zigarre heraus und führte sie unter seiner Nase vorbei. „Meine zweite Leidenschaft", sagte er und zwinkerte mir mit einem Auge zu. Mit einem Streichholz zündete er die Zigarre an und lehnte sich in seinem Sessel zurück. „Nun, um auf das eigentliche Thema zu kommen." Seine Stimme wurde ernster. „Wie ich bereits sagte, wird Qualität und Tradition in unserem Hause sehr hochgehalten. Nun ist leider etwas vorgefallen, das in unserer langjährigen Geschichte noch nie vorgekommen und auch in keiner Weise akzeptabel ist."

Ich spürte, wie meine Wangen zu glühen begannen und überlegte, was ich als Entschuldigung für meinen Wutausbruch in meinem Zimmer letzte Nacht vorbringen sollte. War etwa das Tischchen, auf das ich eingeschlagen hatte, in Mitleidenschaft gezogen worden?

Cavallo blies eine dicke Rauchwolke in Richtung Fenster und beugte sich dann zu mir vor. „Seit ein paar Wochen sind von unseren Gästen Diebstähle aus den Zimmern gemeldet worden." Seine Stimme war leise geworden, so als wollte er vermeiden, dass es jemand hören konnte. „Können Sie sich so etwas vorstellen, Herr Klein? In unserem ehrwürdigen Hotel. Das ist ein völlig inakzeptabler Zustand, der schleunigst behoben werden muss." Er lehnte sich wieder zurück, nahm einen langen Zug von seiner Zigarre und schaute nachdenklich zum Fenster hinaus.

Ich sagte nichts und wartete auf die Fortsetzung, erleichtert, dass die Angelegenheit nicht mich betraf.

Cavallo fuhr fort: „Mario hat mir erzählt, dass Sie von Beruf Privatdetektiv sind. Aus diesem Grund wollte ich mit Ihnen über dieses Problem sprechen. Ich weiß, dass Sie hier in den Ferien sind und ich möchte mich auf keinen Fall aufdrängen. Aber ich weiß beim besten Willen nicht, an wen ich mich sonst wenden sollte. Wie Sie bestimmt wissen, ist Diskretion in einem solchen Fall oberstes Gebot. Ihnen kann ich vertrauen."

Ich betrachtete Cavallos verzweifelten Gesichtsausdruck. Irgendwie fühlte ich mich geschmeichelt, dass er mich ins Vertrauen zog. „Lieber Herr Cavallo", sagte ich schließlich. „Dieses Hotel war viele Jahre meine zweites Zuhause und ich verbinde es mit meinen schönsten Jugenderinnerungen. Es ist mir eine große Freude, wenn ich Ihnen in dieser Situation helfen kann."

Cavallo schien erleichtert, er erhob sich von seinem Sessel und reichte mir die Hand. „Ich weiß gar nicht, wie ich Ihnen danken soll. Selbstverständlich werde ich für Ihre aufgewendete Zeit und die Auslagen aufkommen."

„Darüber sprechen wir, wenn der Fall gelöst ist." Ich überlegte einen Moment. „Wie oft sind solche Diebstähle schon vorgekommen?"

„Es ist bereits das dritte Mal, dass sich Hotelgäste beschwert haben."

„Was wurde gestohlen?"

„Soweit ich weiß, nur Bargeld."

„Ich benötige eine Liste des Personals, das Zugang zu den Zimmern hat."

„Ich werde Mario damit beauftragen. Ich bin sehr froh zu wissen, dass diese unerfreuliche Angelegenheit nun bei Ihnen in den besten Händen ist."

Ich verabschiedete mich und ging durch die Hotelhalle zum Swimmingpool hinaus. Als ich an den Liegestühlen vorbeikam, hörte ich eine Stimme neben mir.

„Hallo, Sherlock Holmes!"

Sie lag im Schatten unter einem Sonnenschirm aus Stroh, trug einen hellgrünen Bikini und eine dunkle Sonnenbrille, weshalb ich sie nicht sofort erkannt hatte. Mein Blick wanderte über ihren schlanken Körper.

„Der Platz hier ist noch frei." Anna deutete auf den Liegestuhl neben sich.

„Tut mir leid. Ich habe Sie nicht gleich erkannt."

Sie schmunzelte. „Wegen der Sonnenbrille oder wegen des Bikinis?"

„Wenn ich ehrlich sein soll – wegen beidem." Ich spürte, wie mir plötzlich heiß wurde.

„Ich hoffe, ich kann das als Kompliment auffassen?"

„Selbstverständlich." Ich überlegte einen Moment, wie sie das wohl gemeint haben könnte. Dann wollte ich ihr spontan ein Kompliment zu ihrem Bikini machen, ließ es aber sein und setzte mich neben sie auf den freien Liegestuhl.

„Ich habe Sie heute Morgen am Strand gesehen", sagte sie.

Ich spürte, wie ich errötete und hoffte, dass sie es nicht bemerken würde. Hatte sie mich etwa beobachtet, als ich das Liebespärchen im Bootshaus belauscht hatte?

„Sie haben Muscheln gesammelt.“

„Ach so, ja. Die sind für meine Tochter Jenny. Sie wollte eigentlich auch mitkommen, aber dann geschah dieser Unfall. Sie hat sich den Arm gebrochen.“

„Oh, das ist aber schade. Wie alt ist sie?“

„Sie ist fünfzehn.“

„Haben Sie noch mehr Kinder?“

„Nein. Vielleicht ist sie deshalb etwas verwöhnt, wie es bei Einzelkindern wohl üblich ist.“

„Und wo ist Ihre Frau?“

Auf diese Frage war ich nicht gefasst, weshalb ich zögerte.

„Entschuldigen Sie“, sagte sie schnell. „Das geht mich eigentlich nichts an.“

„Wir sind seit Kurzem geschieden.“ Ich glaubte zu bemerken, dass sich ihr Lächeln verbreiterte.

„Ich erinnere mich, dass Sie gestern Abend in der Bar so etwas angedeutet hatten.“

„Haben Sie heute frei?“ Ich versuchte das Gesprächsthema zu wechseln. Es war mir unangenehm, mit ihr über meine Beziehungsprobleme zu sprechen.

„Nein. Ich habe jetzt Pause. Die Bar hat erst ab sieben geöffnet. Kommen Sie heute Abend auch wieder vorbei?“

„Heute geht es leider nicht.“ Ich war selbst überrascht über meine spontane Antwort und wusste nicht genau, vor welcher Verlockung ich mehr Respekt hatte, vor dem Alkohol oder vor ihr. Da fiel mir ein, dass ich gestern vergessen hatte, meine Rechnung zu bezahlen. „Ich bin Ihnen noch einen Whisky schuldig." Ich kratzte mich verlegen am Kinn.

„Kein Problem. Ich hab ihn auf die Rechnung gesetzt. Zimmer 201, nicht wahr?"

Ich war erstaunt, dass sie meine Zimmernummer kannte.

Sie zog eine Zigarettenschachtel aus ihrer Strandtasche und führte eine Zigarette zu ihren roten Lippen. Ich schaute ihr fasziniert zu, wie sie die Zigarette elegant mit einem silbernen Feuerzeug anzündete.

Sie schien meinen Blick bemerkt zu haben. „Ich will schon seit einiger Zeit aufhören, aber es gelingt mir einfach nicht." Sie nahm einen langen Zug und blies den Rauch schräg von sich weg. Dann lächelte sie. „Aber wenigstens ein Laster muss man ja haben."

Ich rauchte nicht. Auch Silvia hatte nicht geraucht. Eigentlich konnte ich Raucher nicht besonders leiden. Aber bei Anna wirkte es sexy und erotisch.

Ich sah mich um und entdeckte auf der gegenüberliegenden Seite des Pools die dunkelhaarige Schönheit vom Morgenbüffet. Sie lag in einem knappen weißen Bikini in einem Liegestuhl und blätterte in einem Journal. Ihr älterer Begleiter lag neben ihr und schien zu schlafen.

„Ich genieße es, manchmal selbst bedient zu werden." Anna winkte dem Kellner und bestellte einen Exotic Dream. „Möchten Sie auch etwas trinken?", fragte sie.

Immer wenn ich an Alkohol dachte, sah ich vor

mir die Entzugsklinik und meine zitternden Hände. Mein Gewissen meldete sich, doch ich versuchte es dadurch zu beruhigen, dass ich mir vorgenommen hatte, nur ein einziges Glas am Tag zu trinken. „Was ist ein Exotic Dream?", fragte ich.

Sie deutete mit ihrem Blick auf die andere Seite des Pools hinüber. „Sehen Sie die Frau im weißen Bikini dort drüben? Sie trinkt gerade einen. Zitronensaft, Orangensaft und ein Schuss Wodka, mit viel Eis. Schmeckt fantastisch."

Ich bestellte den Drink.

„Wollen Sie nicht in den Pool springen? Das Wasser ist sehr erfrischend."

Ich schüttelte den Kopf. „Ich bin keine Wasserratte. Es macht mir mehr Freude, am Strand zu spazieren und die Natur zu genießen."

„Sie sind ein Naturfreund?"

„Ich war früher ein begeisterter Ornithologe. Ich kannte alle Vogelarten zuhause und auch hier am Strand."

„Früher? Jetzt nicht mehr?"

„Familie und Beruf ließen mir keine Zeit mehr für ein Hobby. Nach der Scheidung habe ich mir dann vorgenommen, das zu ändern. So kam ich auf die Idee, nach langer Zeit wieder einmal hierherzukommen."

Der Kellner brachte die Drinks. Sie drückte die Zigarette in einem Aschenbecher am Boden aus

„Die gehen auf mich", sagte Anna. Der Kellner nickte.

Wir stießen an.

„Ich heiße Anna."

„David."

Ich sah, wie sie den Strohhalm an ihre Lippen führte und es kam mir noch erotischer vor, als wenn sie rauchte.

„Kennst du die beiden dort drüben?" Ich deutete zu der Schönheit im weißen Bikini und ihrem Begleiter hinüber.

„Herr und Frau Hagmann. Sie sind frisch verheiratet und verbringen hier ihre Flitterwochen."

„Flitterwochen?", stieß ich überrascht hervor. „Der Mann könnte doch ihr Vater sein. Er ist bestimmt dreißig Jahre älter als sie."

„Höre ich da einen gewissen Neid aus deiner Stimme?"

Ich runzelte die Stirn. „Ganz und gar nicht. Das wäre für mich völlig undenkbar."

Ich konnte mir eine Beziehung mit einer so viel jüngeren Frau nicht vorstellen. Ich wäre mir vorgekommen, als stiege ich mit meiner eigenen Tochter ins Bett. Was war das für ein Mann? Hatte er keine Skrupel? Wie konnte so eine Beziehung überhaupt funktionieren? Es waren zwei verschiedene Generationen, zwei verschiedene Welten.

Anna brachte ihre Sicht der Dinge ein. „Ich glaube, der Altersunterschied ist nicht von Bedeutung, wenn zwei Menschen sich verstehen und zueinander passen."

Ich war etwas irritiert und überlegte, ob sie wohl aus eigener Erfahrung sprach. Ich erinnerte mich an das Gespräch in der Bar, als sie etwas von einer großen Liebe und einer großen Enttäuschung erwähnt hatte. Hatte sie vielleicht eine Beziehung mit einem älteren Mann hinter sich?

Sie schien meine Gedanken zu erraten. „Mein Vater ist fünfzehn Jahre älter als meine Mutter. Sie haben sich auf der Fähre von Trelleborg nach Travemünde kennen gelernt. Mein Vater arbeitete damals auf der Fähre als Stewart. Meine Mutter war noch Studentin und machte zusammen mit einer Freundin einen Ausflug nach Schweden. Es soll Liebe auf den ersten Blick gewesen sein. Dieser Fährverbindung habe ich sozusagen mein Leben zu verdanken." Sie stellte das leere Glas auf den Boden. „Ich muss jetzt leider gehen."

„Wollen wir zusammen essen gehen?", fragte ich sie. Meine Stimme klang etwas unsicher.

Sie sah mich über den Rand ihrer Sonnenbrille an. „Sehr gerne. Heute habe ich Dienst, aber morgen Abend würde es gehen."

„Kennst du ein nettes Lokal hier in der Nähe?"

„Unten am Hafen, die Flamingo Bar. Da isst man nicht schlecht."

„Sagen wir um acht?"

Sie nickte. „Dann bis morgen Abend."

Ich sah ihr nach. Ihr eingeölter Körper glänzte in der Sonne.

Ich trank mein Glas aus und sah zu dem ungleichen Paar herüber. Die Frau war verschwunden. Der Mann schlief mit offenem Mund. Meine Gedanken kreisten um Anna. Sie war die erste Frau seit der Scheidung von Silvia, die mich wirklich faszinierte. Ich hatte das Bedürfnis, mehr Zeit mit ihr zu verbringen. Und ausgerechnet jetzt hatte ich einen Auftrag angenommen, der einige Zeit in Anspruch nehmen würde. Silvia hatte mir öfters vorgehalten, dass mein Beruf immer Vorrang vor Familie und Privatleben hatte. Gleichzeitig dachte ich daran, dass ich Cavallo den Wunsch, die Diebstähle zu untersuchen, niemals hätte abschlagen können, und ich musste mit der nötigen Diskretion vorgehen. Ich kam mir auf einmal am Pool ziemlich einsam und verlassen vor.

Als ich zur Rezeption ging, war Mario gerade dabei, einer älteren Frau den Weg zum Friseur unten am Hafen zu erklären. Als sie endlich gegangen war, wandte er sich an mich. „Herr Klein, was kann ich für Sie tun?"

„Hat Sie Herr Cavallo schon informiert über die – spezielle Angelegenheit?" Ich betonte die beiden letzten Worte.

Mario räusperte sich, warf einen prüfenden Blick nach links und nach rechts und beugte sich zu mir vor. „Selbstverständlich. Ich bin über die – spezielle Angelegenheit im Bilde." Seine Stimme wurde leiser. „Ich stehe zu Ihrer Verfügung. Was immer Sie benötigen, ich werde mich darum kümmern." Und dann fügte er hinzu: „Diese Detektivarbeit ist ja so aufregend."

„Vorerst wäre ich Ihnen dankbar, wenn Sie mir eine Liste des Personals geben könnten, das Zugang zu den Zimmern hat."

Ein Lächeln glitt über Marios Gesicht. „Ist bereits erledigt. Im Auftrag von Herrn Cavallo." Wieder warf er einen Blick nach links und rechts und reichte mir einen Umschlag.

„Sehr gut, danke. Können Sie mir sagen, wann der letzte – Vorfall gemeldet wurde?"

Mario schüttelte den Kopf. „Leider nicht. Da muss ich Herrn Cavallo fragen. Ich werde es Ihnen aber so schnell als möglich mitteilen."

„Vielen Dank, Mario. Ich wüsste gar nicht, was ich ohne Sie anfangen würde."

Ein breites Lächeln zeigte sich auf seinem Gesicht. „Es ist mir eine Ehre, Ihnen helfen zu können", entgegnete er. „Bitte sagen Sie mir, wenn ich sonst noch etwas für Sie tun kann."

Ich bedankte mich nochmals und ging auf mein Zimmer.

Auf dem Tisch beim Fenster stand ein großer Strauß mit gelben Rosen. Im Zimmer duftete es wie in einem Blumengeschäft. Ich holte mir ein Mineralwasser aus der Minibar und setzte mich auf die Terrasse. Der Umschlag, den Mario mir gegeben hatte, enthielt eine Liste, auf der alle Personen aufgeführt waren, die Zugang zu den Zimmern hatten. Es waren insgesamt neun Personen, welche mit Nachname, Vorname, Geburtsdatum, Datum der Einstellung und Aufgabe aufgelistet waren. Daraus konnte ich ersehen, dass die meisten schon viele Jahre im Hotel arbeiteten. In den letzten paar Monaten waren drei Personen neu eingestellt worden: Carla Bianchi, Roberto Di Cave, und Maria Martelli.

Das Telefon klingelte. Ich eilte hinein und nahm den Hörer ab. Ich hoffte, dass sich Annas Stimme melden würde.

„Der letzte – Vorfall – ereignete sich letzte Woche am Freitag. Zimmer 206“, flüsterte Mario in den Hörer. „Es wurde Geld aus einer Brieftasche gestohlen.“

„Waren an diesem Tag alle Personen auf der Liste anwesend?“

„Nein, Roberto Di Cave arbeitete letzte Woche nicht. Er musste nach Sizilien zur Beerdigung seines Vaters fahren.“

Ich bedankte mich und legte auf.

Roberto Di Cave schied nun als Verdächtiger aus. Es blieben noch Carla Bianchi und Maria Martelli. Ich studierte nochmals die Liste. Beide hatten im April ihre Arbeit im Hotel begonnen. Carla Bianchi war gemäß den Angaben auf der Liste 53 Jahre alt, Maria Martelli 24. Beide waren als Zimmermädchen eingestellt worden. Ich rief die Rezeption an.

Mario meldete sich.

„Arbeiten Carla Bianchi und Maria Martelli morgen?“, fragte ich.

„Ein Moment bitte, ich muss in der Wochenplanung nachschauen." Es knackte im Hörer. Nach einer kurzen Pause meldete sich Mario wieder. „Ja. Beide sind für die erste Etage zuständig."

„Können Sie den Plan so ändern, dass beide morgen in der zweiten Etage arbeiten?"

„Das kann ich veranlassen. Und was soll ich ihnen sagen, wenn sie nach dem Grund fragen?"

„Sagen Sie einfach, es sei eine Anweisung von Herrn Cavallo. Um welche Zeit wird jeweils mit dem Zimmeraufräumen begonnen?"

„Etwa um zehn Uhr. Vorausgesetzt, der Schlüssel wurde an der Rezeption deponiert."

„Gibt es einen Ersatzschlüssel für mein Zimmer?"

„Es gibt für jedes Zimmer einen Ersatzschlüssel, welcher in einem Safe verwahrt wird."

„Gibt es auch einen Schlüssel für die Verbindungstür zum Zimmer nebenan?"

„Ja. Diese Schlüssel befinden sich ebenfalls im Safe, da sie sehr selten benötigt werden."

„Ist das Zimmer neben meinem belegt?"

„Nein, es ist im Moment frei."

„Sehr gut. Können Sie den Ersatzschlüssel für mein Zimmer und den Schlüssel für die Verbindungstür morgen um neun an der Rezeption für mich bereithalten?"

„Die Schlüssel werden pünktlich für Sie bereitliegen." Mario räusperte sich, dann fragte er leise: „Sind Carla und Maria die Verdächtigen?"

„Ich fürchte, ja. Aber absolute Diskretion, bitte."

„Selbstverständlich."

Ich machte es mir wieder in meinem Liegestuhl auf der Terrasse bequem. Der Wind war in der Zwischenzeit noch stärker geworden und die Wellen brausten in tosenden Wogen ans Ufer. Ich überlegte, wie ich diesen Fall angehen könnte. Wieder überfielen mich Zweifel, dass ich den Fall angenommen hatte. Eigentlich hatte ich mir vorgenommen auszuspannen und von allem etwas Abstand zu gewinnen. Ein seltsames Gefühl stieg in mir auf, als ich daran dachte, dass ich Anna morgen in der Flamingo Bar treffen würde. Und für einen Moment hatte ich das starke Bedürfnis, sofort in die Hotelbar hinunter zu gehen.

Ich musste an Tom denken. Er war ein überzeugter Junggeselle, der nie eine feste Beziehung einging. Von Zeit zu Zeit trafen wir uns in einer Bar und sprachen über die guten alten Zeiten bei der Polizei. Und er erzählte manchmal von seinen verschiedenen Affären. Ich hatte ihm immer interessiert und ein wenig neidisch zugehört. Ob Tom wohl die bessere Art zu leben gewählt hatte? Ob er glücklicher war?

Ich nahm einen großen Schluck aus der Flasche und betrachtete die drohenden dunklen Wolken am Horizont. An diesem Abend beschloss ich im Zimmer zu bleiben, etwas fernzusehen und früh ins Bett zu gehen.

5

Am nächsten Tag war ich schon früh auf den Beinen. Als Erstes ging ich auf die Terrasse hinaus. Es war ein prachtvoller Tag, der Wind war schwächer geworden und das Meer lag ruhig da.

Nach dem Frühstück begab ich mich zur Rezeption, wo mich Mario bereits erwartete. Ich überlegte, ob Mario eigentlich rund um die Uhr arbeitete.

„Guten Tag, Herr Klein. Ich habe hier eine Nachricht für Sie." Mit diesen Worten übergab mir Mario mit bedeutungsvollem Blick einen verschlossenen Briefumschlag.

Ich nahm den Umschlag entgegen und bedankte mich. Mir fiel ein goldener Siegelring an Marios linker Hand auf, der ein Wappen mit zwei gekreuzten Dolchen zeigte. Es war das gleiche Wappen, das in Cavallos Büro an der Wand hing. Ich reichte Mario meinen Zimmerschlüssel. Er hängte ihn an das Schlüsselbord an der Wand.

Als ich mich wieder hinauf zu meinem Zimmer begab, sah ich mich kurz um, ob schon jemand vom Reinigungspersonal an der Arbeit war. Niemand war zu sehen. Ich nahm den Ersatzschlüssel aus dem Briefumschlag, betrat mein Zimmer und schloss hinter mir ab. Den Schlüssel steckte ich in den Umschlag zurück, holte meine Brieftasche hervor und legte sie auf das Bett. Dann nahm ich den zweiten Schlüssel aus dem Umschlag, öffnete damit die Verbindungstür zum Nebenzimmer und ging hinein. Die Tür ließ ich einen Spalt weit offen, sodass ich mein Bett im Blick hatte. Nun blieb mir nichts weiter zu tun, als mich auf einen Stuhl zu setzen und im Nebenzimmer zu warten.

Kurz nach zehn hörte ich, wie jemand die Tür zu meinem Zimmer öffnete und den Raum betrat. Durch den schmalen Türspalt konnte ich eine Frau Mitte fünfzig sehen. Das musste Carla Bianchi sein. Sie ging um das Bett herum und summte eine Melodie. Plötzlich blieb sie stehen. Sie nahm meine Brieftasche in die Hand. Ich hielt den Atem an. War sie die Diebin? Gespannt verharrte ich hinter der Tür. Die Frau verschwand aus meinem Blickfeld und ich hörte nur ihr Summen. Dann konnte ich sehen, wie sie das Bett machte und den Abfalleimer leerte. Sie verließ das Zimmer und schloss die Tür wieder ab.

Ich öffnete die Verbindungstür und betrat mein Zimmer. Meine Brieftasche lag auf dem Tisch neben dem Rosenstrauß. Ich öffnete sie und stellte erstaunt fest, dass nichts fehlte. In diesem Moment hörte ich, wie jemand von außen den Schlüssel ins Schloss steckte. Hastig legte ich die Brieftasche zurück auf den Tisch und konnte gerade noch rechtzeitig das Zimmer durch die Verbindungstür verlassen. Durch den Spalt konnte ich eine junge Frau sehen, die frische Handtücher brachte. Das musste Maria Martelli sein. Ich konnte wenige Momente später nur erahnen, dass sie ins Badezimmer gegangen war, um die Handtücher auszuwechseln. Dann hörte ich, wie die Badezimmertür geschlossen wurde. Ich konnte sie nicht sehen, nahm aber an, dass sie jetzt gerade vor dem Tisch stand, auf dem meine Brieftasche lag. Absolute Stille, man hätte eine Stecknadel fallen hören können. Mein Puls beschleunigte sich, ich lauschte gespannt. Dann vernahm ich ein Geräusch. Es war so leise, dass ich es kaum hörte. Das war der richtige Moment.

Als ich durch die Verbindungstür ins Zimmer trat, blieb Maria wie erstarrt stehen und starrte mich an. In der einen Hand hielt sie meine Brieftasche, in der anderen einen Geldschein.

Ich blickte in ihr entsetztes Gesicht und sah die Furcht in ihren Augen. Mit ruhiger Stimme sagte ich: „Mein Name ist David Klein. Das ist mein Zimmer. Ich habe Sie beobachtet, wie Sie Geld aus meiner Brieftasche genommen haben."

Sie fiel vor mir auf die Knie und fing an zu weinen. „Es tut mir leid." Sie hielt die Hände vor ihr Gesicht und kauerte auf dem Boden. „Es tut mir so leid", schluchzte sie.

Ich war von ihrer Reaktion völlig überrascht worden und wusste einen Augenblick nicht, was ich machen sollte. Schließlich beugte ich mich zu ihr hinunter, fasste sie am Arm und bat sie aufzustehen. „Warum haben Sie das Geld genommen?", fragte ich.

„Bitte, es tut mir leid. Haben Sie Erbarmen." Ihre Stimme zitterte. „Mein Mann ist arbeitslos. Wir haben vier Kinder. Wir wissen nicht, wie wir über die

Runden kommen sollen. Es tut mir so leid. Bitte rufen Sie nicht die Polizei."

Die junge Frau tat mir leid. „Wie heißen Sie?"

„Maria, Maria Martelli", schluchzte sie.

„Ich muss Sie dem Hoteldirektor melden."

Sie sah mich entsetzt an.

„Ich werde ihm Ihre Situation erklären", versuchte ich sie zu beruhigen.

Mit zitternden Händen hielt sie mir den gestohlenen Geldschein hin. Es waren zwanzig Euro. Sie hätte auch einen Fünfziger herausnehmen können.

Ich schüttelte den Kopf. „Behalten Sie ihn."

Sie sah mich ungläubig an und verließ mit gesenktem Kopf das Zimmer.

Ich hatte schon öfters mit Dieben zu tun gehabt, mit Ladendieben in Kaufhäusern. Manchmal war ich aus finanziellen Gründen gezwungen gewesen, auch solche Aufträge anzunehmen. Aber noch nie hatte ich solches Mitleid mit einem ertappten Dieb gehabt, wie jetzt mit Maria. Ich überlegte, was ich nun tun sollte. Am liebsten hätte ich Maria laufen lassen und gar nichts unternommen. Ich hatte Verständnis für die schwierige Situation, in der sich ihre Familie befand.

Ich erinnerte mich an einen Klassenkameraden aus meiner Schulzeit. Renato hieß er. Er kam aus armen Verhältnissen, hatte drei Brüder und sein Vater arbeitete als Tagelöhner auf einer Baustelle. Renato wurde von allen Schulkameraden gehänselt, weil er die Kleidung seiner drei älteren Brüder tragen musste, die ihm meist zu groß und mit Flicken versehen war. Vogelscheuche hatten wir ihn genannt. Eines Tages im Winter war ich mit meinen Freunden zu einem kleinen See zum Schlittschuhlaufen gegangen. Es war ein sonniger Tag im Januar. Der Schnee glitzerte wie Millionen Diamanten. Ich hatte mich etwas zu weit auf den gefrorenen See hinausgewagt. Plötzlich brach unter mir das Eis ein. Ich steckte im eiskalten Wasser und konnte mich nicht mehr aus eigener Kraft befreien. Es war nur noch eine Frage von Minuten, bis ich untergehen und ertrinken würde. Alle meine Kameraden waren schockiert und standen wie erstarrt da. Alle außer einem, Renato. Vorsichtig robbte er auf dem Bauch vorwärts bis zu mir und zog mich aus der tödlichen, eisigen Falle heraus. Renato hatte mir damals das Leben gerettet. Ausgerechnet er, die Vogelscheuche. Nach ein paar Monaten zog Renatos Familie weg. Ich hatte nie wieder etwas von ihm gehört.

Ich hatte Cavallo versprochen, den Fall aufzuklären. Mario wusste bereits, dass Carla Bianchi und Maria Martelli verdächtigt wurden, und ich war mir sicher, dass er Cavallo bereits darüber informiert hatte. Ich hatte also keine andere Wahl, ich musste Cavallo sagen, dass Maria Martelli die Diebin war. Andernfalls würde auch Carla Bianchi unter Verdacht geraten. Aber ich wollte mir noch etwas Zeit lassen.

Da kam mir wieder in den Sinn, dass ich Jenny eine Ansichtskarte versprochen hatte. Ich holte die

Karte, die ich an der Rezeption gekauft hatte, aus meiner Jackentasche. Dann saß ich da, kaute auf einem Stift herum und überlegte, was ich schreiben sollte. Es fiel mir einfach nichts Gescheites ein. Früher hatte immer Silvia die Ansichtskarten geschrieben. Ich musste nur noch unterschreiben. Warum hatte sie sich diesen fetten, glatzköpfigen Typen zugelegt? Was hatte Jenny gesagt, was er war? Architekt? Er hatte ein regelmäßiges Einkommen. Das hatte Silvia mir immer wieder vorgeworfen. Wärst du doch nur bei der Polizei geblieben, hatte sie oft gesagt. Hatte sie am Ende vielleicht doch recht behalten? Hätte ich den Dienst bei der Polizei nicht quittieren dürfen? Hätte ich mich vielleicht besser versetzen lassen sollen? Zum internen Dienst, zur Ausbildung oder zur Verkehrspolizei? Ein schmerzliches Gefühl erfüllte mich. Hatte ich denn alles falsch gemacht in meinem Leben?, fragte ich mich. Und unvermittelt war es wieder da, dieses brennende Bedürfnis, den Schmerz mit Alkohol zu betäuben. Plötzlich hielt ich es im Zimmer nicht mehr aus. Ich steckte die beiden Ersatzschlüssel ein und verließ das Zimmer.

Der Strand war menschenleer und es war bereits heiß um diese Zeit. Am Ufer ging eine angenehme Brise, die mir das Gefühl vermittelte, als würden auch meine bedrückenden Gedanken allmählich verweht werden.

Als ich von meinem kurzen Spaziergang zurückkam, ging ich zur Rezeption. Dort gab ich Mario die beiden Ersatzschlüssel zurück und fragte, ob Herr Cavallo zu sprechen sei.

„Gibt es denn schon Neuigkeiten betreffend der – speziellen Angelegenheit?“, fragte Mario neugierig.

„Ja“, entgegnete ich. „Aber ich muss zuerst mit Herrn Cavallo sprechen.“

„Selbstverständlich. Einen Moment bitte.“ Mario verschwand und ich überlegte, warum der Mann eigentlich auch in der größten Hitze in Anzug und Krawatte nicht schwitzte.

Als er zurückkam, zeigte er mit einer vornehmen Geste zu Cavallos Büro hinüber. „Herr Cavallo lässt bitten.“

Ich ging hinein.

„Mein lieber Herr Klein“, begrüßte mich Cavallo.

Auf seinem Schreibtisch stand diesmal ein Strauß mit dunkelroten Rosen. Er kam gleich zur Sache. „Carla und Maria werden verdächtigt. Ist das wirklich wahr?“ Er deutete auf einen Besucherstuhl.

„Ich weiß, wer das Geld entwendet hat.“

Cavallo sah mich erstaunt an, sagte aber nichts.

Ich hatte den Eindruck, als hätte er Angst davor, den Namen zu erfahren. Bestimmt war dies eine schwierige und enttäuschende Situation für ihn.

Ich versuchte einen Einstieg in das heikle Gespräch. „Zuerst möchte ich Sie um etwas bitten, Herr Cavallo.“

„Ja, bitte?“ Cavallo schien überrascht.

„Ich kenne Sie als guten und weisen Menschen,

der seinen Mitmenschen viel Verständnis entgegenbringt." Ich hörte selbst, wie hohl meine Worte klangen, es fiel mir aber spontan nichts Besseres ein. „Ich bitte Sie deshalb, dass die betroffene Person nicht bestraft oder der Polizei gemeldet wird. Ich habe mit ihr gesprochen und sie hat aus reiner Not heraus gehandelt. Es ist Maria Martelli."

Cavallo legte seine Stirn in Falten und senkte den Kopf, so als ob ihn selbst eine Schuld getroffen hätte. „Das erstaunt mich sehr." Er machte eine kurze Pause. Dann fuhr er fort: „Maria hat mich Anfang des Jahres – ich glaube, es war im März – um eine Stelle als Zimmermädchen gebeten. Ich hatte gerade jemanden eingestellt und brauchte eigentlich niemanden. Aber sie war mir sympathisch und sie schien dringend auf die Arbeit angewiesen zu sein. Da habe ich ihr zugesagt."

„Es geht ihr finanziell sehr schlecht. Ihr Mann ist arbeitslos und sie hat vier kleine Kinder. Ich bin überzeugt, dass sie nie wieder stehlen wird." Ich sah ihn ernst an. „Herr Cavallo, ich verzichte auf mein Honorar und bitte Sie stattdessen, Maria eine zweite Chance zu geben."

Cavallo blickte traurig zum Fenster hinaus und nickte nachdenklich mit dem Kopf. „Ich werde es mir überlegen." Seine Stimme klang heiser. „Ich muss zuerst darüber nachdenken. Ich wusste nicht, dass Maria finanzielle Probleme hat. Sie hat nie ein Wort darüber verloren. Warum ist sie nicht zu mir gekommen? Ich hätte ihr doch helfen können." Er reichte mir die Hand. „Ich bin Ihnen zu großem Dank verpflichtet. Sie haben den guten Ruf des Hotels wieder hergestellt."

Ich sah ihm an, dass er hin- und hergerissen war. Einerseits wollte er meiner Bitte entsprechen, Maria zu verschonen, und andererseits musste er den Ruf seines Hotels verteidigen. Das war bestimmt eine schwierige Situation für diesen Mann, der so hohe Ansprüche an sich und sein Personal stellte.

Als ich in mein Zimmer zurückkehrte, lag die leere Ansichtskarte noch immer auf dem Tisch neben den Rosen. Ich setzte mich hin und fing nach längerem Nachdenken an zu schreiben. Für die drei Sätze, die ich schließlich auf die Karte kritzelte, benötigte ich eine halbe Stunde, war aber mit dem Ergebnis nicht zufrieden.

An der Rezeption fragte ich Mario, wo der nächste Briefkasten sei.

Mario erklärte mir, dass dieser in der Nähe des Stadtparks zu finden sei, dass ausgehende Post aber auch bei der Rezeption abgegeben werden könne. Dann senkte er seine Stimme. „Und wie ist der Stand betreffend unserer speziellen Angelegenheit?"

Ich wollte Mario nicht enttäuschen, weil er mich so tatkräftig unterstützt hatte. Andererseits wollte ich aber auch Herrn Cavallo nicht vorgreifen, da dieser Mario offensichtlich noch nicht informiert hatte.

„Herr Cavallo möchte Sie persönlich darüber informieren“, antwortete ich diplomatisch.

Mario machte ein erfreutes Gesicht und nickte.

Nachdem ich mich nochmals bei Mario für seine Hilfe bedankt hatte, verließ ich das Hotel durch den Vordereingang, durchquerte den Hof und trat auf die Straße hinaus. Es war zwar sonnig und heiß, aber es wehte eine angenehme Brise. Marios Wegbeschreibung war gut. Ich fand den Briefkasten problemlos und warf die Karte ein.

Spontan beschloss ich in den Stadtpark zu gehen. An einem kleinen Stand neben dem Eingangstor kaufte ich mir ein Erdbeereis. Der Stadtpark bestand aus alten Bäumen, die angenehmen Schatten spendeten. Ich setzte mich auf eine Bank unter einer großen Buche und ließ mir das Eis schmecken. Es war ruhig und beinahe menschenleer. Nur auf der gegenüberliegenden Seite spielten ein paar Kinder mit einem Ball. Ich saß da und versuchte abzuschalten und an nichts zu denken, was mir natürlich nicht gelang. Viele Gedanken gingen mir durch den Kopf und ich hatte Mühe, sie zu ordnen. Die Scheidung von Silvia, meine Alkoholprobleme, meine frühere Arbeit als Polizist, meine Tochter Jenny. Dann kam mir Anna in den Sinn. Jedes Mal verspürte ich ein Glücksgefühl, wenn ich an sie dachte. Ob ich ihr wohl auch sympathisch war? Ich hatte immer schon Mühe gehabt, Frauen einzuschätzen und war früher oft enttäuscht worden. Was wohl Silvia an mir gefallen hatte? War sie einfach eine große Ausnahme? Vielleicht gab es für mich keine andere Frau auf dieser Welt als Silvia?

Ich bemerkte, dass mir das Eis auf die Schuhe getropft war, als ich so gedankenversunken dagesessen hatte.

Was auch immer Anna von mir hielt, ich musste es herausfinden. Und ich hoffte, bei unserem Treffen am Abend in der Flamingo Bar mehr darüber zu erfahren.

Als ich von meinem kleinen Ausflug zum Stadtpark zurückkam, lag eine Mitteilung mit Briefkopf des Hotels auf meinem Bett. Verwundert las ich den Inhalt:

Sehr verehrte Gäste. Wie Sie vielleicht wissen, wurde unser Hotel seit Kurzem von Diebstählen heimgesucht. Hierbei handelt es sich um ein Problem, das niemals zuvor in der langen Geschichte des Hotels Eleonora vorgekommen ist. Wir können Ihnen aber erfreulicherweise mitteilen, dass die verantwortliche Person gefunden werden konnte. Wir versichern Ihnen, dass solche Vorfälle nie wieder vorkommen werden und möchten uns für die Unannehmlichkeiten entschuldigen. Ein besonderer Dank gilt unserem Gast, Privatdetektiv David Klein, der diesen Fall gelöst hat. Die Hoteldirektion.

Verärgert zerknüllte ich das Papier und warf es in den Papierkorb. Ich wollte eigentlich nicht mit der Sache in Verbindung gebracht werden und ebenso wenig wollte ich, dass mein Name und Beruf offiziell erwähnt wurden. Ich betrieb meine Ermittlungen immer mit höchster Diskretion, was einer meiner wichtigsten Grundsätze war. Ich sah mich hier als Feriengast, wie alle anderen auch. Natürlich wusste ich, dass Cavallo es nur gut gemeint hatte und mir auf diese Weise seinen Dank aussprechen wollte. Und ich hatte auch Verständnis dafür, dass er den guten Ruf des Hotels wiederherstellen musste. Ich fragte mich, was Cavallo wohl mit Maria Martelli anstellen würde. Würde er meiner Bitte entsprechen und ihr nochmals eine Chance geben?

Ich duschte und machte mich frisch für das Treffen mit Anna in der Flamingo Bar. Während ich mich umzog, schaltete ich den Fernseher an. Auf einem Lokalsender lief gerade ein Bericht über die neu vereidigte Regierung. Ich fragte mich, die wievielte Regierungsumbildung dies schon war. Die Italiener sind Weltmeister im Bilden und Auflösen von Regierungen, dachte ich. Anschließend kam ein Beitrag über die große Hitzewelle in Italien, welche die Ernte beeinträchtigen würde. Der Taxifahrer kam mir in den Sinn, der das Problem der Bauern heruntergespielt hatte. Jeder denkt eben nur an sich, dachte ich.

Ich machte den Fernseher aus und kämmte mich vor dem Spiegel. Besorgt stellte ich fest, dass sich die grauen Haare weiter vermehrt hatten. Heute hast du ein wichtiges Date, sagte ich zu dem Mann im Spiegel. Dann kam mir in den Sinn, dass ich keine Kondome dabei hatte. Das war bisher auch noch nie ein Thema gewesen, als ich noch mit Silvia zusammen war. Und bei den flüchtigen Frauenbekanntschaften seit meiner Scheidung war es bisher nie so weit gekommen. Vielleicht gab es ja in der Toilette der Flamingo Bar einen Automaten. Bei dem Gedanken kam ich mir vor wie ein Teenager und musste über mich selbst lachen. Ich blickte ein letztes Mal zu meinem Spiegelbild und machte ein Zeichen mit dem Daumen nach oben. Dann verließ ich das Hotel und ging in Richtung Hafen.

6

Die pinkfarbene Leuchtreklame der Flamingo Bar konnte ich schon von Weitem sehen. Es war ein altes Gebäude aus roten Backsteinen, das früher vermutlich einmal als Lager gedient hatte. Ich war überrascht, als ich eintrat. Ich befand mich in einem gemütlichen englischen Pub. Direkt neben dem Eingang befand sich eine halbrunde Theke mit ledernen Barhockern. Im hinteren Teil standen ein paar Holztische und alte Ledersessel und an den holzverkleideten Wänden hingen Spiegel mit Werbung für englische Produkte. Aus einer alten Musikbox ertönte italienische Popmusik.

Das Lokal war leer, nur an der Bar saß ein Mann. Ich war eine halbe Stunde früher gekommen, um mir etwas Mut anzutrinken.

Ich setzte mich am anderen Ende auf einen Barhocker.

„Guten Abend. Mein Name ist John. Was darf's sein?" Der englische Akzent des Barkeepers war nicht zu überhören.

„Guten Abend, John. Ich heiße David und hätte gern einen Jack Daniel's."

„Okay, kommt sofort." John wischte mit einem weißen Tuch flüchtig über den Tresen. Er trug ein schwarzes T-Shirt mit ausgeschnittenen Achseln, das seine muskulösen Oberarme zur Geltung brachte. Sein kahl rasierter Schädel glänzte in der Spot-Beleuchtung.

„Ist nicht so viel los heute?" Ich deutete mit dem Blick in die Runde.

„Um diese Zeit nicht. Noch zu früh." John stellte das Glas hin. „Cheers", sagte er.

Ich zögerte. Nur dieses eine Glas, sagte ich mir.

„Kommst du aus England?", wollte ich wissen.

John schüttelte energisch den Kopf. „Aus Edinburgh." Er warf sich das weiße Tuch über die Schulter. „Dort hatte ich bereits ein Pub. Ist aber nicht so gut gelaufen. Hohe Arbeitslosigkeit. Jetzt versuche ich's hier."

„Dein Pub gefällt mir sehr gut, John."

„Danke." Er schmunzelte.

„Ich liebe Pubs. In Zürich gibt es im Niederdorf ein gutes Pub. Da gehe ich gerne hin."

„Du kommst aus der Schweiz?"

„Ja. Ich verbringe hier meine Ferien. Einmal weg von allen Problemen."

„Ich verstehe." John nickte.

Ich bemerkte eine tätowierte Schlange auf seinem linken Oberarm. Ich beugte mich über den Tresen. „Ich treffe mich hier mit einer Frau. Kannst du mir einen Tisch empfehlen, an dem wir ungestört plaudern können?"

John wies mit dem Blick in eine Ecke, in der eine große, alte Pendeluhr stand. „Dort drüben ist's am ruhigsten." Er zwinkerte mir mit einem Auge zu. „Ecke für Verliebte."

Jetzt meldete sich der Mann am anderen Ende der Bar. Er lallte etwas zu John herüber, ich konnte aber nicht verstehen, was er sagte. Ich überlegte, ob ich selbst jemals um diese Zeit bereits schon so betrunken gewesen war. John unterhielt sich mit dem Mann.

Ich nahm mein Glas, stand auf und setzte mich an den Tisch neben der Pendeluhr.

Um fünf nach acht betrat Anna das Lokal und sah sich um. Sie lächelte, als sie mich entdeckte und kam zu mir herüber.

Mit Missfallen registrierte ich, wie der Betrunkene an der Bar ihr mit lüsternem Blick nachstarrte.

Ich stand auf und begrüßte sie. „Schön dich wiederzusehen. Die Bar war ein guter Tipp. Ich mag Pubs. Bist du oft hier?"

Sie zuckte mit den Schultern. „Gelegentlich. Ich gehe nie allein in ein Lokal."

Wir setzten uns. Sie sah bildhübsch aus in ihrem blauen, kurzen Kleid. Ihr Haar hatte sie hochgesteckt. Ich spürte, wie mein Puls schneller ging.

John trat neben unseren Tisch und fragte, was wir trinken wollten.

Anna bestellte einen Gin Tonic. Ich bestellte noch einen Jack Daniel's mit Eis und wedelte mit der Hand eine lästige Fliege weg. Aber eigentlich war es eher der klägliche Versuch, mein schlechtes Gewissen zu verscheuchen. Ich hatte mein eigenes Versprechen gebrochen, nur noch ein einziges Glas zu trinken. Das ist eine Ausnahme, versuchte ich mir einzureden.

Anna strahlte mich an. „Ich gratuliere dir zur Lösung deines Falls."

Ich sah sie fragend an.

„Ich habe mit Freude die Mitteilung der Hoteldirektion gelesen, dass der Dieb gefasst wurde." Sie beugte sich leicht zu mir vor und sagte im Flüsterton: „Habe ich eigentlich auch zu den Verdächtigen gehört?"

Ich schüttelte ernst den Kopf. „Nein, du hattest ja keinen Zugang zu den Zimmern." Zu spät merkte ich, dass sie es bloß ironisch gemeint hatte.

„Dann hatte ich Glück. Sonst hättest du mich bestimmt in die Zange genommen und verhört!"

Wir mussten beide laut lachen.

Ich erzählte ihr, wie ich Maria Martelli auf frischer Tat ertappt und dass ich Cavallo um Nachsicht gebeten hatte.

Als ich geendet hatte, meinte Anna: „Du hast dich für Maria bei Herrn Cavallo eingesetzt? Aber sie ist doch eine Diebin?“

„Sie hat mir leidgetan. Sie ist in einer schwierigen Situation. Ich kann sie verstehen. Jeder könnte doch einmal in eine solche Not geraten.“

Anna lächelte und schüttelte gleichzeitig den Kopf. „Du bist ein hoffnungsloser Idealist. Von nun an nenne ich dich nicht mehr Sherlock Holmes, sondern Robin Hood.“

Langsam füllte sich das Lokal und der Lärmpegel stieg stetig an.

Anna erzählte von ihrer Vergangenheit. Vor zwei Jahren hatte sie einen Mann kennen gelernt, als sie hier mit zwei Freundinnen die Ferien verbrachte. Francesco hieß er. Die große Liebe, wie sie damals geglaubt hatte. Sie gab ihren Job als Krankenschwester und ihre Wohnung in Stockholm auf und zog hierher zu Francesco. Er war Sportlehrer und sie lebten eine kurze Zeit glücklich zusammen. Sie wurde von ihm enttäuscht und hintergangen, verriet jedoch nicht, was geschehen war. Ich vermutete, dass eine andere Frau dahinter gesteckt hatte. Anna trennte sich von Francesco und suchte sich einen Job. Im Hotel Eleonora hatte sie dann Glück und Cavallo stellte sie ein.

„Ich werde diesen Job nicht für immer machen“, sagte sie entschuldigend. „Aber im Moment ist es so gut, wie es ist. Mal sehen, was die Zukunft bringt.“

Ich hatte gerade begonnen, von meiner Scheidung zu erzählen, als unsere Aufmerksamkeit auf die Bar gelenkt wurde. Das Publikum im Lokal verstummte plötzlich und alle Blicke richteten sich auf das, was sich dort abspielte.

Der Betrunkene, der schon am Anfang da gesessen hatte, beklagte sich lautstark. Man konnte jedoch nicht verstehen, worum es genau ging. John schien ihm klarmachen zu wollen, dass er ihm keinen Alkohol mehr ausschenke und dass er nach Hause gehen solle. Dann eskalierte die Situation plötzlich. Der Mann griff sich eine leere Flasche und zerschlug sie über dem Tresen. Das Klirren des Glases hallte von den Wänden wider. Er hielt das abgebrochene, scharfe Ende der Flasche an Johns Hals. Es war totenstill im Raum. Alle Gäste saßen schockiert da und starrten auf die bedrohliche Szene.

Ich hatte als Polizist öfters mit Betrunkenen zu tun gehabt und wusste, wie man mit ihnen umgehen musste. Es sah aus, als würde es hier um Leben und Tod gehen, denn der betrunkene Mann wusste nicht mehr, was er tat. Er war sich offensichtlich nicht bewusst, dass er nur mit der kleinsten falschen Bewegung Johns Hals aufschlitzen würde.

Ich war inzwischen aufgestanden und hatte mich leise an den Mann herangeschlichen. Nun stand ich direkt hinter ihm. „Hey, du“, sagte ich mit ruhiger Stimme.

Der Mann drehte sich verblüfft zu mir um. Auf

diesen Moment hatte ich gewartet. Ich packte mit beiden Händen den Arm, in dessen Hand sich die scharfkantige Flasche befand, machte eine halbkreisförmige Bewegung nach vorne und drehte seinen Arm um die eigene Achse. Der Mann schrie auf vor Schmerz und ließ die Flasche augenblicklich fallen. Dann drehte ich mit einer weiteren Bewegung seinen Arm auf den Rücken. Der Mann verlor das Gleichgewicht, fiel vom Hocker herunter und lag mit dem Gesicht nach unten auf dem Boden. Ich drückte ihm mein Knie in den Rücken und hielt ihn fest, sodass er sich nicht mehr rühren konnte. Er keuchte unter mir.

„Schnell, ruf die Polizei!", rief ich John zu.

John kam langsam hinter der Bar hervor. „Ich glaube, das ist nicht nötig", sagte er.

Ich sah ihn verständnislos an.

John kniete sich neben den Mann hin, der auf dem Bauch lag und leise wimmerte. Er streichelte ihm behutsam mit der Hand über den Kopf. „Du hast zu viel getrunken, Edward. Geh jetzt nach Hause."

Ich verstand noch immer nicht, was hier vor sich ging, ließ den Angreifer aber zögerlich los.

Dieser erhob sich langsam und mühevoll vom Boden, torkelte an den schockierten Gästen an der Bar vorbei und verließ das Lokal.

„Wenn mein Bruder betrunken ist, weiß er nicht mehr, was er tut", sagte John. „Aber er ist ein lieber Kerl." Er klopfte mir auf die Schulter. „Danke, David. Eure Drinks gehen aufs Haus. Ich bin dir was schuldig."

Ich erhob mich vom Boden, klopfte mir den Staub von der Hose und ging zu meinem Tisch zurück.

Die Leute im Lokal applaudierten spontan.

Anna saß noch immer fassungslos und mit bleichem Gesicht am Tisch. „Ich glaube, ich möchte jetzt gehen", sagte sie mit zitternder Stimme.

Gemeinsam verließen wir das Lokal. Draußen war es inzwischen dunkel geworden.

Ich spürte, wie sie sich an mich schmiegte und meinen Arm umfasste. „Ich hatte große Angst um dich", sagte sie.

„Ich bin froh, dass niemand verletzt wurde", erwiderte ich. Ich wollte mir gar nicht erst ausmalen, was geschehen wäre, wenn Johns Bruder nur eine kleine falsche Bewegung gemacht hätte. „Wollen wir zum Hafen hinuntergehen?", fragte ich sie, um von dem Geschehenen etwas abzulenken.

Sie nickte. Ihr Gesicht war noch immer kreidebleich.

Wir schlenderten in Richtung Hafen. Anna stützte sich an meinem Arm. Ich spürte ihren Körper und ihr Parfum schien mir die Sinne zu vernebeln. Der Abendwind spielte mit ihrem Haar.

Der Hafen war nicht weit von der Flamingo Bar entfernt. Die Straßenlaternen verbreiteten ein fahles Licht über dem Kai. Der Mond stand wie eine künstliche gelbe Scheibe am Himmel und die an dicken

Tauen festgemachten Fischerboote schaukelten leicht auf und ab.

Aber ich sah nichts von alledem. Ich war wie hypnotisiert von ihrer Nähe und mir war auf einmal bewusst geworden, dass ich mich in sie verliebt hatte. Ich überlegte, ob ich ihr meine Gefühle offenbaren sollte.

In diesem Moment zog sie mich zu sich heran. Ich spürte ihren warmen Körper und ihren schnellen Atem. Wir umarmten und küssten uns leidenschaftlich.

Auf dem Weg zurück zum Hotel gingen wir Hand in Hand. Ich musste unvermittelt an Silvia denken und ärgerte mich über mich selbst, weil ich auf einmal ein schlechtes Gewissen hatte.

Kurz vor dem Hotel blieben wir stehen und küssten uns nochmals.

„Sehen wir uns morgen?“, fragte ich sie.

„Das hoffe ich. Wie wär's beim Mittagessen?“

„Abgemacht. Ich freue mich.“

„Ich möchte dich noch um etwas bitten.“ Ihre Stimme kam mir leise und zerbrechlich vor. „Ich möchte dich bitten, dass wir uns im Hotel ganz normal verhalten. Herr Cavallo ist sehr konservativ in seiner Einstellung gegenüber dem Personal. Er würde es bestimmt nicht tolerieren, wenn eine Angestellte sich mit einem Gast einlässt. Ich möchte keine Probleme bekommen.“

Ich zögerte einen Moment. „Einverstanden“, sagte ich.

Wir verabschiedeten uns und ich sah ihr nach, bis sie im Hoteleingang verschwunden war.

Als ich die Hotelhalle betrat, war niemand zu sehen. Die Rezeption war verwaist. Es war das erste Mal, dass Mario nicht anwesend war. Ich ging zum Schlüsselbord, um meinen Zimmerschlüssel zu holen. Im Schlüsselfach lag ein verschlossener Briefumschlag mit meinem Namen. Ein Dankesschreiben von Herrn Cavallo, dachte ich.

Im Zimmer legte ich mich aufs Bett. Ich fühlte mich seit einer Ewigkeit zum ersten Mal wirklich glücklich. Ich schloss die Augen und genoss dieses Gefühl. Ist das alles real?, fragte ich mich. Anna und ich. Ich konnte es noch immer nicht glauben und fühlte mich wie im siebten Himmel. Ich kniff mir in den Arm, lachte und sagte zu mir selbst: Nein, David, du träumst nicht.

Irgendwann kam mir der Briefumschlag in den Sinn. Ich öffnete ihn und las mit Erstaunen die handgeschriebenen Zeilen:

Sehr geehrter Herr Klein!
Ich muss Sie in einer dringenden Angelegenheit sprechen. Ich schlage morgen um zehn Uhr vor. Ich werde bei der Rezeption auf Sie warten.
Mit freundlichen Grüßen
Werner Hagmann.

Was Hagmann wohl von mir wollte? Hatte er etwa bemerkt, dass ich seine junge Frau heimlich beobachtete? Wollte er mich zur Rede stellen? Es gab sehr eifersüchtige Männer, das wusste ich aus eigener Erfahrung. Beruflich hatte ich oft mit ihnen zu tun und manchmal auch mit eifersüchtigen Frauen.

Ich erinnerte mich an einen Fall, in dem mich ein eifersüchtiger Mann beauftragt hatte, seine Ehefrau zu überwachen. Ich hatte ihm die Beweise in Form von eindeutigen Fotos vorgelegt, auf denen seine Frau mit ihrem Liebhaber zu sehen war. Der Mann war völlig ausgerastet, als er die Fotos sah, und war auf mich losgegangen. Ich konnte ihn nur mir großer Mühe wieder zur Vernunft bringen. Ja, eifersüchtige Menschen konnten unberechenbar sein.

In dieser Nacht schlief ich unruhig. Ich träumte, dass ich mit Anna im Bett lag. Wir hatten aber keinen Sex, wir stritten uns. Sie sagte zu mir, dass sie sich von mir scheiden lassen wolle, weil sie einen anderen Mann liebe. Als ich sie fragte, wer der Mann sei, zeigte sie mit dem Finger hinter mich. Ich drehte mich um und neben dem Bett stand Werner Hagmann.

7

Werner Hagmann wartete bereits auf mich, als ich am nächsten Tag zur Rezeption kam.

„Ah, Sie sind also Herr Klein. Danke, dass Sie gekommen sind.“ Er reichte mir die Hand. „Ich gratuliere Ihnen übrigens zur Aufklärung der Diebstähle. Aus der Mitteilung der Hoteldirektion habe ich entnommen, dass Sie Privatdetektiv sind.“

„Das ist richtig. Aber dass ich den Fall übernommen habe, war ein reiner Freundschaftsdienst. Ich bin eigentlich hier, um Ferien zu machen.“

Hagmann ging nicht auf meine Bemerkung ein. „Sie kommen auch aus Zürich, habe ich gehört. Ich wohne am Zürichberg. Und Sie?“

Mir gefiel es nicht, dass er bereits Erkundigungen über mich eingeholt hatte. „Ich wohne in der Agglomeration. Nicht ganz so exklusiv.“

Hagmann lachte überlegen. Er war eine beeindruckende Erscheinung, groß gewachsen, durchdringende eisblaue Augen, grau meliertes Haar und braun gebrannte Haut. Er trug ein gelbes Polohemd und machte einen fitten und sportlichen Eindruck.

„Ich möchte mit Ihnen über eine private Angelegenheit sprechen.“ Hagmann sah sich forschend um. „Können wir uns irgendwo unter vier Augen unterhalten?“

„Nicht weit von hier ist der Stadtpark, dort sind wir ungestört“, schlug ich vor.

Auf dem Weg legte Hagmann ein schönes Tempo vor und ich hatte Mühe ihm zu folgen. Die Sonne brannte herab und ich war froh, als wir den Park erreicht hatten und unter die schattigen Bäume treten konnten. Ich war ziemlich außer Atem gekommen. Wir setzten uns auf eine Parkbank. Nicht weit entfernt spielten ein paar ältere Männer Boccia.

Hagmann kam gleich zur Sache. „Kennen Sie meine Frau?"

Ich wurde vorsichtig. Worauf wollte er hinaus? War ihm doch aufgefallen, dass ich seine Frau beobachtet hatte? War er eifersüchtig? Wollte er mir klar machen, dass ich in Zukunft meine Blicke von seiner jungen Frau lassen sollte?

„Ja, ich glaube, Ihre Frau schon gesehen zu haben", antwortete ich.

Hagmann räusperte sich kurz und sagte: „Ich wende mich als Landsmann an Sie. Ich habe ein Problem, das sehr diskret behandelt werden muss und ich weiß nicht, an wen ich mich wenden soll. Sie sind Privatdetektiv und haben deshalb bestimmt Erfahrung in solchen Angelegenheiten."

Ich hörte ihm gespannt zu und betrachtete von der Seite sein markantes Profil.

„Es geht um meine Frau." Hagmann sah sich kurz um, um sich zu vergewissern, dass wir allein waren, und fuhr dann fort: „Ich weiß nicht recht, wie ich es Ihnen sagen soll."

Ich hatte den Eindruck, dass es ihm schwer fiel, darüber zu sprechen.

„Sie ist seit gestern verschwunden."

Ich verstand nicht gleich. „Wie meinen Sie das, sie ist verschwunden?"

„Sie sagte, sie gehe an den Strand joggen, und seitdem habe ich sie nicht wieder gesehen."

„Wann war das genau?"

„So gegen fünf."

„Sie meinen also, dass Ihre Frau vom Joggen gestern Abend nicht wieder zurückgekehrt ist?"

„Ja." Hagmann stützte sich mit den Ellbogen auf die Oberschenkel und schüttelte den Kopf. „Das klingt verrückt, nicht wahr?" Er sah zu den Bocciaspielern hinüber. Dann wandte er sich wieder mir zu: „Können Sie mir helfen?"

Ich hatte die junge, schwarzhaarige Schönheit vor Augen. Mein Magen zog sich zusammen, als ich daran dachte, dass ihr vielleicht etwas zugestoßen sein könnte. „Haben Sie schon die Polizei informiert?", fragte ich.

Hagmann sah mich mit großen Augen an. „Nein, ich kann mir keinen Skandal leisten!"

„Es geht vielleicht um das Leben Ihrer Frau!", entgegnete ich in vorwurfsvollem Ton.

„Sagen Sie mir, ob Sie bereit sind, diesen Fall zu übernehmen!", konterte Hagmann.

Ich zögerte. „Ich bin mir nicht sicher. Ich …"

„Sie sind meine einzige Hoffnung. Ich brauche Sie. Nennen Sie mir Ihren Preis, egal was es kostet."

Ich dachte daran, dass dieser Fall vielleicht den größten Teil meiner Ferienzeit in Anspruch nehmen könnte. Andererseits stand ich im Moment finanziell nicht gerade gut da. Die Scheidung hatte mich viel

Geld gekostet und ein zusätzliches Einkommen kam mir eigentlich nicht ungelegen. Zudem machte ich mir ernsthafte Sorgen um die Frau.

Schließlich wurden wir uns über Honorar und Spesen einig.

Nun übernahm ich die Gesprächsführung. „Sie müssen mir jetzt alles genau erzählen, möglichst von Anfang an."

Hagmann erzählte, dass er Lucia vor einem Jahr kennen gelernt hatte, als er hier in den Ferien war. Er hatte sie in der Flamingo Bar unten am Hafen getroffen. Sie war damals noch Studentin. Beide verliebten sich ineinander und sie entschied sich, das Studium abzubrechen und zu ihm nach Zürich zu ziehen. Vor einem Monat hatten sie geheiratet und nun waren sie hier, um ihre Flitterwochen zu verbringen. Wegen einiger wichtiger Geschäftstermine hatte er die Reise mehrmals verschieben müssen. Es war Lucias Idee gewesen, die Flitterwochen hier zu verbringen, an dem Ort, wo sie sich kennen gelernt hatten. Er wäre eigentlich lieber in die Karibik geflogen.

„Ist Lucia ihre erste Frau?", wollte ich wissen.

„Nein, das ist meine zweite Ehe. Ich wurde vor zwei Jahren von meiner ersten Frau geschieden."

„Was war der Grund für die Scheidung?"

Hagmann sah mich ernst an. „Ist das wichtig?"

„Das kann ich jetzt noch nicht sagen. Vielleicht."

Hagmann zögerte einen Moment. „Ich hatte ein Verhältnis mit einer anderen Frau." Er schüttelte den

Kopf und seufzte. „Meine Frau beauftragte einen Privatdetektiv. Der muss gut gewesen sein. Ich weiß heute noch nicht, wie er die Fotos gemacht hat."

„Wie ist Ihr heutiges Verhältnis zu Ihrer Exfrau?"

„Gut. Wir sehen uns manchmal, respektieren uns gegenseitig."

„Haben Sie Kinder aus Ihrer ersten Ehe?"

„Einen Sohn und eine Tochter. Sie sind beide schon erwachsen und stehen auf eigenen Füßen."

„Ich muss alle Möglichkeiten in Betracht ziehen. Es könnte sich um einen Erpressungsfall handeln."

Hagmann sah mich erstaunt an. „Sie glauben, dass Lucia entführt wurde?"

„Im Moment können wir nichts ausschließen. Können Sie mir noch etwas über sich selbst erzählen? Ich muss abschätzen können, ob sie erpressbar sind. Was machen Sie beruflich?"

„Ich bin Direktor bei einer großen Versicherungsgesellschaft."

„Gibt es Privatpersonen oder Geschäftspartner, die Ihnen – sagen wir mal – nicht gerade freundlich gesonnen sind?"

Er hob seine Hände. „Was soll ich Ihnen sagen? In meiner Position muss man manchmal Entscheidungen von größerer Tragweite treffen. Da können verschiedene Leute davon tangiert sein. Dieses Jahr musste ich zum Beispiel in meinem Ressort sechzig Arbeitsplätze abbauen. Ein Teil davon konnte durch natürliche Fluktuation reduziert werden. Fünfundzwanzig Mitarbeiter musste ich entlassen. Das ist für die Betroffenen natürlich eine schwierige Situation. Auch mich selbst beschäftigen solche Maßnahmen. Aber ich wüsste niemanden, der in Frage kommen würde, mich zu erpressen."

Unser Gespräch wurde unterbrochen von einer Gruppe von Jugendlichen, die lautstark an uns vorbeizogen. Mir stieg der aufdringliche Geruch von Haschisch in die Nase.

Hagmann fuhr fort wie in einem Selbstgespräch: „Ich bin mir unseres Altersunterschieds bewusst. Ich hatte selbst meine Zweifel, ob diese Beziehung gut gehen würde. Lucia ist immerhin 27 Jahre jünger als ich. Und ich bin Realist genug, um zu wissen, worauf ich mich da einließ. Aber ich liebe Lucia und sie gab mir von Anfang an das Gefühl, dass das Alter keine Rolle spielte. Sie meinte, dass ältere Männer verständnisvoller seien und dass sie sich bei mir geborgen fühle. Ich habe ihr das auch geglaubt. Bis wir hierherkamen." Er lehnte sich zurück, breitete seine Arme auf der Holzlehne der Parkbank aus und sah nachdenklich in die Baumkrone hinauf.

„Was geschah dann?"

„Ich fand zufällig einen Zettel mit einer Telefonnummer."

„Was ist daran ungewöhnlich?"

„Das kann ich nicht genau sagen. Es war ihre Reaktion, als ich sie danach fragte. Sie sagte, es sei die Nummer einer guten Freundin."

„Wäre das denn nicht möglich?“

„Ja, das wäre möglich.“ Er schüttelte den Kopf. „Aber da ist so ein Gefühl, so eine Ahnung. Ich kann es nicht erklären.“

„Haben Sie den Zettel noch?“

„Nein, ich gab ihn ihr zurück.“

„Können Sie sich an die Nummer erinnern?“

„Nein, aber die Vorwahl war von hier.“

„War dies das einzige Mal, dass Ihnen etwas Ungewöhnliches aufgefallen ist?“

„Ich fing an, mir darüber Gedanken zu machen. Ich erinnerte mich an frühere Telefongespräche, die sie plötzlich beendete, wenn ich ins Zimmer kam.“

„Wie oft kam das vor?“

„Ich weiß nicht genau. Zwei, drei Mal vielleicht.“

„Es könnte ein Zufall gewesen sein.“

Hagmann beugte sich wieder vor und strich sich durch das dichte, graue Haar. „Ich war mir bewusst, worauf ich mich einließ. Ich machte mir keine Illusionen. Ich nahm das Risiko in Kauf, dass sie vielleicht irgendwann eine Beziehung zu einem jüngeren Mann haben könnte. Ich dachte damals, dass ich über der Sache stehen würde. Aber ich hatte mich geirrt. Ich kann es nicht verkraften.“

„Es ist noch nichts bewiesen“, versuchte ich zu beschwichtigen.

„Es ist da so ein Gefühl, auf das ich mich bisher immer verlassen konnte.“ Mit diesen Worten griff sich Hagmann an die Brust. „Ich bin mir sicher. Aus diesem Grund habe ich noch keine Polizei eingeschaltet. Ich möchte keinen Aufruhr. Ich möchte nicht am Ende als alter, dummer Esel dastehen. Können Sie sich vorstellen, wie viele Leute es gibt, die nur auf diesen Moment gewartet haben? Sie warten darauf, dass sie recht bekommen mit ihren Vorurteilen und ihrer negativen Einstellung zu unserer Beziehung. Nein, den Gefallen tue ich denen nicht. Ich möchte die ganze Angelegenheit diskret gelöst haben. Und Sie sind der richtige Mann dafür."

Ich hatte ihm konzentriert zugehört und lehnte mich nun zurück. Wir beide saßen schweigend da und machten uns unsere Gedanken. Es war inzwischen ruhig geworden im Park. Die Bocciaspieler waren verschwunden, nur das Gurren einer Taube im Baum über uns war zu hören.

„Ich glaube, dass Lucia mit einem anderen Mann zusammen ist", sagte Hagmann plötzlich. „Aber ich werde nicht den durchgedrehten, eifersüchtigen Ehemann spielen. Es wird zwei, drei Tage dauern und dann wird sie wieder auftauchen. Sie wird einsehen, dass es nur eine kurze Romanze ist, die keine Zukunft hat. Ich bin mir ganz sicher."

„Und warum brauchen Sie dann mich?", fragte ich.

„Ich möchte, dass Sie mir die Beweise liefern, dass ich recht habe. Diese Hilflosigkeit macht mich wahnsinnig. Hier zu sitzen und zu warten, das kann ich nicht. Ich will wissen, wer dieser Mann ist. Ich will wissen, wo Lucia ist. Ich will wissen, wo sie sich treffen. Ich will die Situation unter Kontrolle haben." Er hatte seine Hand zu einer Faust geballt, in seinem Gesicht war Entschlossenheit zu lesen.

„Gut." Ich klopfte mir auf die Schenkel. „Ich werde versuchen, Ihnen die Beweise zu liefern, die Sie verlangen. Ich kann Ihnen aber nichts versprechen. Vielleicht gibt es auch einen anderen Grund für das Verschwinden Ihrer Frau. Ich hoffe, dass ihr nichts zugestoßen ist."

Hagmann runzelte die Stirn. „Was könnte ihr denn zugestoßen sein?"

„Ich will Ihnen keine unnötige Angst machen. Lassen Sie mich jetzt einfach meine Arbeit tun. Dazu muss ich aber verschiedene Personen befragen, falls Sie damit einverstanden sind."

„Unternehmen Sie alles, was notwendig ist. Ich stelle nur eine Bedingung. Es muss alles absolut diskret ablaufen."

„Ich werde mein Möglichstes tun." Ich sah auf die Uhr. Es war Zeit, ich wollte mich pünktlich mit Anna zum Mittagessen treffen. „Ich muss jetzt leider gehen", entschuldigte ich mich und stand auf. „Ich werde Sie informieren, sobald es Neuigkeiten gibt. Vermutlich werde ich noch weitere Informationen über Ihre Frau benötigen."

„Ich stehe Ihnen jederzeit zur Verfügung." Wir verabschiedeten uns. Hagmann blieb allein auf der Parkbank sitzen.

Auf dem Rückweg zum Hotel überlegte ich mir,

wo ich anfangen sollte. Ich musste sehr diskret vorgehen mit meinen Nachforschungen. Ich dachte darüber nach, warum sich Hagmann so sicher war, dass ein anderer Mann im Spiel war. Konkrete Beweise gab es eigentlich keine. Wusste er noch mehr, als er mir gesagt hatte? Oder war er nur das Opfer seiner eigenen Fantasien und Befürchtungen geworden? Gab es möglicherweise einen anderen Grund für das Verschwinden von Lucia? Vielleicht war sie in Gefahr? War sie entführt oder gar Opfer eines Verbrechens geworden? Diese Fragen ließen mir keine Ruhe.

Als ich im Hotel ankam, saß Anna bereits im Speisesaal an einem Tisch. Sie sah umwerfend aus in ihrem weißen, leicht durchscheinenden Kleid. Ich erinnerte mich an ihre Worte, dass wir uns im Hotel unauffällig verhalten sollten. Ich begrüßte sie mit einem Handkuss.

„Ah, ein Gentleman", sagte sie schmunzelnd und ich glaubte, ein Erröten auf ihren Wangen zu erkennen.

„Schön, dich wiederzusehen. Es war ein wunderschöner Abend gestern."

„Ja, es war ein schöner Abend", sagte sie. „Es ist mir erst später bewusst geworden, wie gefährlich die Situation war. Ist das Leben eines Privatdetektivs immer so aufregend?"

„Eigentlich nicht. Die größte Gefahr dabei ist,

bei einer Observierung zu erfrieren oder von einem Baum zu fallen."

Anna musste laut lachen. Die Leute am Nebentisch blickten neugierig herüber.

Der Kellner kam, um die Bestellung aufzunehmen.

Ich erzählte Anna von dem Gespräch, das ich gerade mit Hagmann im Park geführt und von dem Fall, den ich übernommen hatte. Anna war sofort begeistert und wollte mich spontan bei meinen Ermittlungen unterstützen.

„Du darfst niemandem etwas davon erzählen." Ich legte mahnend den Zeigefinger auf meine Lippen. „Der Fall muss absolut diskret behandelt werden."

„Ehrenwort", sagte sie und hob symbolisch die Hand zum Schwur. „Seit wann wird Lucia denn vermisst?"

„Sie ist gestern Abend joggen gegangen. Seitdem wurde sie nicht mehr gesehen. Hagmann ist davon überzeugt, dass der Grund für das Verschwinden seiner Frau ein anderer Mann ist. Ich habe da meine Zweifel."

„Warum? Vielleicht ist sie tatsächlich mit einem Anderen durchgebrannt. So etwas soll ja schon vorgekommen sein."

„Warum sollte sie von einem Tag auf den anderen verschwinden und nichts mehr von sich hören lassen? Sie kann sich doch denken, dass ihr Mann sich Sorgen machen und die Polizei einschalten würde. Das macht für mich keinen Sinn."

Ich bemerkte zum ersten Mal ein paar Sommersprossen um Annas Nase, die ihr ein mädchenhaftes Aussehen verliehen.

„Liebe macht bekanntlich blind. Vielleicht hat sie gar nicht weiter darüber nachgedacht."

„Vielleicht ist ihr etwas zugestoßen. Sie könnte beim Schwimmen ertrunken sein."

Anna sah mich überrascht an. „Sie ist doch joggen gegangen, hast du gesagt."

„Das behauptet ihr Mann."

„Dann war sie bestimmt nicht schwimmen."

„Und warum nicht?"

„Weil man im Jogginganzug nicht schwimmen geht."

Ich kratzte mich am Kinn und überlegte.

„Aber vielleicht ist ihr etwas zugestoßen. Ein Gewaltverbrechen zum Beispiel."

„Warum glaubt Hagmann eigentlich, dass ein anderer Mann im Spiel ist?", wollte Anna wissen.

„Er fand eine ihm unbekannte Telefonnummer auf einem Zettel und da waren irgendwelche mysteriösen Telefonanrufe, die sie plötzlich beendete, wenn er ins Zimmer kam."

Jetzt setzte Anna eine überlegene Miene auf. „Ich bin sicher, dass es einen anderen Mann gibt."

Ich war erstaunt. „Wie kannst du da so sicher sein?"

„Weil ich ihn gesehen habe."

Ich sah sie verblüfft an und glaubte, sie nicht richtig verstanden zu haben. „Was hast du gesagt?"

„Ich habe den Mann gesehen."

In diesem Moment brachte der Kellner den Wein. Er präsentierte uns das Etikett, entkorkte gekonnt die Flasche und goss ein wenig in mein Glas. Ich kostete und nickte ihm zu. Der Kellner leerte den restlichen Inhalt in eine gläserne Karaffe und füllte die Gläser.

„Du hast ihn gesehen?", fragte ich aufgeregt, als der Kellner gegangen war. „Wann war das?"

„Ich weiß nicht mehr genau. Vor etwa drei Tagen."

„Was genau hast du gesehen?"

„Ich verließ gerade das Hotel, um ein paar Besorgungen zu machen. Da habe ich Lucia gesehen. Sie stand an der Straße zur Hoteleinfahrt und sprach mit einem Mann auf einem Motorrad."

„Vielleicht hat sie einem Fremden den Weg beschrieben?", war meine Erklärung.

Sie schüttelte energisch den Kopf. „Das glaube ich nicht. Die Art und Weise, wie sie sprachen, verriet, dass sie sich gut kannten."

„Hast du gehört, worüber sie sprachen?"

„Nein, sie waren zu weit weg."

„Wie sah der Mann aus?"

„Das kann ich nicht sagen. Ich konnte sein Gesicht nicht richtig sehen, weil er einen Motorradhelm trug. Aber ich glaube, er war etwa in ihrem Alter."

„Kannst du dich an das Motorrad erinnern?"

„Ja, es ist mir aufgefallen. Es war so ein altmodisches Modell, das es bereits in den Fünfzigerjahren gab, soviel ich weiß."

„Meinst du eine Vespa?“

„Ja, genau. Es war eine Vespa.“

„Sehr gut.“ Ich schlug mit der flachen Hand auf den Tisch. Die Gäste am Nebentisch blickten mit Missfallen herüber. „Wir haben eine erste Spur. Es ist zwar noch nicht viel, aber immerhin ein Anfang. Wann hast du Lucia das letzte Mal gesehen?“

Anna überlegte. „Ich glaube, das war vorgestern.“

„Gestern hast du sie nicht gesehen?“

„Ich kann mich nicht erinnern.“

„Danke. Du warst mir eine große Hilfe.“

„Und wie geht es nun weiter?“ Die Aufregung stand ihr ins Gesicht geschrieben.

„Ich werde einige Personen befragen müssen, ob sie Lucia Hagmann in den letzten 24 Stunden gesehen haben oder ob ihnen irgendetwas aufgefallen ist. Zudem muss ich die Spur des Mannes auf der Vespa verfolgen, den du beobachtet hast.“

„Detektivarbeit ist wirklich spannend. Ich würde dir gerne dabei helfen, wenn ich darf.“

„Willkommen im Team.“ Ich hielt ihr die Hand hin. „Wann wollen wir unsere nächste Teambesprechung abhalten? Sagen wir heute Abend in der Flamingo Bar?“

Sie schlug ein. „Abgemacht! Ich hoffe allerdings, dass der Abend diesmal weniger gefährlich verlaufen wird.“

Nach dem Essen ging ich zum Empfang und wartete vor dem Ständer mit den Ansichtskarten, bis kein Gast mehr da war.

„Guten Tag, Herr Klein“, begrüßte mich Mario. „Herr Cavallo hat mich übrigens über das Ergebnis der speziellen Angelegenheit informiert.“ In seiner Stimme lag ein gewisser Stolz.

Ich beugte mich zu ihm vor. „Ich brauche Ihre Hilfe.“

Mario zog die Augenbrauen hoch und wartete gespannt auf das, was nun kommen würde.

„Ich habe einen neuen Fall übernommen“, fuhr ich mit gesenkter Stimme fort. „Ich muss Sie allerdings um höchste Diskretion bitten.“

„Sie können sich auf meine Verschwiegenheit verlassen“, erwiderte Mario im Brustton der Überzeugung.

„Es geht um Lucia Hagmann. Wann haben Sie sie zuletzt gesehen?“

„Einen Moment, da muss ich nachdenken.“ Mario tippte sich mit einem goldenen Kugelschreiber ans Kinn und überlegte. „Das war vorgestern.“

„Gestern haben Sie sie nicht gesehen?“

„Nein.“

„Sind Sie sicher?“

„Ganz sicher. Daran würde ich mich erinnern. Ist etwas geschehen?“

„Sie wird seit gestern Abend vermisst.“

Marios Kinnlade fiel nach unten und nach einer

kurzen Pause fuhr er fort: „Und was meint die Polizei dazu?"

Diese Frage hatte ich nicht erwartet. „Es ist noch verfrüht, bereits jetzt die Polizei einzuschalten", sagte ich. Die nächste Frage versuchte ich so neutral wie möglich zu formulieren. „Haben Sie Frau Hagmann jemals mit jemand anderem als mit Herrn Hagmann gesehen?"

„Nein, soweit ich mich erinnern kann, war sie entweder alleine oder mit Herrn Hagmann zusammen."

„Danke. Sie haben mir sehr geholfen. Falls Ihnen in diesem Zusammenhang noch etwas einfallen sollte, melden Sie es mir bitte."

„Selbstverständlich. Kann ich Ihnen in diesem Fall sonst noch irgendwie behilflich sein?" Marios Blick war erwartungsvoll.

Diese Frage hingegen hatte ich erwartet. „Ja, das könnten Sie", antwortete ich. „Es wäre wichtig zu wissen, ob sonst noch jemand vom Hotelpersonal Frau Hagmann gestern gesehen hat oder ob sie mit jemand anderem gesehen wurde. Aber bitte, mit absoluter Diskretion vorgehen!"

„Selbstverständlich!" Mario nickte eifrig, dann fügte er hinzu: „Soll ich Herrn Cavallo informieren?"

Auch diese Frage war zu erwarten gewesen. „Ich denke, das ist im Moment nicht nötig. Herr Cavallo hat bestimmt genug andere Probleme. Ich möchte ihn nicht auch noch damit belasten. Ich kümmere mich ja bereits um die Angelegenheit."

Mario nickte zustimmend.

Und ich war überzeugt, dass Herr Cavallo umgehend über die Neuigkeiten in Kenntnis gesetzt werden würde.

8

Ich war gerade aus der Dusche gekommen und frottierte mir die Haare, als ich wie erstarrt vor dem laufenden Fernseher stehen blieb. Es wurde ein Aufruf der Polizei gesendet. In der Nähe war am Strand die Leiche einer bisher nicht identifizierten Person gefunden worden. Es handelte sich dabei um eine junge Frau Mitte zwanzig, eins sechzig groß, dunkle Haare. Die Polizei vermutete, dass es sich um einen Badeunfall handelte und rief die Bevölkerung auf, mögliche vermisste Personen zu melden, die auf die Beschreibung passten. Ein Foto wurde nicht gezeigt. Das aufgedunsene Gesicht einer Wasserleiche eignete sich nicht gerade für eine Übertragung im Fernsehen.

Ich spürte, wie sich mein Magen verkrampfte und wie sich mein Puls beschleunigte. Die Beschreibung passte auf Lucia Hagmann. Ich versuchte die Vorstellung zu verdrängen, dass diese schöne Frau tot auf einer Bahre liegen könnte. Schnell notierte ich mir die eingeblendete Telefonnummer auf einem Notizblock des Hotels und wollte schon bei der Polizei anrufen, um die Identität der toten Frau abzuklären. Doch dann zögerte ich. Ich überlegte, ob ich Hagmann informieren sollte, und beschloss, ihn nicht unnötig zu belasten und vorerst abzuwarten, bis ich Klarheit darüber hatte, ob es sich bei der Toten tatsächlich um seine Frau handelte.

Sollte ich am Ende mit meinen Befürchtungen recht behalten, dass Lucia Hagmann etwas zugestoßen war? Ein Unfall oder gar ein Verbrechen? Die Polizei ging gemäß Meldung im Fernsehen von einem Badeunfall aus. Das musste aber nichts bedeuten. Aus eigener Erfahrung wusste ich, dass solche Leichenfunde manchmal absichtlich verharmlost wurden, um die Bevölkerung und vor allem die Angehörigen nicht unnötig zu schockieren. Es konnte sich also bei der Toten auch um das Opfer eines Gewaltverbrechens handeln.

Da ich diskret vorgehen musste, überlegte ich mir, wie ich bei der Polizei argumentieren könnte. Mit einer gewissen Anspannung wählte ich die notierte Nummer. Es meldete sich eine Frauenstimme.

„Mein Name ist David Klein“, sagte ich. „Ich habe einen möglichen Hinweis zu der toten Frau, die im Fernsehen gemeldet wurde.“

„Einen Moment bitte.“ Es knackte im Hörer. Nach einer kurzen Pause meldete sich die Stimme wieder. „Kommissar Moretti ist gerade besetzt. Kann er Sie zurückrufen?“

„Ich bin im Hotel Eleonora erreichbar, Zimmer 201.“

„Der Herr Kommissar wird so bald als möglich mit Ihnen Kontakt aufnehmen, Herr Klein."

Ich legte auf, ging auf die Terrasse hinaus und setzte mich in einen Liegestuhl. Meine Gedanken kreisten die ganze Zeit um Lucia. Sie war jung und schön und hatte das ganze Leben noch vor sich. So schnell kann das Schicksal zuschlagen, dachte ich. Du weißt nie, wann es dich trifft. Mein Vater kam mir in den Sinn, der einmal zu mir gesagt hatte: „Lebe jeden Tag so, als wenn es dein letzter wäre." Ich werde meine Eltern wieder einmal besuchen, nahm ich mir vor. Am besten gleich nach meiner Rückkehr aus Italien.

Ungeduldig wartete ich auf den Rückruf des Kommissars. Wie hieß er doch gleich? Moretti? Kommissar Moretti? Mir kam der Gedanke, dass ein Kommissar sich doch kaum um einen banalen Badeunfall kümmern würde. Ob da noch mehr dahinter steckte?

Endlich meldete sich das Telefon in meinem Zimmer. Ich eilte hinein und hob den Hörer ab.

„Hier ist Kommissar Moretti." Die Stimme war tief und bestimmt. „Sie haben einen Hinweis zur toten Frau, die am Strand gefunden wurde?"

„Ja, das ist richtig. Es könnte sich um eine Bekannte von mir handeln."

„Wie heißt Ihre Bekannte?"

Ich zögerte. Ich dachte wieder an Hagmanns Bitte, den Fall absolut diskret zu behandeln. „Susanne", sagte ich.

„Susanne? Hat sie auch einen Nachnamen?“ Moretti wirkte etwas gereizt. Vermutlich hatte er schon mehrere solcher Anrufe erhalten.

„Ich weiß leider nur den Vornamen. Sie stammt aus Deutschland. Ich habe sie hier in einer Bar kennen gelernt.“ Meine Stimme klang unsicher.

„Wissen Sie, wo sie wohnt?“

„Leider nicht. Ich nehme aber an, in einem Hotel hier in der Gegend.“

„Welches Hotel wissen Sie nicht?“

„Nein, tut mir leid.“ Ich räusperte mich verlegen. „Wie gesagt, ich habe sie nur flüchtig an einem Abend kennen gelernt.“

„Wann und wo haben Sie sie zuletzt gesehen?“

Ich spürte, wie mir die Röte ins Gesicht stieg, und war froh, dass Moretti mich nicht sehen konnte. „Vor ein paar Tagen in der Flamingo Bar“, log ich.

„Das ist nicht gerade viel.“ Moretti machte eine kurze Pause. „Aber wir sind selbstverständlich für jeden Hinweis dankbar.“

Ich hakte nach. „Ist die Frau ertrunken?“

„Tut mir leid, dazu kann ich Ihnen keine Auskunft geben. Am besten wäre es, wenn Sie die Tote identifizieren könnten. Sie ist im Rechtsmedizinischen Institut. Wissen Sie, wo das ist?“

„Nein.“

„Kennen Sie die Kapelle San Michele?“

„Ist das die neben dem Stadtpark?“

„Richtig. Das Rechtsmedizinische Institut ist das

längliche Gebäude aus gelbem Backstein. Haben Sie heute Zeit, dort hinzugehen?"

„Ja, das kann ich machen."

„Ich werde Sie dort anmelden. Rufen Sie mich bitte sofort an, wenn Sie die Leiche gesehen haben. Ich möchte umgehend über das Ergebnis in Kenntnis gesetzt werden."

„Selbstverständlich. Ich werde Sie sofort informieren."

Moretti gab mir seine Durchwahl und bedankte sich nochmals, dass ich mich gemeldet hatte.

Kurz darauf, ich wollte gerade mein Zimmer verlassen, klingelte das Telefon nochmals. Ich blieb an der Tür stehen und zögerte. Kommissar Moretti, dachte ich. Er hat herausgefunden, dass es in den umliegenden Hotels gar keinen Gast mit Vornamen Susanne gibt.

Das Klingeln hörte nicht auf. Zögernd nahm ich den Hörer ab.

„Guten Tag, Herr Klein. Hier ist Mario von der Rezeption. Herr Cavallo würde sie gerne sprechen. Hätten Sie kurz Zeit?"

„Ich komme sofort", sagte ich erleichtert.

Mario flüsterte: „Ich habe bereits mit einigen Angestellten gesprochen, bisher leider negativ. Niemand hat Frau Hagmann am betreffenden Tag gesehen."

„Wurde sie mit jemand anderem gesehen?", wollte ich wissen.

„Nein, leider auch negativ. Niemand hat sie mit

jemand anderem als mit Herrn Hagmann gesehen."

Ich bedankte mich und beendete das Gespräch.

Der einzige Hinweis, den ich bisher hatte, war Annas Beobachtung von Lucia und dem Mann auf der Vespa. Ohne sie wäre ich in diesem Fall noch keinen einzigen Schritt weitergekommen.

Die Tür zum Büro der Hoteldirektion stand offen. Cavallo hatte den Rücken zur Tür gewandt und schaute mit verschränkten Armen zum Fenster hinaus.

Ich klopfte symbolisch an.

Cavallo reagierte nicht, er schien in Gedanken versunken zu sein.

Ich räusperte mich.

Cavallo wandte sich mir zu. „Mein lieber Herr Klein, bitte kommen Sie herein." Ein müdes Lächeln huschte über sein Gesicht. „Ich möchte Sie über meine Entscheidung betreffend Maria Martelli informieren, da Sie sich ja für sie eingesetzt haben. Ich hatte ein längeres Gespräch mit ihr, das für uns beide wertvoll war." Er senkte seine Stimme und fuhr fort. „Ich werde Ihrem Wunsch entsprechen und Maria weiterhin hier beschäftigen. Sie hatten recht, sie hat eine zweite Chance verdient. Ich fühle mich irgendwie verantwortlich, dass es so weit gekommen ist. Ich hätte merken müssen, dass sie Probleme hat. Ich habe ihr finanziell etwas unter die Arme gegriffen, sodass sie im Moment über die Runden kommen sollte."

„Es freut mich, das zu hören. Das war eine großzügige und weise Entscheidung."

„Ich möchte mich nochmals für Ihren Einsatz bedanken und werde mich dafür erkenntlich zeigen."

„Es war mir eine Freude, Ihnen behilflich sein zu können."

Cavallo sah wieder zum Fenster hinaus. „Es gibt da noch etwas, das ich gerne mit Ihnen besprechen möchte."

Ich ahnte, was nun kommen würde.

Cavallo richtete seinen Blick auf mich, sein Ausdruck war ernst. „Was können Sie mir zum angeblichen Verschwinden von Frau Hagmann sagen?"

Ich zögerte. Also hatte ich mich in Mario nicht geirrt. Er hatte den Hoteldirektor pflichtbewusst über diesen Umstand informiert, trotz meiner Anweisung, dies vorläufig nicht zu tun. „Herr Hagmann hat mich mit der Abklärung beauftragt und mich um Verschwiegenheit gebeten."

„Wie Sie wissen, Herr Klein, ist Diskretion einer meiner wichtigsten Grundsätze in diesem Hause. Ich fühle mich für meine Gäste in jeder Hinsicht verantwortlich. Zudem möchte ich über mögliche Probleme rechtzeitig informiert sein."

Es war mir irgendwie peinlich, dass ich Cavallo nicht persönlich über die Angelegenheit informiert hatte. „Die Sache ist folgende", begann ich. „Frau Hagmann ist am Dienstagabend um etwa fünf Uhr zum Joggen gegangen und seither nicht mehr zurückgekehrt. Herr Hagmann vermutet eine Affäre mit einem anderen Mann und meine ersten Ermittlungen bestätigen leider diese Vermutung. Sie verstehen deshalb bestimmt, weshalb Herr Hagmann hier absolute Verschwiegenheit verlangt.“

Cavallo nickte zustimmend. „Ich verstehe. Und ich nehme an, die Polizei ist noch nicht informiert worden.“

„Auf Wunsch von Herrn Hagmann haben wir noch abgewartet. Er befürchtet, sein Ruf könnte darunter leiden, wenn diese Sache an die Öffentlichkeit gelangen würde. Ich hoffe, Sie verstehen das.“

Cavallo schien darüber nachzudenken. Er war ebenfalls immer auf den guten Ruf seine Hotels bedacht. „Nun gut“, sagte er schließlich. „Aber halten Sie mich bitte auf dem Laufenden.“

„Selbstverständlich.“

Die brütende Hitze schlug mir entgegen, als ich vom klimatisierten Hotel auf die Straße hinaustrat. Die Sonne brannte erbarmungslos auf meinen Nacken und ich dachte mit Wehmut an meinen alten Strohhut, der mir viele Jahre gute Dienste geleistet hatte. Silvia war es immer peinlich, neben mir zu gehen, wenn ich ihn trug. „Du siehst aus wie eine Vogelscheuche“, hatte sie geschimpft. Eines Tages war der Hut spurlos verschwunden und ich war überzeugt, dass Silvia dahinter gesteckt hatte. Doch sie hatte meine Anschuldigung empört zurückgewiesen.

Im Stadtpark kaufte ich mir an einem Stand eine Pizzaschnitte, setzte mich auf eine Parkbank neben eine Frau mit Kinderwagen und ließ mir das Mahl schmecken. Dabei bekleckerte ich meine Hose und fluchte vor mich hin. Die Frau neben mir bedachte mich mit einem vorwurfsvollen Blick. Bald bedauerte ich, dass ich kein Getränk gekauft hatte, denn die Pizza war viel zu salzig.

Die Kapelle San Michele kannte ich noch aus meiner Jugendzeit. Hierher hatte ich manchmal meine Mutter begleitet, wenn sie am Sonntag zur Messe gegangen war. Ich konnte mich gut erinnern, wie wir beide durch den Park geschlendert waren. Ich überlegte, ob ich kurz in die Kapelle eintreten sollte, entschied mich dann aber anders. Ich wollte keine Zeit verlieren und setzte meinen Weg zum Rechtsmedizinischen Institut fort. Die Befürchtung, dass es sich bei der toten Frau um Lucia Hagmann handeln könnte, ließ mir keine Ruhe.

Das Gebäude aus gelbem Backstein war alt und machte einen ehrwürdigen Eindruck. Ich folgte einem von blauen Blumen gesäumten Kiesweg bis zum Eingang. Der Kies knirschte unter meinen Schuhen. Rechts neben der Eingangstür befand sich ein Messingschild mit der Aufschrift „Rechtsmedizinisches Institut“. Ich nahm die steinernen Stufen, öffnete die schwere Eingangstür und trat ein. Innen wurde ich von einer angenehmen Kühle empfangen. Die Eingangshalle war relativ klein, auf einer Seite befand sich ein Schalter mit einer hohen Glasscheibe, hinter der ein Mann in einem weißen Kittel saß und in einer Zeitung las. Auf der gegenüberliegenden Seite stand eine alte Holzbank.

„Guten Tag. Ich komme, um eine Leiche zu identifizieren. Kommissar Moretti hat mich angemeldet“, sagte ich zu dem Mann hinter der Glasscheibe.

Dieser sah mit steinerner Miene von der Zeitung auf. „Name?“

„David Klein.“

Der Mann blätterte bedächtig in einer Liste, die vor ihm auf dem Schreibtisch lag.

Durch die Glasscheibe konnte ich das Foto einer nackten Frau in der Zeitung sehen, in der der Mann gelesen hatte.

„Einen Moment.“ Er stand auf und verschwand durch eine Tür.

Ich setzte mich auf die Holzbank gegenüber. Die Wände waren kahl und im selben gelben Farbton gestrichen wie die Außenfassade. Der Geruch, den ich wahrnahm, erinnerte mich an das Wartezimmer meines Zahnarztes. Mir stieß die Pizza auf, die ich im Park gegessen hatte, und ich überlegte, ob der Schinken wohl verdorben gewesen war.

Der Mann nahm, ohne ein Wort zu sagen wieder hinter der Glasscheibe Platz und widmete sich seiner Zeitung.

Ich wartete. Es war totenstill im Raum. Nur das Rascheln der umgeblätterten Zeitungsseiten war dann und wann zu hören. Ich überlegte, wie viele Leichen wohl hier in diesem Gebäude liegen würden. Als Polizist hatte ich manchmal den Anblick von Leichen ertragen müssen, aber ich hatte mich nie daran gewöhnen können. Ich hoffte insgeheim, dass der Anblick der Frauenleiche mir nicht den Magen umdrehen würde.

Unvermittelt öffnete sich neben mir eine Tür, die mir gar nicht aufgefallen war, weil sie im selben Farbton wie die Wände gestrichen war.

„Herr Klein?" Ein untersetzter Mann mit Glatze und runden Brillengläsern, ebenfalls im weißen Kittel, stand in der Tür. Mir fiel spontan der Vergleich mit einer Bulldogge ein.

Ich erhob mich, folgte ihm durch die Tür und betrat einen langen Korridor. Der Mann ging mit schnellen Schritten voraus und bog am Ende um eine Ecke, wo eine breite Treppe hinunterführte. Ich wunderte mich, wie behände der übergewichtige Mann die Stufen hinuntereilen konnte. Er trug offene Holzschuhe, deren Klacken von den Wänden widerhallte. Ich folgte ihm durch einen weiteren langen Korridor ohne Fenster, aber mit Neonröhren an der Decke. Der Zahnarztpraxisgeruch wurde intensiver.

Vor einer metallenen Tür blieb er stehen und schloss auf. Ich folgte ihm in ein kellerartiges, dunkles Gewölbe, dessen Neonröhren an der Decke ein kaltes, bläuliches Licht verbreiteten.

Ich überlegte, ob das Frösteln, das ich plötzlich

verspürte, von der Temperatur oder dem kalten Licht verursacht wurde. An einer Wand befanden sich zwei übereinanderliegende Reihen metallener Türen, die wie Kühlschränke aussahen. Ich wusste, was sich dahinter verbarg. Wie viele dieser Sarkophage wohl belegt waren?, fragte ich mich.

Der Mann mit der runden Brille holte einen Zettel aus seinem Kittel und suchte die Metalltüren ab. Seine Glatze glänzte im Neonlicht. Vor einer Tür blieb er stehen, kontrollierte nochmals die Nummer auf dem Zettel und öffnete sie. Als er die Bahre herauszog, zuckte ich unweigerlich zusammen. Darauf lag ein menschlicher Körper. Die Bulldogge überprüfte einen kleinen Zettel am großen Zeh.

„Bitte“, sagte er und zeigte auf die Leiche. Seine Stimme klang wie ein Bellen. Die Bulldogge bellt, dachte ich.

Ich trat näher heran. Der tote Körper lag nackt auf der schmalen Bahre. Es war eine Frau. Mir lief ein Schauer über den Rücken. Die weiße Haut der Leiche schien wie aus Papier, die Adern waren teilweise als schwarze Linien darunter zu erkennen. Die Augen waren geschlossen, aber der Mund war weit geöffnet und verzogen, und es sah aus, als wollte daraus ein Stöhnen entweichen. Die Finger der linken Hand waren stark gekrümmt, so als wollten sie sich irgendwo festkrallen. Ich spürte wieder die Pizza in meinem Magen und, dass mir langsam schlecht wurde. Die Haare der Frau waren zwar schwarz, aber kurz und glatt. Ich trat noch näher heran und betrachtete das Gesicht. Mir fiel auf, dass die Haare der Leiche seitlich am Kopf verklebt waren und als ich genauer hinsah, erkannte ich, dass es sich um getrocknetes Blut handelte. Und dann entdeckte ich ein kleines rundes Loch direkt oberhalb des Ohrs.

Auf einmal spürte ich, wie mir die Pizza hochkam und wie mich ein starker Brechreiz überfiel.

„Danke", keuchte ich und verließ eilig den Raum.

Ich eilte die Treppe hinauf und verließ das Gebäude auf demselben Weg, auf dem ich gekommen war. Der Mann beim Eingang hinter der Glasscheibe sah nicht einmal auf, als ich an ihm vorbeieilte.

Draußen schlug mir die Hitze wie eine Flutwelle entgegen und mir war sterbensschlecht. Als ich über den schmalen Kiesweg taumelte, musste ich mich über den Rabatten mit den blauen Blumen übergeben.

Beim kleinen Brunnen neben der Kapelle blieb ich im Schatten einer Platane stehen. Ich benetzte mir Gesicht und Nacken mit dem klaren Quellwasser und spülte meinen Mund aus. Auf dem Grund des Brunnens glänzten ein paar Münzen. Ich war erleichtert, dass es sich bei der toten Frau nicht um Lucia Hagmann gehandelt hatte und gleichzeitig keimte in mir die Hoffnung, dass sie noch lebte. Vielleicht stimmte Hagmanns Vermutung doch, dass Lucia mit einem anderen Mann durchgebrannt war.

Kurzentschlossen trat ich in die Kapelle ein. Ich setzte mich in die hinterste Bank. In der vordersten

Bank kniete eine alte Frau mit Kopftuch. Ich konnte mich gut an die Kapelle erinnern. Die Wände mit den Bildern der Kreuzigung, der mächtige Altar, der Ständer mit den vielen brennenden Kerzen. Am meisten hatte mich immer das bunte Glasfenster mit den biblischen Figuren fasziniert, das jedoch inzwischen durch ein Milchglasfenster ersetzt worden war.

Was machte ich eigentlich hier? Glaubte ich an einen Gott? Diese Fragen hatte ich mir schon viele Jahre nicht mehr gestellt. Wenn es einen Gott gab, warum ließ er solche schrecklichen Dinge zu? Warum ließ er zu, was mir passiert war? Meine Ehe war zerstört, meine berufliche Karriere gescheitert, meine Alkoholprobleme quälten mich noch immer. Dann dachte ich an meine Tochter Jenny und an Anna. Und mir wurde bewusst, dass es doch noch ein paar positive Dinge in meinem Leben gab. Ich verließ die Kapelle, ohne eine Antwort auf meine Fragen gefunden zu haben.

Auf dem Rückweg hatte ich noch immer die tote Frau vor Augen und eines wusste ich jetzt mit Bestimmtheit: Bei der Todesursache handelte es ganz bestimmt nicht um einen Badeunfall.

9

Auf dem Weg zum Hotel kaufte ich mir eine große Flasche Mineralwasser. In meinem Zimmer angekommen setzte ich mich auf die Terrasse und stillte meinen brennenden Durst. Der Besuch im Rechtsmedizinischen Institut steckte mir noch immer in den Knochen. Ich war noch keinen Schritt weiter als gestern, aber ich war froh, dass es sich bei der toten Frau nicht um Lucia handelte. Nun musste ich mich auf die weiteren Ermittlungen konzentrieren. In Gedanken ging ich die Fakten nochmals durch.

Werner Hagmann behauptete, seine Frau Lucia sei am Dienstagabend gegen fünf Uhr joggen gegangen. Vom Joggen kam sie nicht mehr zurück. An diesem Tag war sie von niemandem mehr gesehen worden. Ein paar Tage vorher hatte Anna beobachtet, wie sie sich mit einem Mann auf einer Vespa am Straßenrand unterhalten hatte. Anscheinend kannten sich die beiden. Hagmann war überzeugt, dass der Grund für Lucias Verschwinden eine Affäre mit einem anderen Mann war. Ich musste nun meine Ermittlungen auf den Mann mit der Vespa konzentrieren. Heute war bereits der zweite Tag nach Lucias Verschwinden.

Das Klingeln des Telefons riss mich aus meinen Gedanken.

„Konnten Sie die Tote identifizieren?“ Morettis Stimme klang wieder gereizt.

„Es ist glücklicherweise nicht die Bekannte, von der ich Ihnen erzählt hatte“, entgegnete ich.

„Es ist also nicht diese Susanne?“

„Nein.“

„Sind Sie ganz sicher?“

„Hundertprozentig."

Moretti schien zu überlegen. „Gut", sagte er dann. „Und haben Sie inzwischen etwas von ihr gehört?"

„Von wem?", fragte ich.

„Von dieser Susanne."

„Äh, nein. Vielleicht ist sie schon abgereist."

„Hoffentlich. Danke für das Überprüfen der Leiche. War bestimmt nicht einfach für Sie."

Ich war erleichtert, dass er keine weiteren Fragen stellte. „Nein, war es nicht. Entschuldigen Sie bitte den falschen Alarm."

„Jeder Hinweis ist wichtig", erwiderte Moretti.

Bevor ich auflegte, überlegte ich einen Moment, ob ich ihn über das Verschwinden von Lucia informieren sollte. Doch ich entschied mich dagegen. Ich hatte Hagmann versprochen, die Sache selbst in die Hand zu nehmen und zudem gab es ja eine berechtigte Hoffnung, dass Lucia bald wieder auftauchen könnte.

Ich wählte die Nummer der Rezeption. „Welche Zimmernummer hat Werner Hagmann?", fragte ich.

Marios Stimme war wie immer freundlich. „Guten Tag Herr Klein. Herr Hagmann hat Zimmernummer 207."

„Haben Sie vielleicht seine Frau heute gesehen?"

„Nein, sonst hätte ich es Ihnen sofort gemeldet. Übrigens, auch Herrn Hagmann habe ich heute noch nicht gesehen."

„Ist er jetzt auf seinem Zimmer?"

„Ich nehme es an. Er hat den Schlüssel jedenfalls nicht hier bei der Rezeption hinterlegt."

Ich ging zu Hagmanns Zimmer und klopfte an die Tür. Nichts rührte sich. Ich klopfte nochmals, diesmal heftiger, und wartete. Endlich öffnete sich langsam die Tür.

Hagmann stand im Schlafanzug vor mir. „Herr Klein, ich habe Sie heute gesucht. Wo waren Sie? Gibt es Neuigkeiten? Haben Sie schon etwas herausfinden können?"

„Darf ich hereinkommen?"

Hagmann drehte sich um, ging ins Zimmer und ließ sich kraftlos auf die Bettkante sinken.

Ich schloss die Tür hinter mir und blieb vor ihm stehen. Ich erzählte ihm von meinem Besuch im Rechtsmedizinischen Institut, und dass die Tote nicht Lucia war. Doch er schien nicht recht zuzuhören.

„Entschuldigen Sie meinen Aufzug", sagte er. „Ich konnte nicht einschlafen und habe ein Schlafmittel genommen, aber es scheint nicht zu wirken. Ich bin zwar todmüde, aber ich kann nicht schlafen." Er war unrasiert und seine Augen waren dunkel umrandet. „Wie geht es nun weiter?", fragte er mit heiserer Stimme.

„Wir haben immerhin eine erste Spur. Ihr Verdacht, dass das Verschwinden Ihrer Frau mit einem anderen Mann zusammenhängen könnte, scheint sich zu bestätigen."

Hagmanns Gesichtszüge veränderten sich plötzlich. Sein Gesicht bekam eine rötliche Farbe und seine müden Augen begannen zu funkeln. „Wie meinen Sie das?"

„Lucia wurde vor ein paar Tagen mit einem Mann gesehen. Er fuhr eine Vespa. Sagt Ihnen das irgendetwas? Kennen Sie diesen Mann?"

„Nein. Ich kenne keinen solchen Mann!" Hagmanns Stimme wurde lauter und sein markantes Kinn schob sich nach vorne. „Ich will, dass Sie diesen Kerl finden", brüllte er und ballte seine Fäuste. „Ich will, dass Sie ihn fassen und zu mir bringen. Ich will ihn in meine Finger kriegen." Mit diesen Worten erhob er sich ruckartig vom Bett.

Ich machte instinktiv einen Schritt zurück. Es war schon mehr als einmal vorgekommen, dass sich ein betrogener Kunde nach Vorlegen der Beweise auf mich gestürzt hatte.

Doch ebenso schnell, wie er aufgebraust war, beruhigte er sich wieder. Langsam ließ er sich aufs Bett sinken, sah zu Boden und schüttelte den Kopf.

„Tut mir leid. Entschuldigen Sie bitte", keuchte er. „Aber diese ganze Sache macht mich fertig."

„Ich kann Sie verstehen." Ich legte ihm die Hand auf die Schulter. „Wir werden Ihre Frau finden. Ich werde als Nächstes die Spur dieses Vespa-Fahrers weiter verfolgen."

Hagmann nickte und starrte vor sich hin.

„Vertrauen Sie mir. Ich kümmere mich um die Sache. Ich werde Sie auf dem Laufenden halten."

Ich ging wieder auf mein Zimmer. Hagmanns heftige Reaktion hatte mich überrascht. Von dem überlegenen, selbstbewussten Mann, mit dem ich im Stadtpark gesprochen hatte, war nichts mehr übrig geblieben. Hatte er mir gerade sein wahres Gesicht gezeigt? Hatte ich mich in ihm getäuscht? Handelte es sich bei ihm um einen unberechenbaren und gewalttätigen Menschen?

Ich musste mich beeilen, denn ich hatte mich mit Anna in der Flamingo Bar verabredet. Ich war in erwartungsvoller Vorfreude, sie bald wiederzusehen und nahm mir vor, den Fall für kurze Zeit zu vergessen und mich an diesem Abend nur auf Anna zu konzentrieren. Ebenso nahm ich mir vor, nicht mehr als ein einziges Glas Whisky zu trinken. Aus der Minibar holte ich eine Cola, setzte mich aufs Bett und betrachtete das Bild mit dem Mädchen auf der Schaukel, das mich an Jenny erinnerte. Sollte ich sie anrufen und fragen, wie es ihrem Arm geht? Aber wie würde ich reagieren, wenn sich statt Jenny Silvia meldete? Was würde ich zu ihr sagen? Ich wollte es nicht darauf ankommen lassen. Ich duschte, zog ein frisches Hemd an und machte mich auf den Weg.

Als ich die Flamingo Bar betrat, nickte mir John freundlich zu.

„Wie geht es deinem Bruder?“, fragte ich.

„Es geht ihm gut. Die Konfrontation mit dir scheint ihn irgendwie beeindruckt zu haben. Er trinkt weniger. Vielleicht war das für ihn so etwas wie ein Schlüsselerlebnis. Was darf's sein?"

„Ich warte noch auf Anna."

„Okay." John schmunzelte. „Gleicher Tisch wie gestern?"

Ich nickte. „Ich hoffe, dass es heute ein friedlicherer Abend wird." Ich setzte mich an denselben Tisch neben der großen Pendeluhr. Unter den Anwesenden fiel mir ein junger Mann auf, der allein mit gesenktem Kopf vor einem Glas Bier saß.

Als Anna hereinkam, spürte ich eine leichte Nervosität in mir aufsteigen. Ich begrüßte sie mit einem Kuss auf die Wange. Ihr Lächeln und der vertraute Duft ihres Parfums machten mich einen Moment sprachlos.

„Willkommen bei der Teamsitzung", brachte ich schließlich heraus.

Sie strahlte mich mit ihren großen grünen Augen an. „Konntest du schon etwas über den mysteriösen Vespa-Fahrer herausfinden?"

„Leider nicht. Außer dir hat ihn anscheinend niemand gesehen. Es scheint sich um ein Phantom zu handeln."

John trat an den Tisch, nahm unsere Bestellungen entgegen und verschwand wieder.

„Heute war ich im Rechtsmedizinischen Institut", begann ich.

Anna sah mich fragend an. Erst jetzt fiel mir das zarte Rot ihres Lippenstifts auf.

„Hast du nicht von der toten Frau gehört, die gestern gefunden wurde?“

Sie schüttelte den Kopf. „Ich habe in meinem Zimmer weder Fernseher noch Radio.“

Sie lebt auf einer einsamen Insel, dachte ich. „Ich befürchtete, dass es sich um Lucia handeln könnte.“

Ihr Ausdruck wurde ernst. „War sie es?“

„Glücklicherweise nicht.“

John brachte die Getränke und machte eine etwas unbeholfene Verneigung. „Cheers“, sagte er. „Ich freue mich, euch wieder hier als meine Gäste begrüßen zu dürfen. Diesen Tisch habe ich heute Abend extra für euch reserviert.“

Ich dankte ihm und wandte mich wieder Anna zu. Diese saß regungslos vor mir und starrte über meine Schulter hinweg, als hätte sie einen Geist gesehen.

„Was ist mit dir?“, fragte ich besorgt.

Sie blinzelte ein paar Mal und schien sich dann wieder gefasst zu haben. Schließlich beugte sie sich zu mir vor und flüsterte: „Ich glaube, das ist er.“

Ich verstand nicht. „Das ist wer?“

„Der Vespa-Fahrer.“

Zuerst glaubte ich, sie würde sich einen Scherz erlauben, doch dann begriff ich, dass sie es absolut ernst meinte.

Unauffällig drehte ich mich in jene Richtung um, auf die ihr Blick gerichtet war.

An jenem Tisch saß der Mann, der mir schon beim Betreten des Lokals aufgefallen war. Ich konnte jedoch sein Gesicht nicht sehen, weil er über sein Bierglas gebeugt saß.

Ich drehte mich wieder zu Anna um. „Bist du sicher?“, fragte ich ungläubig.

Sie nickte mit ernster Miene. „Das ist er.“

„Wie kannst du so sicher sein? Du hast ihn doch nur von Weitem gesehen und er trug einen Motorradhelm.“

„Einen gelben Motorradhelm.“ Sie deutete mit ihrem Blick wieder zu dem Tisch hinüber.

Ich drehte mich nochmals um. Neben dem Mann auf dem Tisch lag ein gelber Motorradhelm.

„Der Mann, den ich mit Lucia gesehen habe, trug denselben Helm. Ich erinnere mich jetzt genau. Er ist es.“

Ich nahm einen Schluck von meinem Whisky und überlegte. War das möglich? Konnte es einen solchen Zufall geben? Ich erinnerte mich an einen meiner Fälle. Ein reicher Fabrikant von der „Goldküste“ hatte mich beauftragt, seinen gestohlenen Ferrari zu suchen, eine limitierte Spezialausführung. Ich konnte den Auftrag gleich am nächsten Tag abschließen. Der Zufall wollte es, dass ich den Wagen in einem Parkhaus entdeckte, nur wenige Meter von dort entfernt, wo ich mein Auto abgestellt hatte. Ja, es gab tatsächlich solche Zufälle.

„Was sollen wir jetzt tun?“, fragte Anna. Sie schien plötzlich nervös zu werden.

„Ganz einfach. Ich frage ihn.“

„Sei bitte vorsichtig", flüsterte sie.

Ich erhob mich und ging langsam zu dem Tisch hinüber. Neben dem Mann blieb ich stehen und beugte mich zu ihm hinunter. „Entschuldigung, kennen Sie eine Lucia Hagmann?"

Der Mann reagierte blitzschnell. Ich spürte einen harten Schlag an meiner rechten Schläfe und torkelte benommen zu Boden. Als ich aufblickte, war der Mann bereits bei der Tür. Ich sprang auf, schwankte kurz auf den Beinen und eilte ihm hinterher. Als ich die Tür fast erreicht hatte, betraten gerade zwei Gäste das Lokal. Ängstlich wichen sie zur Seite, als ich auf sie zustürmte. Als ich nach draußen trat, konnte ich den Mann gerade noch in einer schmalen Gasse verschwinden sehen. Sofort nahm ich die Verfolgung auf. Es war inzwischen dunkel geworden, doch die Straßenbeleuchtung erhellte die Gasse. Ich spürte, wie Blut meine Wange herunterlief und versuchte, es mit dem Ärmel wegzuwischen. Nur nicht ins Auge, dachte ich, sonst kann ich nichts mehr sehen. Die Gasse führte leicht bergauf. Vor mir konnte ich den Schatten einer Gestalt erkennen. Keuchend setzte ich hinterher. Eine Katze huschte vor meinen Füßen vorbei und verschwand in einem Hauseingang. Meine Schritte hallten von den Hausfassaden wider. Eine Mülltonne kippte um und rollte laut scheppernd auf mich zu. Mit einem Satz schaffte ich es gerade noch darüber zu springen. Der Mann vor mir schien langsamer zu werden. Er hatte das Ende der Gasse erreicht und verschwand aus meinem Blickfeld. Als ich um die Ecke bog, lag eine Treppe vor mir, die zur Kapelle hinaufführte. Ich kam dem Flüchtenden allmählich näher. Die Treppenstufen wurden schwach vom fahlen Licht der Laternen beleuchtet. Ich spürte, wie mein Herz jagte. Die Schmerzen an meiner Schläfe wurden stärker. Ich konzentrierte mich auf den Flüchtenden vor mir. Konnte nur noch einen Gedanken fassen: Ich muss ihn einholen. Da bemerkte ich, wie er auf einmal aus dem Rhythmus kam und zu schwanken begann. Er stolperte, kam vom Weg ab und wurde vom Dunkel verschluckt. Ich hastete ihm hinterher und machte von dort, wo er verschwunden war, einen Sprung in die Dunkelheit. Einen Sekundenbruchteil überlegte ich, wo ich gleich aufprallen würde. Das Erste, was ich unter mir spürte, war ein Körper. Der Mann war jetzt unter mir. Ich musste ihn mit dem Knie getroffen haben, denn er schrie auf vor Schmerz. Es war stockdunkel und ich konnte nichts erkennen. Mein rechtes Auge war vom Blut verklebt. Ich klammerte mich an ihn und wir rollten einen Abhang hinunter. Als wir zum Stillstand kamen, packte ich ihn am Hals und drückte ihn zu Boden.

Der Mann stöhnte unter mir. „Ich gebe auf!“, keuchte er.

Ich tastete nach seinem Arm und drehte ihn auf den Rücken. Wieder schrie er vor Schmerz. Dann raffte ich mich auf, zog ihn hoch und stieß ihn vor mir die Böschung hinauf bis unter eine Laterne.

Dort presste ich ihn mit dem Bauch nach unten auf den Boden. Mit einer Hand hielt ich seinen Arm auf dem Rücken fest und mit der anderen durchsuchte ich seine Taschen.

„Wie heißen Sie?", schrie ich ihn an, noch immer außer Atem.

„Claudio Rizza", stieß er hervor.

Aus der Innentasche seiner Jacke holte ich seine Brieftasche heraus und öffnete sie. Darin fand ich einen Ausweis, der seine Identität bestätigte.

Rizza versuchte sich loszureißen. „Wer sind Sie? Lassen Sie mich sofort los! Oder ich rufe die Polizei!"

„Gut, rufen Sie die Polizei. Ich kann Sie dann gleich wegen Körperverletzung anzeigen."

Rizza verstummte.

„Ebenso werde ich Sie wegen Entführung von Lucia Hagmann anzeigen." Etwas Besseres fiel mir gerade nicht ein.

„Was?", keuchte Rizza.

„Deshalb sind Sie doch vor mir geflohen. Oder haben Sie sie umgebracht?"

„Sie sind ja wahnsinnig!"

„Warum sind Sie vor mir geflohen?"

„Ich hatte Angst."

„Wovor?"

„Vor Ihnen." Rizza atmete schwer. „Ich bekomme keine Luft mehr!"

Ich lockerte meinen Griff ein wenig. „Also kennen Sie Lucia Hagmann?"

„Ja."

Ich beugte mich zu ihm hinunter und sagte: „Also, entweder Sie kommen jetzt mit zur Flamingo Bar und erzählen mir alles oder ich werde Sie der Polizei übergeben. Sie haben die Wahl."

„Okay, ich komme mit."

Ich steckte Rizzas Ausweis ein, dann ließ ich ihn los und stand auf. Ich holte ein Taschentuch aus meiner Hosentasche und presste es an meine Schläfe, die wie Feuer brannte.

Rizza erhob sich schwerfällig und steckte seine Brieftasche ein, die neben ihm am Boden lag.

Wir machten uns auf den Rückweg zur Flamingo Bar. Mit einer Hand hielt ich das Taschentuch an meine Schläfe gepresst, mit der anderen fasste ich Rizza mit festem Griff am Arm.

10

Anna wartete bereits vor dem Eingang der Flamingo Bar. Als ich mit Rizza aus dem Dunkel auftauchte, eilte sie auf uns zu.

„Um Gottes willen, was ist passiert?" Sie schien völlig schockiert, als ich in den Lichtkegel der Straßenlaterne trat.

Noch immer hatte ich das Taschentuch an meine Schläfe gepresst. Als ich es entfernte, war es mit Blut durchtränkt.

„Lass mich die Wunde sehen." Anna warf Rizza einen vernichtenden Blick zu, während sie aus ihrer Handtasche ein sauberes Taschentuch hervorholte und damit vorsichtig meine Wunde abtupfte.

Ich hatte Rizza noch immer fest am Arm gefasst. Dieser hatte den Kopf gesenkt, als wäre er sich seiner Schuld bewusst.

Wir gingen wieder ins Lokal hinein.

„Die Wunde muss zuerst versorgt werden." So ernst hatte ich Anna noch nie gesehen. Als ausgebildete Krankenschwester wusste sie offensichtlich, was zu tun war.

Ich wandte mich an John. „Kannst du dich kurz um ihn kümmern?" Mit diesen Worten deutete ich auf Rizza. „Ich habe zwar seinen Ausweis, möchte aber nicht riskieren, dass er nochmals abhaut."

„Okay." John kam hinter der Bar hervor und stellte sich breitbeinig neben Rizza, der einen Kopf kleiner war als der Barkeeper. David gegen Goliath, dachte ich. Nur dass klar war, dass hier Goliath den Kampf gewinnen würde. „Hat er das getan?", fragte John mit tiefer Stimme und betrachtete mit ernstem Blick meine Schläfe. Anscheinend hatte er hinter der Bar nicht genau mitbekommen, was passiert war.

„Wir müssen jetzt erst die Wunde verbinden." Annas Stimme klang besorgt.

„Kein Problem, ich werde gut auf ihn aufpassen", versicherte John, während er Rizza drohend ansah. „Soll ich schon mal die Polizei anrufen?"

Rizza warf mir einen flehenden Blick zu.

„Ich regle das auf meine Weise“, sagte ich und forderte Rizza auf, sich an einen freien Tisch zu setzen.

Anna schien immer ungeduldiger zu werden. „Hast du einen Verbandskasten?“, fragte sie John.

„In meinem Büro.“ John deutete auf eine Tür hinter der Bar.

Ich warf einen Blick zu Rizza, der inzwischen in einer Ecke Platz genommen hatte.

„Ich lass ihn nicht aus den Augen, mach dir keine Sorgen“, versprach John.

„Sorgen mache ich mir im Moment nur um deine Wunde.“ Mit diesen Worten fasste Anna mich am Arm und führte mich ins Büro, ein fensterloser Raum mit einem Regal voller Ordner und einem kleinen Tisch mit einem Computer. Unter dem Regal zog sie einen kleinen Kunststoffkoffer hervor und klappte ihn auf.

„Setz dich“, sagte sie.

Ich ließ mich auf dem einzigen Stuhl nieder.

Anna betrachtete die Wunde. „Das sieht nicht gut aus“, meinte sie mit kritischem Blick. „Die Wunde muss genäht werden. Ich mache einen provisorischen Verband und fahre dich dann ins Krankenhaus.“

„Zuerst muss ich mit Rizza reden.“ Ich verzog das Gesicht, als Anna die Wunde desinfizierte. „Er ist mir noch ein paar Antworten schuldig.“

Sie holte einen Verband aus dem Koffer. „Ich bin fast gestorben vor Angst, als du am Boden lagst“, sagte sie, während sie meine Wunde verband. „Ich dachte, dass er dein Auge getroffen hat. Du hast großes Glück gehabt."

Nachdem mich Anna verarztet hatte, betraten wir wieder die Bar. Rizza saß an seinem Tisch und starrte mit gesenktem Haupt vor sich hin. Neben ihm lag der gelbe Motorradhelm.

„Er hat sich nicht von der Stelle gerührt", versicherte John.

„Ich gehe mein Auto holen und fahre dich ins Krankenhaus", sagte Anna und verließ das Lokal.

Ich setzte mich Rizza gegenüber an den Tisch. An meiner Schläfe spürte ich einen pochenden Schmerz.

„Es tut mir leid", sagte Rizza mit bleichem Gesicht. „Ich hatte Angst. Ich dachte, Sie seien Lucias Mann und hätten es auf mich abgesehen."

Ich sah ihm ernst in die Augen. „Also, fangen wir ganz von vorne an. Seit wann kennen Sie Lucia?"

„Seit vier Jahren."

„Wie hieß sie mit Mädchennamen?"

„Petrelli. Lucia Petrelli."

„Wie gut kennen Sie sie?"

„Wir waren ein Paar."

„Seit wann?"

„Seit wir uns an der Universität kennen gelernt haben. Sie studierte damals Soziologie. Nach einem Monat sind wir zusammen in eine kleine Wohnung gezogen. Wir haben uns verlobt. Es war die glücklichste Zeit meines Lebens."

„Wann haben Sie sich verlobt?"

„Nach etwa einem Jahr."

„Wollten Sie heiraten?"

Rizza nickte nachdenklich. „Wir hatten Hochzeitspläne. Wir hatten uns vorgenommen, nach Las Vegas zu fliegen und uns dort trauen zu lassen. Es gibt spezielle Arrangements, bei denen alles organisiert ist, inklusive Videoaufnahme, die im Internet online verfolgt werden kann. Wir wollten einfach eine coole Hochzeit." Seine Augen waren traurig und leer.

„Und warum haben Sie es nicht getan?"

„Wir hatten kein Geld. Wir wollten so lange warten, bis ich mein Jurastudium abgeschlossen hatte."

„Was ist dann geschehen?"

„Vor etwa einem Jahr bin ich übers Wochenende nach Rom zu einem Spiel gefahren. Ich spiele in einer Fußballmannschaft. Es war ein wichtiges Spiel, denn es ging um den Aufstieg in die höhere Liga. In dieser Zeit muss Lucia ihn kennen gelernt haben. Ich werfe mir immer wieder vor, dass ich nicht hätte wegfahren dürfen. Sonst wäre das alles nie passiert."

John trat an den Tisch und fragte, ob alles in Ordnung sei.

Ich bestellte eine große Flasche Mineralwasser. Die Schmerzen an meiner Schläfe wurden stärker.

Rizza wollte ein Bier.

John sah mich fragend an.

Ich nickte John zu und wandte mich wieder an Rizza: „Und wie ging es dann weiter?"

„Als ich aus Rom zurückkam, war sie irgendwie anders. Ich bemerkte es sofort. Sie war wie verwandelt, war in Gedanken oft abwesend. Ich fragte sie, was mit ihr los sei, doch sie wich mir aus. Aber ich ließ nicht locker, ich wusste, dass etwas nicht stimmte. Irgendwann sagte sie es mir."

„Was sagte sie?" Ich wurde langsam ungeduldig.

John stellte die Getränke auf den Tisch.

Rizza zögerte einen Moment. Es schien ihm schwer über die Lippen zu kommen. „Sie sagte, sie hätte einen anderen Mann kennen gelernt. Ich konnte es nicht glauben, bin einfach ausgerastet. Ich habe sie geschlagen. Ich wusste nicht mehr, was ich tat. Ich habe mich sofort bei ihr entschuldigt, bin vor ihr auf die Knie gefallen. Sie sagte nichts. Plötzlich packte sie ihren Koffer. Ich flehte sie an, nicht zu gehen. Sie verließ die Wohnung ohne ein Wort. Ich konnte sie nicht zurückhalten." Er nahm einen großen Schluck aus seinem Bierglas und stellte es vor sich hin.

Ich starrte auf das Glas und mir wurde bewusst, dass ein solches Glas vor einer halben Stunde meinen Kopf getroffen hatte. „Und dann?", fragte ich.

„Ich habe lange nichts mehr von ihr gehört."

„Waren Sie nicht besorgt, dass ihr etwas zugestoßen sein könnte?"

„Natürlich machte ich mir Sorgen."

„Haben Sie sich an die Polizei gewandt?"

Rizza schüttelte den Kopf. „Ich hatte Angst, dass ich der Polizei sagen müsste, weshalb sie weggelaufen ist. Dass ich schuld war, weil ich sie geschlagen hatte. Jeden Tag hoffte ich, dass sie wieder zurückkommen würde."

„Wann hatten Sie wieder Kontakt zu ihr?"

„Etwa einen Monat später. Ich kann mich nicht mehr genau erinnern, an welchem Tag, aber es war am Abend. Sie rief mich an und sagte, dass es ihr gut gehe. Dann hängte sie auf, bevor ich etwas sagen konnte."

„Hat sie sich danach nochmals gemeldet?"

„Ein paar Wochen später. Sie sagte, sie sei in Zürich und ich müsse mir keine Sorgen machen. Ich entschuldigte mich bei ihr für alles und sagte, dass ich sie vermisse. Sie erwiderte nichts, hängte einfach auf."

Das waren die Telefongespräche, die Lucia schnell beendete, wenn Hagmann ins Zimmer kam, dachte ich. Die dunkle Spur erhellte sich langsam. Ich füllte mein Glas mit Mineralwasser und nahm einen Schluck. „Erzählen Sie weiter!", forderte ich ihn auf.

„Lange Zeit hörte ich nichts mehr von ihr. Ich ging davon aus, dass sie mit dem anderen Mann zusammen war. Ich versuchte, sie zu vergessen. Aber es gelang mir nicht." Er leerte sein Bierglas, stellte es vor sich auf den Tisch und drehte es nachdenklich in seinen Händen. „Dann rief sie mich eines Tages wieder an. Es war vor etwa zwei Monaten. Sie sagte, dass sie heiraten werde. Ich weiß nicht, warum sie mir das sagen wollte. Ich flippte aus und schrie sie an. Dann schmiss ich das Telefon an die Wand. Danach habe ich mich oft gefragt, warum sie so schnell heiratete. Was wohl der Grund war. Ob sie vielleicht schwanger war? Ich bedauerte, dass ich am Telefon so ausgerastet war."

„Hat ihre Stimme glücklich geklungen?"

Rizza zuckte mit den Schultern. „Das weiß ich nicht mehr. Ich habe nicht auf ihre Stimme geachtet. Das, was sie sagte, hatte mich zu sehr getroffen."

„Hatten Sie danach nochmals Kontakt zu ihr?" Das war eine Fangfrage, denn ich wusste, dass er mit Lucia vor ein paar Tagen vor dem Hotel gesprochen hatte.

„Vor etwa zwei Wochen rief sie mich an. Sie klang ängstlich. Sie sagte, sie würde hierherkommen und müsse mich unbedingt sehen."

„Sie haben sie getroffen?"

„Vor dem Eingang zum Hotel, in dem sie wohnt. Mir fiel auf, dass sie sehr nervös war. Sie schaute sich immer wieder um, als hätte sie Angst, gesehen zu werden. Wir sprachen nur kurz und verabredeten uns an einem Ort, wo wir ungestört reden konnten."

Jetzt wusste ich, dass er die Wahrheit sagte. „Wo haben Sie sich getroffen?"

„In einem Bootshaus. Es liegt hier in der Nähe, in einer geschützten Bucht. Dort hatten wir uns auch früher manchmal getroffen."

„Wann genau war das?"

Rizza überlegte. „Das war am letzten Sonntag. Am Vormittag."

Nun wusste ich, welches Pärchen ich an jenem

Tag im Bootshaus belauscht hatte, als ich den Ausflug zur Seeschwalbenkolonie unternommen hatte. Und nun war mir auch klar, warum an jenem Tag Werner Hagmann allein am Swimmingpool gelegen hatte. Die Puzzleteile setzen sich langsam zusammen, dachte ich.

„Was geschah in dem Bootshaus?“, fragte ich weiter.

„Lucia erzählte mir, dass sie vor einem Monat diesen Hagmann geheiratet habe. Es sei ihr zu spät klar geworden, dass sie einen fatalen Fehler begangen hatte. Nach der Hochzeit sei er völlig verändert gewesen. Er habe sie wie den letzten Dreck behandelt. Wenn sie sich beschwerte, schlug er sie. Sie habe Angst vor ihm, sagte sie mir. Sie liebe ihn nicht. Sie liebe immer noch mich. Sie habe sich von seinem Geld und dem Luxus blenden lassen.“

Augenblicklich stand Hagmanns Reaktion vor meinen Augen, als ich ihm erzählt hatte, dass Lucia mit einem Mann gesehen worden war. Er war plötzlich ausgerastet und hätte sich beinahe auf mich gestürzt. Ich konnte mir gut vorstellen, dass dieser Mann unberechenbar war und in bestimmten Situationen die Kontrolle über sich verlor.

Rizza löste seinen Blick vom leeren Glas und sah mir in die Augen. „Sie hatte Angst.“

Anna kam herein und setzte sich an unseren Tisch. „Das Auto steht vor der Tür. Wir können fahren.“

Ich nickte ihr zu und wandte mich wieder an Rizza. „Wovor hatte sie Angst?“

„Vor ihrem Mann. Sie sagte, er sei sehr eifersüchtig und es sei gefährlich, sich mit mir zu treffen. Er würde sie umbringen, wenn er dahinterkommen würde. Ich versuchte sie zu beruhigen und zu trösten." Rizza sprach nicht mehr weiter, saß nur mit gesenktem Kopf gedankenverloren da.

Anna fasste mich am Arm zum Zeichen, dass wir fahren sollten.

„Mein Gott!", entfuhr es Rizza plötzlich. „Vielleicht hat er es schon getan." Mit diesen Worten starrte er mich mit entsetztem Blick an. „Vielleicht hat er sie umgebracht."

Es entstand eine erdrückende Pause. Mir war, als hätte sich vor mir ein dichter Nebel aufgetan und ein Monster enthüllt. Und das Monster hatte einen Namen: Werner Hagmann. Einen Moment war ich sprachlos. Schließlich sagte ich: „Erzählen Sie mir noch mehr von dem Gespräch im Bootshaus. Was hatten Sie beschlossen, was Lucia tun sollte?"

„Ich riet ihr, sie solle ihm die Wahrheit sagen. Sie solle ihm sagen, dass sie es nicht mehr bei ihm aushalte und dass sie ihn verlassen wolle. Nach anfänglichem Zögern war sie dann einverstanden."

„Haben Sie sie seither wieder gesehen?"

Verzweifelt schüttelte er den Kopf. „Ich habe seit diesem Tag nichts mehr von ihr gehört. Ich mache mir große Sorgen."

Ich erhob mich. Die Schmerzen an meiner Schläfe waren beinahe unerträglich. „Gut. Das genügt mir im Moment. Ich werde Ihren Ausweis vorläufig behalten, als Sicherheit."

„Was können wir jetzt tun?" Rizza schien am Boden zerstört.

„Ich werde als Nächstes mit Hagmann sprechen, um mehr herauszufinden. Wie kann ich Sie erreichen?"

„Ich habe kein Handy mehr. Die Telefongesellschaft hat meine Nummer gesperrt, weil ich die Rechnungen nicht mehr bezahlen konnte. Aber meine Adresse ist auf dem Ausweis. Wann bekomme ich ihn wieder zurück?"

„Sobald ich Ihre Geschichte überprüft habe. Ich werde mich bei Ihnen melden."

„Werden Sie Anzeige gegen mich erstatten?"

„Vorläufig nicht."

„Wir müssen jetzt fahren", sagte Anna.

Ich stand auf und erklärte John, dass alles in Ordnung sei und dass er Rizza gehen lassen könne. Er schien zwar skeptisch zu sein, war aber damit einverstanden.

Annas Wagen stand vor dem Eingang, ein alter roter Fiat. Als ich einsteigen wollte, wurde mir einen Augenblick schwindlig und ich musste mich am Wagendach festhalten.

„Was ist los?", fragte Anna besorgt.

Aber der Anfall war schon wieder vorbei und ich setzte mich auf den Beifahrersitz, den ich verstellen musste, damit meine Beine Platz fanden. „Dein Freund muss ziemlich klein sein“, scherzte ich.

Sie ging nicht darauf ein, sondern fuhr sofort los.

Ich spürte jeden Pulsschlag in meiner Schläfe.

Anna fuhr schnell, aber sicher durch die engen Straßen. Es gab nur wenig Verkehr um diese Zeit.

Ich sah aus dem Fenster und betrachtete die vorbeihuschenden Lichter und Leuchtreklamen.

„Wie geht es dir?“, fragte Anna.

„Es geht schon.“ Eine Müdigkeit überfiel mich plötzlich.

Das Rätsel des Vespa-Fahrers war gelöst. Nun musste ich mich auf die weiteren Ermittlungsschritte konzentrieren. Konnte Werner Hagmann selbst hinter dem Verschwinden seiner Frau stecken? Aber weshalb hatte er mich beauftragt seine Frau zu suchen? Ergab das überhaupt einen Sinn? Sollte es vielleicht nur ein Ablenkungsmanöver sein? Eigentlich war es merkwürdig, dass er sich geweigert hatte, die Polizei einzuschalten. Mehr und mehr schien sich der Verdacht zu erhärten, dass Hagmann selbst mit dem Verschwinden von Lucia etwas zu tun haben könnte. Wie konnte es abgelaufen sein? Hatte Lucia ihm gesagt, sie wolle ihn verlassen? Hatte er daraufhin die Beherrschung verloren und sie im Affekt ermordet? Und wenn es so abgelaufen war, was hatte er mit der Leiche seiner Frau angestellt? Hatte er sie irgendwo in der Nähe des Hotels vergraben? Oder hatte er sie in der Nacht ins Meer geworfen, wo sie von der Flut hinausgetrieben worden war? Auf einmal sah ich vor mir, wie alles hätte abgelaufen sein können und eine innere Unruhe stieg in mir auf. Ich muss vorsichtig sein, sagte ich zu mir selbst. Ich muss einen neutralen Standpunkt einnehmen, darf keine voreiligen Schlüsse ziehen. Ich muss sachlich und professionell vorgehen, muss mich an Tatsachen halten und mich nicht von Annahmen oder Vermutungen leiten lassen. Ich muss nochmals zum Ausgangspunkt zurückkehren, dachte ich. Hagmann behauptete, Lucia sei am Dienstagabend zum Joggen gegangen. Aber niemand hatte sie an diesem Tag gesehen. Eine junge, attraktive Frau im Trainingsanzug hätte doch jemandem auffallen müssen. Sagte Hagmann wirklich die Wahrheit? Es gab eine mögliche Erklärung, weshalb niemand Lucia an diesem Tag gesehen hatte. Weil sie nie joggen gegangen war. Vielleicht war sie an diesem Tag bereits tot?

Noch ist nichts bewiesen und alles ist offen, sagte ich mir. Was wäre, wenn Claudio Rizza gelogen hatte? Aber warum sollte er lügen? Ich hatte den Eindruck, dass er die Wahrheit gesagt hatte.

Inzwischen waren wir beim Krankenhaus angekommen. Anna bremste mit quietschenden Reifen vor dem Eingang. Langsam, wie in Zeitlupe stieg ich aus dem Wagen. Vor Schmerzen war ich wie benommen. Anna stützte mich bis zum Eingang. Drinnen kam uns eine Krankenschwester in einem weißen Kittel entgegen. Anna sprach mit ihr. Wir wurden durch einen breiten Korridor geführt und mussten auf einer Bank Platz nehmen. Gegenüber von uns saß eine Frau mit einem Kind, das jämmerlich weinte. Kurz darauf trat ein junger Arzt, ebenfalls im weißen Kittel, zu uns heran und führte uns in einen kleinen Behandlungsraum. Dort musste ich mich auf ein schmales Bett legen. Der Geruch von Äther stieg mir in die Nase. Die Schmerzen waren jetzt so heftig, dass ich befürchtete, das Bewusstsein zu verlieren. Alles kam mir plötzlich vor wie in einem Traum. Ich hörte die Stimme des Arztes wie durch eine Watteschicht.

Er hatte eine Spritze in der Hand. „Gegen die Schmerzen", hörte ich ihn sagen.

Ich spürte einen Stich am linken Unterarm. „Dr. Petrelli" konnte ich auf seinem Namensschild lesen. So hieß doch Lucia mit Mädchennamen, ging mir durch den Kopf. Der Arzt hantierte an meiner Schläfe herum, während Anna ihm mit ernster Miene zusah.

„Was ist passiert?", fragte der Arzt.

Ich wollte antworten, brachte aber keinen Ton heraus.

„Ein Unfall", erklärte Anna.

„Haben Sie noch Schmerzen?" Der Arzt leuchtete mir mit einer Taschenlampe in die Augen.

Ich nickte knapp.

„Die werden gleich nachlassen. Ist Ihnen schlecht?"

Ich wollte den Kopf schütteln, aber es gelang mir nicht. Um mich herum schien sich alles wie in Zeitlupe zu bewegen. Ich schloss die Augen.

„Sie haben Glück gehabt", hörte ich die Stimme des Arztes, die wie aus einem Lautsprecher klang.

Der Arzt sprach mit Anna. Ich bekam nur einige Gesprächsfetzen mit. Vorsichtig erhob ich mich. Der Arzt reichte mir die Hand und sagte etwas. Ich spürte Annas Hand an meinem Arm und war erstaunt über die Kraft, mit der sie mich stützte. Langsam torkelte ich auf den Ausgang zu. Meine Beine fühlten sich an, als wären sie mit Bleigewichten behängt. Die Schmerzen waren inzwischen in einen dumpfen Druck übergegangen. Mein Kopf war wie aus Styropor. Ich konnte keinen Gedanken mehr fassen. Die Medikamente haben nicht nur die Schmerzen eliminiert, sondern auch mein Gehirn, dachte ich. Auf der Rückfahrt zum Hotel schlief ich auf dem Beifahrersitz ein.

11

Mit einem Ruck wachte ich auf. Der Wagen hatte vor der Hoteleinfahrt gehalten. Ich fühlte mich irgendwie benommen und erinnerte mich daran, dass der Arzt im Krankenhaus mir eine Spritze gegeben hatte. Anna stützte mich, als wir in die Hotelhalle traten. An der Rezeption war niemand zu sehen. Anna fischte meinen Schlüssel aus dem Bord und begleitete mich bis vor mein Zimmer.

„Soll ich mit reinkommen?", fragte sie, als sie die Tür geöffnet hatte.

Ich hätte sie gerne hereingebeten, doch die Müdigkeit ließ mich den Gedanken gleich wieder fallenlassen.

„Ich komme schon zurecht", hörte ich mich stattdessen sagen.

„Ruh dich aus und versuch zu schlafen." Sie gab mir einen Kuss auf die Wange. „Ruf mich an, wenn du mich brauchst. Zimmer 105."

Als die Tür hinter mir ins Schloss fiel und ich ins Zimmer trat, bemerkte ich einen Strauß mit dunkelroten Rosen auf dem Tisch beim Fenster und ich hatte den Eindruck, dass meine Benommenheit durch den intensiven Blütenduft noch verstärkt wurde. Ich setzte mich auf die Bettkante und schaffte es gerade noch, die Schuhe auszuziehen, bevor ich aufs Bett sank und einschlief.

Mitten in der Nacht schreckte ich aus dem Schlaf hoch. Ich hatte geträumt, dass meine Wunde aufgeplatzt und das Bett voller Blut war. Schlaftrunken stand ich auf und betrachtete den Verband im Badezimmerspiegel. Alles schien in Ordnung. Ein brennender Durst quälte mich und ich trank direkt aus dem Wasserhahn. Mit Mühe zog ich meine Kleider aus und legte mich wieder hin.

Als ich erwachte, wusste ich einen Moment nicht, wo ich war. Der Blick auf meine Armbanduhr machte mir klar, dass es kurz nach zwölf war. Vorsichtig betastete ich den Verband. Die Schläfe schmerzte nicht mehr.

Langsam setzte ich mich auf und blieb auf der Bettkante sitzen. Die Anstrengung und Aufregung der letzten Nacht steckten mir immer noch in den Knochen. Mühsam erhob ich mich und stapfte ins Badezimmer. Glücklicherweise war mir nicht übel, was bedeutete, dass ich keine Gehirnerschütterung erlitten hatte. Im Spiegel sah ich, dass durch den Verband etwas Blut gesickert war. Ich nahm ein Mineralwasser aus der Minibar und setzte mich auf die Terrasse. Die Sonne verbarg sich hinter einer dichten Wolkendecke und es war merklich kühler geworden. Ich fror etwas und legte schützend die Arme um meinen Oberkörper. Das Meer hatte über Nacht die Farbe gewechselt, es war jetzt dunkelgrau und zähflüssig wie geschmolzenes Blei. Am Strand war keine Menschenseele zu sehen. Die gelbe Strandflagge flatterte unruhig im Wind. Eigentlich war ich froh, dass die große Hitze vorüber war und ich nahm mir vor, mich an diesem Tag etwas auszuruhen. Ich ging wieder hinein und bestellte beim Zimmerservice Kaffee und ein Sandwich. Ich ließ den gestrigen Abend nochmals Revue passieren und musste an Annas Beistand denken. Ich hatte mich für ihre samariterische Hilfe noch gar nicht bedankt.

Mein Handy ertönte. Ich eilte etwas schwankend ins Zimmer und versuchte den Klingelton zu orten. Schließlich fand ich das Telefon auf dem Tisch neben den Rosen.

„Hallo Papa! Wie geht's dir? Ich habe dich gestern mehrmals versucht zu erreichen."

„Hallo Jenny! Ich hatte mein Handy im Zimmer liegen gelassen."

„Wo warst du denn gestern Abend?"

Ich zögerte zuerst. „Ich war in einer Bar hier in der Nähe."

„Wirklich? Hattest du ein Date?"

Wieder zögerte ich, räusperte mich verlegen und sagte: „Äh, so ähnlich." Ich kam mir vor wie ein Schuljunge, der beim Abschreiben erwischt worden war.

„Das ist ja cool! Erzähl mal. Wie heißt sie denn?"

„Sie heißt Anna. Wir kennen uns aber erst ganz kurz." Ich konnte mir selbst nicht erklären, warum ich ein schlechtes Gewissen hatte.

„Wohnt sie im selben Hotel wie du?"

„Sie arbeitet hier."

„Ist sie nett?"

Ich wusste nicht, was ich antworten sollte. Die Situation war mir irgendwie peinlich. „Ja", sagte ich.

Jenny schien sich darüber zu freuen. „Ist sie deine Freundin?"

Ich hoffte, dass Silvia nichts von dem Gespräch mitbekam. „Sag Mama nichts davon", bat ich sie.

Sie lachte. „Keine Angst. Das bleibt unser Geheimnis. Ich kann's nicht glauben. Mein Vater hat eine Freundin!"

„Wie geht es deinem Arm?" Ich versuchte es mit einem Ablenkungsmanöver.

„Ach, ganz gut. Ich habe mich an den Gipsverband gewöhnt. Weißt du, es ist manchmal ganz cool so. Alle wollen wissen, was passiert ist und haben Mitleid mit mir."

„Und wie geht es Mama?"

„Ihr geht's gut. Sie war gestern beim Arzt."

„Beim Arzt? Ist sie krank?"

Die Verbindung wurde auf einmal schlechter.

Ich machte mir Sorgen um Silvias Gesundheit. „Jenny! Hörst du mich noch?"

„Ja, ich höre dich."

„Warum war Mama beim Arzt?"

„Ich glaube, es war nur so eine Routineuntersuchung. Hast du schon Muscheln für mich gesammelt?"

„Eine ganze Tüte voll!"

„Super! Vergiss die Ansichtskarte bitte nicht."

„Die ist schon unterwegs."

„Ich freue mich, wenn du wieder da bist. Gehen wir wieder mal ins Kino?"

„Darauf kannst du dich verlassen. Ich freue mich auch."

Es klopfte an meiner Zimmertür.

„Ich muss jetzt Schluss machen, der Zimmerservice ist da", sagte ich. „Also, mach's gut. Hab dich lieb."

„Bis bald. Noch schöne Ferien. Und grüße Anna von mir!"

Ich beendete die Verbindung und ging zur Tür, um dem Zimmerservice zu öffnen. Wie erstarrt blieb ich stehen. Das Bild des aus dem Nebel auftauchenden Monsters stand vor meinen Augen. Es war Werner Hagmann.

„Entschuldigen Sie die Störung." Sein Gesicht war kreidebleich.

„Bitte kommen Sie herein", sagte ich zu ihm, als ich mich wieder gefasst hatte. „Ich wollte gerade mit Ihnen sprechen."

Hagmann trat ein und ließ sich langsam auf der Bettkante nieder. Er sah noch schlechter aus als am Tag zuvor. Sein Kinn war unrasiert und seine Haare standen wild durcheinander vom Kopf ab. Ich setzte mich auf den Stuhl neben ihm. War das wirklich derselbe Mann, mit dem ich mich vor ein paar Tagen im Stadtpark unterhalten hatte? Er schien deutlich gealtert zu sein. Von dem selbstbewussten Manager war nichts übrig geblieben. Konnte dieser am Boden zerstörte Mann wirklich der Mörder von Lucia sein? Das Verschwinden seiner Frau schien ihn psychisch völlig mitgenommen zu haben. Oder war es eher die Tatsache, dass ein anderer Mann im Spiel war? Würde ein Mörder sich so verhalten? Als ich ihn so in sich versunken dasitzen sah, hatte ich plötzlich große Zweifel, dass Hagmann etwas mit Lucias Verschwinden zu tun haben könnte.

„Sind Sie verletzt?" Hagmann deutete auf meinen Verband am Kopf.

„Ein kleiner Unfall."

„Konnten Sie inzwischen schon etwas in Erfahrung bringen?", fragte er mit heiserer Stimme.

„Ich habe eine mögliche Spur. Aber ich brauche von Ihnen noch weitere Informationen."

„Was müssen Sie wissen?"

Mir passte es gar nicht, dass mich Hagmann einfach so unvorbereitet überfahren hatte. Es war ein heikles Gespräch, das ich mit ihm führen musste, und ich hätte mich lieber darauf vorbereitet. Jetzt musste ich improvisieren und intuitiv vorgehen. Ich versuchte, behutsam in das Gespräch einzusteigen. „Glauben Sie, dass Lucia glücklich ist?"

„Ich verstehe Ihre Frage nicht. Weshalb sollte sie nicht glücklich sein? Ich habe ihr jeden Wunsch erfüllt. Ich liebe sie über alles. Sie ist für mich die Frau meiner Träume. Ich würde mein Leben für sie geben." Mit diesen Worten faltete Hagmann die Hände in seinem Schoß. „Ja, ich glaube, dass sie glücklich bei mir ist."

„Hatten Sie manchmal Meinungsverschiedenheiten?"

„Worauf wollen Sie hinaus?"

„Ich möchte herausfinden, ob es für Lucia einen Grund gegeben haben könnte wegzugehen."

„Ich habe Ihnen doch bereits erklärt, dass der Grund für ihr Verschwinden ein anderer Mann ist. Oder glauben Sie mir etwa nicht?"

„Vielleicht gab es noch einen anderen Grund. Ich möchte herausfinden, ob sie durch irgendetwas dazu getrieben wurde, sich einem anderen Mann zuzuwenden."

Hagmann sah mich erstaunt an. „Daran habe ich noch gar nicht gedacht. Was könnte das denn sein?"

„Es gibt viele mögliche Gründe.“

„Ich weiß, worauf Sie anspielen. Sie denken an sexuelle Probleme, nicht wahr?“ Hagmanns Miene verfinsterte sich. „Ich kann Ihnen aber versichern, dass ich diesbezüglich mit manchem Zwanzigjährigen mithalten kann, ganz abgesehen von meiner Erfahrung.“

Ich fragte unbeirrt weiter. „Hatten Sie manchmal Meinungsverschiedenheiten?“

„Ich kann mich nicht an einen konkreten Fall erinnern. Aber in jeder Beziehung gibt es manchmal unterschiedliche Meinungen. Das ist doch ganz normal.“

Ich sah ein, dass ich auf diesem Weg nicht weiterkommen würde. Ich musste eine andere Strategie wählen. „Sie erwähnten, dass Lucia Telefongespräche plötzlich beendete, wenn Sie ins Zimmer kamen.“

Hagmann nickte. „Ich habe mir damals aber keine Gedanken darüber gemacht.“

„Können Sie sich erinnern, ob sie nach diesen Telefonaten irgendwie verändert war? War sie traurig, nervös, gereizt?“

„Mir ist nichts dergleichen aufgefallen.“

„Hat sich Lucia manchmal seltsam verhalten?“

Hagmann schien zu überlegen, schüttelte dann den Kopf. „Auch da muss ich Sie enttäuschen. Ich kann mich nicht erinnern, dass sie sich jemals seltsam verhalten hätte. Sie machte immer einen zufriedenen und glücklichen Eindruck.“ Hagmanns Stimme wurde jetzt lauter. „Sagen Sie mir endlich, worauf Sie hinauswollen!“

Mit meinem subtilen Vorgehen kam ich offenbar nicht zum Ziel. Also beschloss ich, die Sache direkt anzusprechen. „Sind Sie Ihrer Frau gegenüber jemals handgreiflich geworden?“

Hagmanns Gesichtszüge veränderten sich plötzlich. Er stand abrupt vom Bett auf und sah mir drohend in die Augen.

„Wofür halten Sie mich eigentlich? Wollen Sie damit andeuten, dass ich meine Frau schlage?“

In diesem Moment klopfte es. Ich ging zur Tür und öffnete. Der Zimmerservice brachte den bestellten Kaffee und das Sandwich und stellte das Tablett auf den Tisch neben die Rosen.

Hagmann hatte sich inzwischen wieder aufs Bett gesetzt und schien sich beruhigt zu haben. Er starrte geistesabwesend zu Boden.

Ich setzte mich wieder auf den Stuhl und wartete. Mein Instinkt sagte mir, dass ich einen wunden Punkt getroffen hatte.

Hagmann begann wie in einem Selbstgespräch zu sprechen. „Ich liebe meine Frau. Ich würde alles für sie geben. Ich war noch nie in meinem Leben so glücklich. Ich hätte ihr niemals auch nur ein Haar krümmen können.“ Er wischte sich verlegen eine Träne aus dem Auge. „Ich halte diese Ungewissheit nicht mehr aus. Ich weiß nicht, wo sie ist und was geschehen ist.“

„Das werden wir herausfinden“, versuchte ich ihn zu beruhigen.

Hagmann nickte apathisch.

Jetzt setzte ich zur alles entscheidenden Frage an. „Hat Lucia vor ihrem Verschwinden eine Andeutung gemacht, dass sie Sie verlassen will?“

Hagmann blickte empört auf. „Sie hat nie eine solche Andeutung gemacht, seit wir zusammen sind.“

„Ich danke Ihnen für Ihre Offenheit. Ich muss alle Möglichkeiten abwägen und hoffe, Sie verstehen das.“

Hagmann nickte wieder.

„Wie ich Ihnen schon angedeutet habe, gibt es eine erste Spur“, fuhr ich fort. „Ich weiß jetzt mehr über den Mann mit der Vespa, mit dem Ihre Frau gesehen wurde.“

Hagmann schien überrascht. „Sie haben ihn gesehen?“

„Ich habe mit ihm gesprochen.“

„Sie kennen ihn?“

„Er hat mir erzählt, dass er Lucia bereits seit vier Jahren kennt. Sie haben zusammen gewohnt und waren verlobt. Lucia hatte ihn verlassen, wegen Ihnen. Hat sie jemals davon erzählt?“

„Nein, sie hat niemals von einem anderen Mann gesprochen. Ich habe sie auch nicht nach ihrer Vergangenheit gefragt. Sie wollte auch nie etwas über meine Vergangenheit wissen. Es war so etwas wie ein Tabu in unserer Beziehung und ich habe es akzeptiert.“

„Der Zettel mit der Telefonnummer. Wann und wo genau haben Sie ihn gefunden?“

„Das war am ersten Tag, als wir hier angekommen sind. Er muss ihr aus der Tasche gefallen sein, denn er lag am Boden neben ihrem Bett. Zuerst dachte ich, der Zettel sei bei der Reinigung des Zimmers liegen geblieben. Ich hob ihn auf und las die Nummer. Als ich sie fragte, ob es ihr Zettel sei, schien sie einen Moment sprachlos. Dann sagte sie, es sei die Nummer einer Freundin. Das glaubte ich ihr aber nicht.“

„Um was für eine Nummer könnte es sich gehandelt haben?“

„Da ist ja wohl offensichtlich. Es muss die Telefonnummer des Mannes sein, mit dem Sie anscheinend bereits gesprochen haben!“

Ich bemerkte, dass Hagmann immer gereizter wurde und ich beschloss, den Namen Claudio Rizza nicht zu erwähnen. Mir waren Hagmanns Worte, dass er den Kerl in die Finger kriegen wolle, noch in guter Erinnerung und ich konnte mir durchaus vorstellen, was dann passieren würde.

Hagmann brauste plötzlich auf. „Sagen Sie mir jetzt, wie der Kerl heißt!“

Ich versuchte ruhig zu bleiben. „Wie ich schon sagte, ich habe mit ihm gesprochen. Er hat mir einige wichtige Informationen geliefert unter der Voraussetzung, dass sein Name anonym bleibt.“

Hagmann ballte die Fäuste und schrie mich an.

„Ich bin Ihr Auftraggeber und ich verlange, dass Sie mir den Namen sagen!“

„Tut mir leid, aber ich kann Ihnen den Namen nicht nennen.“

Unvermittelt fuhr Hagmann vom Bett hoch und stürzte sich auf mich. Ich war reflexartig vom Stuhl aufgesprungen, konnte aber die Wucht seines Aufpralls nicht mehr abfangen und fiel rückwärts auf den Tisch. Die Vase mit den Rosen kippte um, das Wasser ergoss sich über die Tischplatte und auf den Boden. Ich lag mit dem Rücken auf dem Tisch und spürte die heiße Kaffeekanne unter mir.

Hagmann war über mir und legte seine Hände um meinen Hals. „Sagen Sie mir endlich, wie er heißt!“, schrie er mich an. „Ich bringe ihn um!“

Ich schnappte nach Luft und sah direkt in die blutunterlaufenen Augen meines Gegners. Verzweifelt versuchte ich, seine Hände von meinem Hals wegzuziehen, aber es gelang mir nicht. Er drückte mit aller Kraft zu. Ich spürte, wie mir langsam die Luft ausging. Hagmanns Hände umschlossen meinen Hals wie eine tödliche Schlinge. Angst stieg in mir auf. Ich musste mich aus der Umklammerung befreien, bevor ich ohnmächtig wurde. In meiner Verzweiflung rammte ich mit voller Kraft mein Knie zwischen seine Beine. Hagmann stöhnte auf und sein Griff lockerte sich etwas. In diesem kurzen Augenblick konnte ich seine Hände von meinem Hals wegreißen. Ich schaffte es, mich von ihm zu befreien und ließ mich auf den

Boden fallen. Nach Luft ringend kniete ich da. Hagmann lag vornüber gebeugt mit schmerzverzerrtem Gesicht auf dem Tisch.

Die Sekunden vergingen wie in Zeitlupe. Mein Hals schmerzte und ich musste husten. Jeden Moment erwartete ich Hagmanns nächsten Angriff. Ich tastete auf dem Boden nach einer Waffe, bekam aber nur einen meiner Schuhe zu fassen.

Langsam erhob sich Hagmann vom Tisch und kam auf mich zu. Gebeugt stand er über mir. Hustend kniete ich auf dem Boden, meinen Schuh krampfhaft in der Hand haltend. Plötzlich drehte er sich um, schwankte zur Tür und verließ das Zimmer.

Mit zitternden Beinen schleppte ich mich auf die Terrasse hinaus. Mein Puls raste, mein Kopf schien zu explodieren. Der Verband hatte sich gelöst und hing teilweise herab. Mit einer Hand klammerte ich mich am Geländer fest und atmete die Meeresluft in tiefen Zügen ein. Der Wind wehte mir ins Gesicht. In der anderen Hand hielt ich noch immer den Schuh. Ich schloss die Augen und schmeckte Blut in meinem Mund. Meine Lippe war beim Kampf aufgesprungen. Ich war benommen und geschockt, konnte immer noch nicht begreifen, was gerade vorgefallen war. Eine Zeitlang stand ich so da und blickte auf die endlose Weite des Meeres hinaus.

12

Das Klopfen an der Tür registrierte ich erst, als es in ein Hämmern übergegangen war. Wie lange ich geistesabwesend auf der Terrasse gestanden und mich krampfhaft am Geländer festgehalten hatte, konnte ich nicht sagen.

Langsam löste ich meinen Griff und bewegte mich Richtung Tür. Dann stockte mir der Atem und ein erschreckender Gedanke ging mir durch den Kopf. Vielleicht war es Hagmann, der zurückgekommen war, um sein Werk, das er begonnen hatte, zu vollenden! Mir war, als würde ich noch immer seine Hände an meiner Kehle spüren. Ich nahm einen massiven Aschenbecher aus Glas, das Einzige, was sich zur Verteidigung eignete und in Reichweite war. Vorsichtig öffnete ich die Tür einen Spalt.

Anna sah mich verdutzt an, als sie eintrat und den Aschenbecher in meiner Hand bemerkte.

„Ich wollte sehen, wie es dir geht“, sagte sie.

„Ich habe gerade einen realen Albtraum durchlebt.“ Kraftlos ließ ich mich aufs Bett sinken.

„Was ist passiert?“ Sie hielt einen Erste-Hilfe-Koffer in der Hand.

„Ich habe um mein Leben gekämpft.“

Sie schien zu überlegen, ob ich es ernst oder ironisch meinte. „Wegen der Wunde?“, fragte sie schließlich und zeigte auf den teilweise herabhängenden Verband an meinem Kopf.

„Wegen Hagmann“, entgegnete ich und legte den Aschenbecher wieder an seinen Platz. Ich erzählte ihr, was vorgefallen war.

Als ich geendet hatte, setzte sie sich wortlos neben mich aufs Bett.

Wir saßen eine Weile schweigend nebeneinander. Keiner schien für den Vorfall, der sich ereignet hatte, Worte zu finden.

Irgendwann brach Anna das Schweigen. „Er hat seine Frau ermordet und nun hätte er beinahe dich umgebracht.“

„Ich bin im Moment ziemlich durcheinander und möchte keine voreiligen Schlüsse ziehen.“ Mit der Hand fasste ich an meinen Hals. „Ich muss zuerst meine Fassung wiederfinden. Nur so kann ich sachlich an diesem Fall weiterarbeiten. Befangenheit ist das Ende jeder Untersuchung.“

„Du sprichst vom Ende der Untersuchung? Deine Untersuchung wäre beinahe durch Hagmann beendet worden.“ Sie klang aufgebracht. „Genügt dir denn nicht, was passiert ist? Übergib diese Angelegenheit der Polizei. Hagmann muss hinter Schloss und Riegel! Und zwar so schnell als möglich, bevor es noch ein weiteres Opfer gibt. Dieser Mann ist gemeingefährlich.“

Ich verstand Annas Bedenken und irgendwie schmeichelte es mir, dass sie sich solche Sorgen um mich machte. Aber ich hatte noch nie einen Fall aufgegeben. Das war so eine Art Ehrenkodex für mich.

„Ich habe die Erfahrung gemacht, dass eine Entscheidung nicht in einem emotionalen Zustand getroffen werden sollte. Ich möchte zuerst etwas Abstand gewinnen und dann objektiv an den Fall herangehen. Ich darf mich nicht von meinen Gefühlen leiten lassen, sondern muss professionell bleiben. Sonst kann ich gleich aufgeben und mir in Zukunft einen anderen Job suchen. Bis jetzt gibt es keine Beweise, dass Hagmann seine Frau umgebracht hat."

„Ist denn das, was gerade vorgefallen ist, nicht Beweis genug?"

Ich schüttelte den Kopf. „Es ist ein Indiz dafür, dass Hagmann psychisch labil ist und zur Affekthandlung neigt. Den Beweis, dass er seine Frau tatsächlich ermordet hat, muss ich erst noch erbringen. Das ist meine Aufgabe."

„Das ist die Aufgabe der Polizei! Willst du dich noch mal dieser Gefahr aussetzen?"

„Ich muss Beweise finden. Hagmann könnte tatsächlich hinter dem Verschwinden seiner Frau stecken. Er scheint krankhaft eifersüchtig zu sein und er wusste, dass ein anderer Mann im Spiel ist. Lucia wollte ihn anscheinend verlassen. Vielleicht hat sie ihm das auch gesagt. Vielleicht hat er in diesem Moment die Kontrolle über sich verloren."

„Wenn du schon Schwierigkeiten hattest, dich gegen ihn zu wehren, dann hatte Lucia bestimmt keine Chance."

„Hagmann kann sehr aufbrausend und unberechenbar sein, das wissen wir. Aber ich muss ihn überführen können. Verstehst du? Gerade jetzt ist mein Einsatz gefragt. Ich muss weitermachen. Ich habe den Fall übernommen und ich werde ihn zu Ende führen. Das bin ich Lucia schuldig."

Anna nahm meine Hand. „Ich mache mir große Sorgen um dich."

„Ich weiß." Ich küsste ihre Handfläche. „Es gab eine Zeit, in der sich niemand um mich Sorgen gemacht hat."

Wir umarmten und küssten uns zärtlich. Ihre Haut duftete nach Lavendel.

„Vertrau mir", sagte ich dann. „Sieh es doch von der positiven Seite. Wir haben eine heiße Spur."

„Hagmann ist aber dein Auftraggeber", entgegnete sie. „Bist du da nicht in einem Interessenkonflikt? Er wird dir kaum das Honorar dafür bezahlen, dass du gegen ihn ermittelst."

„Aber ich muss diese Spur weiter verfolgen. Und schließlich bin ich ja hier in den Ferien, und wenn ich etwas Detektiv spiele, dann kann mir das niemand verwehren, oder?"

Anna lächelte und ich dachte, dass sie ein unglaublich verführerisches Lächeln hat. Ich strich ihr eine Haarsträhne aus der Stirn.

„Was wirst du nun tun?", fragte sie.

„Wenn Hagmann tatsächlich seine Frau auf dem Gewissen hat, dann muss es Beweise geben. Zuerst muss ich sein Alibi überprüfen. Dazu müsste ich jedoch den genauen Todeszeitpunkt kennen. Hagmann behauptet, er habe Lucia am Dienstagabend das letzte Mal gesehen. Bisher konnte dies jedoch niemand bestätigen. Von anderen Zeugen wurde sie am Montag zuletzt gesehen."

„Das heißt, dass sie zwischen Montagabend und Dienstagabend ermordet worden ist", folgerte Anna.

„Ermordet worden sein könnte", berichtigte ich sie.

„Und dann hat er ihre Leiche verschwinden lassen."

„Falls sie tatsächlich ermordet wurde. Das ist nur eine von mehreren Erklärungen für ihr Verschwinden. Es gibt da auch noch diesen Claudio Rizza. Vielleicht hat er nicht die Wahrheit gesagt."

„Ich bin überzeugt, dass Hagmann seine Frau umgebracht hat. Du musst sein Zimmer durchsuchen." Annas Augen funkelten vor Aufregung. In ihr schien der Geist eines Detektivs erwacht zu sein.

„Und was glaubst du, was ich dort finden könnte? Sein Tagebuch, in dem er den Mord bis ins kleinste Detail beschrieben hat? Oder Lucias Leiche in einem Koffer unter dem Bett? Glaubst du, dass er so dumm ist, irgendwelche Beweismittel in seinem Zimmer zu verstecken?"

„Ich kann dir nicht sagen, was du dort finden wirst, aber ich habe so ein Gefühl, dass es wichtig sein könnte."

Ich stand vom Bett auf und sah zum Fenster hinaus.

Die Trennungslinie am Horizont zwischen Meer und Himmel war nur zu erahnen, beides bildete eine dichte graue Masse. Eine innere Unruhe hatte mich plötzlich erfasst und ich spürte, dass der Fall eine entscheidende Wendung genommen hatte. „Also gut“, sagte ich. „Wir können dieser Spur nachgehen. Aber ich möchte mich nicht nur darauf festlegen. Wir dürfen die anderen Möglichkeiten nicht außer Acht lassen.“

„Welche anderen Möglichkeiten?“, fragte Anna.

„Ein anderer Mann, ein Unfall, Flucht, Entführung, geistige Umnachtung. Keine Ahnung. Es gibt viele Möglichkeiten.“

„David, er hat sie ermordet.“ Sie sagte es in einem energischen und überzeugten Ton.

„Gut, ich werde sein Zimmer durchsuchen. Wir müssen aber sehr vorsichtig sein. Wir machen uns damit strafbar.“

„Das interessiert niemanden, wenn du erst Hagmann als Mörder überführt hast.“

Wir überlegten, wie wir am besten vorgehen könnten. Wenn Hagmann das Hotel verließ, würde Anna bei der Rezeption warten. In der Zwischenzeit würde ich sein Zimmer durchsuchen. Falls Hagmann zurückkommen sollte, würde sie auf meinem Handy anrufen. Ich hätte genügend Zeit, das Zimmer wieder zu verlassen.

„Jetzt möchte ich mir aber deine Wunde ansehen.“ Sie klopfte neben sich auf das Bett zum Zeichen, dass ich mich zu ihr setzen solle.

„Was ist mit Ihrem Kopf passiert?“, fragte Cavallo besorgt, nachdem ich sein Büro betreten hatte.

Ich winkte ab und ging nicht weiter darauf ein. „Ich möchte Sie über den aktuellen Stand zum Verschwinden von Lucia Hagmann informieren.“

Ich fasste den Stand der Ermittlungen kurz zusammen. Als ich davon erzählte, wie Hagmann mich in meinem Zimmer angegriffen hatte, machte Cavallo ein bestürztes Gesicht.

„Das ist höchst bedenklich“, sagte er. „Ich hätte das Herrn Hagmann nicht zugetraut. Es scheint, als wäre er unberechenbar und gefährlich. Ich mache mir Sorgen um die Sicherheit meiner Gäste. Ich werde die Polizei verständigen müssen.“

Ich versuchte ihn zu beruhigen. „Ich bitte Sie, damit noch zu warten und mir zu vertrauen. Ich bin nahe an der Lösung des Falls. Hagmann wird verdächtigt, aber er darf auf keinen Fall gewarnt werden. Ein unüberlegtes Handeln könnte ihn veranlassen zu fliehen. Lassen Sie mir noch einen Tag Zeit.“

In Cavallos Augen lag Entsetzen. „Glauben Sie wirklich, dass er seine eigene Frau ermordet hat?“

„Eben das will ich herausfinden. Einige Indizien deuten darauf hin. Aber ich benötige noch etwas Zeit.“

Cavallo schien zu überlegen. „Nun gut“, sagte er dann. „Ich vertraue Ihnen, Herr Klein. Sie haben mir in einer schwierigen Situation geholfen und ich werde jetzt Ihnen helfen. Auf einen Tag kommt es nicht an." Es hörte sich an, als müsse er sich selbst davon überzeugen. „Und was gedenken Sie nun zu tun?"

„Ich gehe davon aus, dass Hagmann noch keinen Verdacht geschöpft hat, dass ich ihm auf der Spur bin. Er glaubt, ich sei intensiv auf der Suche nach seiner Frau. Ich möchte Sie deshalb bitten, sein Zimmer durchsuchen zu dürfen. Falls es dort Beweise gibt, werde ich sie finden, bevor er sie vernichten kann."

Cavallo blickte mit ernster Miene aus dem Fenster. „Diskretion und Privatsphäre sind wichtige Grundsätze unseres Hauses." Nachdenklich strich er sich über seinen Schnurrbart. Die Entscheidung, gegen seine eigenen Prinzipien zu verstoßen, schien ihm sichtlich schwer zu fallen. „Also gut", sagte er und seufzte. „Es geht hier um eine außergewöhnliche Situation und außergewöhnliche Situationen erfordern außergewöhnliche Maßnahmen." Seine Argumentation schien ihn selbst etwas zu beruhigen.

„Ich danke Ihnen für Ihr Vertrauen." Ich reichte ihm die Hand.

„Und wie wollen Sie nun vorgehen?"

Ich ging kurz auf mein Zimmer, um mich umzuziehen. Anna wartete beim Empfang auf mich und machte einen nervösen Eindruck, als ich wieder herunterkam. „Hagmann hat gerade das Hotel verlassen", flüsterte sie.

„Das ist unsere Chance." Mit schnellem Schritt ging ich zur Rezeption.

Mario schien von Cavallo bereits instruiert worden zu sein. „Viel Erfolg." Mit diesen Worten übergab er mir den Ersatzschlüssel.

Ich ging wieder zu Anna zurück. „Pass auf und ruf mich sofort an, sollte er zurückkommen."

„Ich werde den Eingang nicht aus den Augen lassen. Bitte sei vorsichtig!"

Ich machte mich auf den Weg in die zweite Etage. Dort öffnete ich Hagmanns Zimmer mit dem Ersatzschlüssel und trat ein.

Das Zimmer war ähnlich eingerichtet wie meines. An der Wand hing ein Bild mit einem Sonnenuntergang am Meer anstelle des Mädchens auf der Schaukel. Als Erstes fiel mir die Ordnung auf. Alles war perfekt aufgeräumt. Wo sollte ich anfangen? Ich begann mit der rechten Kommode neben dem Bett. Die oberste Schublade enthielt eine Herrenarmbanduhr, einen Schweizer Pass mit Hagmanns Foto, Papiertaschentücher, eine Schachtel Schlaftabletten sowie ein zweite Schachtel mit der Aufschrift „Temesta". In der zweiten Schublade waren Socken in zwei Reihen gestapelt. Die dritte Schublade war leer.

Ich ging um das Bett herum und untersuchte die andere Kommode. Darin fand ich eine schwarze Handtasche aus Leder. Darin befand sich Lucias Ausweis mit Foto, ein Führerschein, eine Brieftasche mit diversen Kreditkarten und mehrere hundert Euro in Scheinen, ein Schlüsselbund sowie Schminksachen. Den ominösen Zettel mit der Telefonnummer, den

Hagmann erwähnt hatte, konnte ich nicht finden. Die beiden anderen Schubladen waren leer.

Ich sah mich im Zimmer um. Auf dem Schrank waren zwei Koffer übereinandergestapelt. Daneben zwei große Tragetaschen. Das musste bedeuten, dass Lucia ihre Sachen nicht mitgenommen hatte. Ich nahm die Koffer herunter und sah hinein. Beide Koffer waren leer, so wie die Tragetaschen. Ich öffnete den Schrank. Die Kleider darin waren alle fein säuberlich auf Bügel aufgehängt und eingeordnet. Auf der linken Seite die von Werner Hagmann, auf der rechten jene von Lucia. Ich konzentrierte mich auf die rechte Seite. Lucias Garderobe war ziemlich umfangreich, die Kleider waren dicht auf der Stange aufgereiht. T-Shirts, Pullover, Unterwäsche und Strümpfe waren ordentlich in verschiedene Schubladen aufgeteilt. Es schien nichts zu fehlen. Ich nahm mir den anderen Teil des Schranks vor. Auch Hagmanns Kleider waren sorgfältig eingeordnet. Ich konnte nichts Auffälliges finden.

Ich wollte den Schrank schon wieder schließen, da tastete ich am Schrankboden entlang nach hinten. Mit der Hand stieß ich gegen etwas Weiches und zog es hervor. Es war eine schwarze Sporttasche. Ich öffnete den Reißverschluss und warf einen Blick hinein. Sportkleidung, Turnschuhe, ein Handtuch. Ich erinnerte mich an Hagmanns gute Kondition, als wir zusammen zum Stadtpark gegangen waren, und konnte mir vorstellen, dass er regelmäßig Sport trieb.

Ich deponierte die Tasche wieder im Schrank und ging ins Badezimmer. Auch hier war alles sauber und ordentlich. Die Handtücher lagen zusammengelegt über den Stangen. Ich öffnete den Spiegelschrank. Alles war in perfekter Ordnung eingeräumt. Auf der linken Seite befanden sich die Kosmetika von Lucia, verschiedene Döschen, Fläschchen und Tuben. Alles war noch da. Ich verließ das Badezimmer und schaute mich im Zimmer um. Etwas kam mir seltsam vor, aber ich konnte mir nicht erklären, was es war. Etwas passte hier nicht. Ich warf einen Blick auf die Terrasse hinaus, wo ein Tisch und zwei Liegestühle standen. Über einem Liegestuhl war ein Badetuch zum Trocknen ausgebreitet. Ich wandte mich wieder dem Zimmer zu und setzte mich in einen Stuhl. Was stimmte hier nicht? Ich schloss die Augen. Ich versuchte mich zu konzentrieren und ging in Gedanken die Gegenstände nochmals durch. Alles war fein säuberlich eingeordnet, zusammengelegt, getrennt, aufgehängt und deponiert. Dann kam der Gedanke wie eine Erleuchtung über mich. Ich öffnete die Schranktür und zog die Sporttasche nochmals heraus. Alles war in perfekter Ordnung, mit einer Ausnahme. Ich öffnete den Reißverschluss der Sporttasche und sah auf den Inhalt hinunter. Das Handtuch! Es lag zusammengeknüllt auf dem Boden der Tasche. Warum ließ Hagmann sein gebrauchtes Handtuch in der Tasche liegen und hängte es nicht zum Trocknen auf?

Ich griff danach. Durch den weißen Stoff konnte ich einen harten Gegenstand fühlen. Ich nahm das Handtuch heraus und faltete es vorsichtig auseinander. Als ich den Inhalt sah, zuckte ich unwillkürlich zusammen. Darin lag ein Hammer mit einem Holzgriff. Aber was mich erschreckte, war nicht der Hammer selbst. Es war die Tatsache, dass auf der Innenseite des Handtuchs rote Flecken waren. Und auch auf dem Hammer waren dunkelrote Spuren zu sehen. Aus meiner Erfahrung bei der Polizei wusste ich, dass es sich um geronnenes Blut handelte. Ich hatte schon einige Mordopfer von Messerstechereien oder Schießereien gesehen und wusste, wie getrocknete Blutflecken aussahen. Und hier, da war ich mir ganz sicher, handelte es sich um Blut. Und als ich genauer hinsah, entdeckte ich ein langes schwarzes Haar, das um den Griff gewickelt war.

Ich fuhr zusammen, als mein Handy klingelte.

„Er ist gerade zurückgekommen." Annas Stimme klang ängstlich.

Jetzt musste ich mich beeilen. Während ich den Hammer ins Handtuch wickelte, achtete ich darauf, keine Fingerabdrücke zu hinterlassen. Die Tasche verstaute ich wieder im Schrank, danach verließ ich das Zimmer und schloss hinter mir ab.

Als ich vor dem Fahrstuhl stand und sich die Tür öffnete, erstarrte ich.

Vor mir stand Werner Hagmann.

13

Hagmann schien ebenso überrascht wie ich. Er fasste sich jedoch gleich wieder und trat aus dem Fahrstuhl heraus.

„Herr Klein“, sagte er mit heiserer Stimme. „Was ich getan habe, ist unverzeihlich. Ich weiß, dass ich durch meine Entschuldigung das Geschehene nicht wieder gut machen kann. Ich verstehe selbst nicht, was in mich gefahren ist. Ich bin untröstlich.“

Meine Anspannung wich einem Gefühl von Mitleid. Hagmann tat mir plötzlich leid, als er so mit gesenktem Haupt und schlaffen Schultern vor mir stand. Ich nahm ihm ab, was er gerade gesagt hatte.

„Ich war nicht mehr Herr meiner Sinne“, fuhr Hagmann fort. „Ich nehme Beruhigungsmittel und Schlaftabletten. Die Kombination und die Nebenwirkungen scheinen unvorhersehbar.“ Mit diesen Worten fasste er in eine Tasche, die er in der Hand hielt.

Instinktiv wich ich einen Schritt zurück und mein Herz begann zu rasen. Ich rechnete damit, dass er eine Waffe hervorholen und auf mich losgehen würde. Wie gelähmt stand ich da und starrte auf die Tasche.

Hagmann zog einen Karton heraus und reichte ihn mir wortlos.

Zögernd nahm ich ihn entgegen. Ich öffnete den Mund, brachte aber keinen Ton heraus.

Dann drehte sich Hagmann um und ging den Korridor hinunter. Wie angewurzelt blieb ich stehen und sah ihm nach, bis er in seinem Zimmer verschwunden war.

War dieser Mann tatsächlich ein kaltblütiger Mörder? Oder war er das Opfer von Eifersucht und übermäßigem Medikamentenkonsum?

Der Gong des Fahrstuhls ließ mich zusammenzucken.

Anna trat heraus. „Ich habe mir Sorgen gemacht, als du nicht gekommen bist.“ Sie sah mir anscheinend meine Verwirrung an. „Was ist passiert?“, fragte sie.

„Komm“, entgegnete ich. „Ich brauche dringend frische Luft.“

Als wir das Hotel verließen, schlug uns ein kräftiger Wind entgegen. Am Himmel zogen dunkle Wolkenfetzen vorbei. Ich nahm Anna an der Hand und wir gingen Richtung Strand hinunter. Ein kalter Schauer überkam mich und ich überlegte, ob das an der Brise oder der Begegnung mit Hagmann lag.

Anna schien zu bemerken, dass ich in Gedanken war, aber sie sagte nichts. Wortlos schlenderten wir den Strand entlang. Die Wellen hatten weiße Schaumkronen und schlugen tosend gegen das Ufer.

Anna zog die Kapuze ihrer Regenjacke über den Kopf, um sich vor dem Wind zu schützen. „Ist dir nicht kalt?“, fragte sie.

Der Wind rüttelte an meinem Hemd und ich schlotterte. „Die frische Brise tut mir gut“, entgegnete ich. „Ich muss wieder einen klaren Kopf bekommen.“

„Was hast du da?“ Sie deutete auf den Karton in meiner Hand.

Ich betrachtete die Aufschrift darauf. Es war ein alter schottischer Whisky. Woher wusste Hagmann, dass ich gerne Whisky trinke? „Den hat mir Hagmann geschenkt.“

Anna blieb unvermittelt stehen und starrte mich an. „Du bist ihm begegnet?“ Ihre Stimme klang schrill im Wind.

„Ich wäre beinahe mit ihm zusammengestoßen.“ Auf einmal musste ich lachen, als ich Annas verdutztes Gesicht sah. „Keine Angst“, beruhigte ich sie. „Er hat mir nichts getan. Er hat sich bei mir entschuldigt.“

„Entschuldigt?“, blaffte sie. „Der hat Nerven!“

„Er sagte, er habe unter Medikamenteneinfluss gestanden. Anscheinend nimmt er Beruhigungs- und Schlafmittel.“

„Du bist hoffentlich nicht auf seine Entschuldigung eingegangen. Der bekommt es jetzt mit der Angst zu tun, dass du ihn bei der Polizei anzeigst. Übrigens, das solltest du auch tun.“

„Ja, ich muss mit der Polizei Kontakt aufnehmen.“ Ich sah sie ernst an. „Ich habe einen schrecklichen Fund in seinem Zimmer gemacht.“

Annas Gesichtsfarbe veränderte sich schlagartig. „Oh Gott! Hast du die Leiche von Lucia …“

„Nein, nein. Aber einen Hammer mit Blutspuren.“

Sie presste die Hand vor den Mund, ihre Augen weiteten sich. Dann flüsterte sie: „Er hat sie tatsächlich umgebracht.“

„Wir müssen jetzt schnell handeln, bevor er den Hammer verschwinden lässt. Ich hoffe, er hat noch keinen Verdacht geschöpft, dass ich in seinem Zimmer war.“

„Das ist ja entsetzlich. Die arme Frau.“

Ich schüttelte mich vor Kälte. „Komm, gehen wir zurück.“

Einzelne Regentropfen fielen auf mein Gesicht. Das laute Tosen der Wellen schien alle anderen Geräusche zu übertönen. Am Strand lagen Fetzen von dunkelgrünen angespülten Algen. Der Wind blies mir ins Gesicht. Ich fuhr mir mit der Zunge über die salzigen Lippen und stellte den Kragen meines durchnässten Hemds hoch.

„Es sieht so aus, als wären Lucias Sachen alle noch im Zimmer“, sagte ich auf dem Rückweg zum Hotel. Ich erzählte Anna vom Inhalt der Handtasche und von Lucias anderen persönlichen Sachen, die ich im Schrank und im Badezimmer gesehen hatte.

„Eine Frau würde niemals ohne ihre Handtasche und die Schminksachen aus dem Haus gehen“, war Anna überzeugt.

„Außer wenn sie joggen geht“, sagte ich.

Aus dem Augenwinkel bemerkte ich Marios erwartungsvolle Haltung, als wir an der Rezeption vorbeigingen. Ich hatte aber im Moment weder Zeit noch Lust, ihm die ganze Geschichte zu erzählen.

In meinem Zimmer war inzwischen aufgeräumt worden. Nur auf dem Teppich zeugte noch ein dunkler Wasserfleck von der Kampfszene am Morgen. Ich zog ein frisches Hemd an. Es war ein Weihnachtsgeschenk von Silvia. Das letzte gemeinsame Weihnachtsfest mit meiner Familie.

„Wann rufst du die Polizei an?", fragte Anna, die nervös neben mir stand.

„Etwas geht mir nicht aus dem Kopf", sagte ich. „In der Kommode bei Hagmanns Sachen fand ich Schlaftabletten und eine Schachtel Temesta."

„Ein Medikament, das depressiven Patienten verschrieben wird."

„Welches sind die Nebenwirkungen?"

„Das weiß ich nicht. Die Anwendung ist aber nicht unproblematisch, das Medikament darf nur unter ärztlicher Aufsicht eingenommen werden."

„Das könnte aber darauf hindeuten, dass Hagmann mit seiner Aussage recht hat, er habe unter Medikamenteneinfluss gestanden."

Anna stemmte die Fäuste in ihre Hüfte. „Und ich habe mit meiner Aussage recht, dass er dich beinahe umgebracht hätte. David, er ist gefährlich!"

„Ich weiß. Der Hammer mit den Blutflecken in seinem Zimmer ist ein eindeutiges Beweismittel."

Anna legte die Hand auf meinen Arm. „Ruf die Polizei an. Jemand muss es tun."

Ich nahm mein Handy und wählte die Nummer, die mir Kommissar Moretti gegeben hatte.

Moretti meldete sich nach dem zweiten Summton. „Guten Tag, Herr Klein!" Anscheinend hatte er meine Nummer gespeichert.

„Ich muss Ihnen das Verschwinden einer Person aus meinem Hotel melden."

„Eine verschwundene Person? Um wen handelt es sich?"

„Lucia Hagmann."

„Seit wann wird sie vermisst?"

„Seit Dienstag."

„Können Sie zur Aufnahme der Vermisstenanzeige aufs Präsidium kommen?"

„Ich glaube, es wäre besser, wenn Sie hier ins Hotel kommen könnten. Ich habe ein mögliches Beweismittel gefunden."

Jetzt war es einen Moment still auf der anderen Seite. Dann sagte Moretti: „Was genau meinen Sie damit?"

Ich räusperte mich und sagte: „In ihrem Zimmer befindet sich ein Hammer mit Blutspuren. Aber ich kann Ihnen nicht garantieren, dass er morgen immer noch dort sein wird."

Ich erwartete, dass nach dieser Aussage eine Reihe von weiteren Fragen kommen würde und war deshalb überrascht von Morettis Antwort: „Ich bin in zehn Minuten dort."

Anna und ich warteten in der Eingangshalle. Als ich zuvor Mario informiert hatte, dass die Polizei gleich auftauchen würde, war er unverzüglich in Cavallos Büro verschwunden.

Kurz darauf hielt ein Wagen in der Einfahrt. Drei Männer stiegen aus und kämpften sich gegen den Wind in Richtung Hoteleingang. Einer trug einen langen Regenmantel, der im Wind flatterte. Er wurde flankiert von zwei uniformierten Polizisten.

Inzwischen hatte sich Cavallo zu uns gesellt. „Ist es soweit?“, fragte er. „Wird Herr Hagmann nun verhaftet?“

Ich kam nicht dazu, ihm zu antworten, denn jetzt öffnete sich die Eingangstür und der Mann im Regenmantel trat ein, gefolgt von den beiden Uniformierten.

Ich ging auf ihn zu. „Kommissar Moretti?“

„Sind Sie David Klein?“ Er gab mir flüchtig die Hand und sah sich forschend um. „Können wir uns hier irgendwo ungestört unterhalten?“

„Wir können in mein Büro gehen“, schlug Cavallo vor.

Moretti sah Cavallo erstaunt an. „Sie sind?“

„Entschuldigen Sie. Mein Name ist Ettore Cavallo. Ich bin der Hoteldirektor.“

Moretti nickte. „Gehen wir in Ihr Büro.“

Cavallo ging voraus. Moretti und ich folgten ihm, dicht dahinter die beiden Polizisten. Moretti setzte sich im Büro gleich in Cavallos großen Ledersessel hinter dem Schreibtisch. „Bitte, nehmen Sie Platz", sagte er.

Cavallo ließ sich zögernd auf einem Besucherstuhl nieder, ich daneben. Die Polizisten blieben hinter uns stehen.

„Also", sagte Moretti an mich gewandt. „Beginnen Sie ganz von vorne."

Kommissar Moretti war eine beeindruckende Erscheinung. Er war Mitte fünfzig, von hagerer Gestalt und etwa eins neunzig groß. Er erinnerte eher an einen Hochschulprofessor als an einen Polizisten. Sein Kinnbärtchen, die gebundene Fliege an seinem Hals und sein strenger Blick unterstrichen seine autoritäre Ausstrahlung. „Wer ist diese Lucia Hagmann?", wollte er wissen.

Cavallo meldete sich zu Wort: „Sie ist die Ehefrau von Herrn Werner Hagmann. Sie verbringen hier ihre Flitterwochen." Er rutschte nervös auf dem Stuhl herum und schien sich als Besucher in seinem eigenen Büro nicht sehr wohl zu fühlen. Mit einem Taschentuch tupfte er sich über die Stirn.

Als Cavallo begann, über die lange Tradition seines Hotels zu sprechen, unterbrach ihn Moretti abrupt. „Seit wann ist Lucia Hagmann verschwunden?", fragte er, seinen Blick auf mich gerichtet.

„Von Zeugen wurde sie das letzte Mal am Montag gesehen", sagte ich. „Werner Hagmann behauptet, sie sei am Dienstagabend joggen gegangen. Seither ist sie verschwunden."

„Das heißt, sie wird seit drei Tagen vermisst", stellte Moretti fest. „Weshalb wurde die Polizei erst jetzt informiert?"

„Es war der Wunsch von Werner Hagmann, die Polizei nicht gleich einzuschalten", erklärte ich. „Er machte sich Sorgen, dass es zu viel Aufsehen erregen könnte."

„In welcher Beziehung stehen Sie zu Herrn Hagmann, Herr Klein?"

„Er hat mich beauftragt, seine verschwundene Frau zu suchen."

Moretti legte seinen Kopf leicht schräg und sah mich verblüfft an. „Warum Sie?"

„Ich bin Privatdetektiv."

Moretti schüttelte den Kopf und machte ein Gesicht, als hätte er in eine Zitrone gebissen, wodurch er offenkundig zum Ausdruck bringen wollte, was er von diesem Berufszweig hielt. Er ging aber nicht näher darauf ein. „Ist Herr Hagmann jetzt auf seinem Zimmer?", fragte er.

„Ja", sagte Cavallo und wischte sich wieder mit dem Taschentuch über die Stirn. „Er ist seit dem Verschwinden seiner Frau beinahe die ganze Zeit auf seinem Zimmer geblieben. Heute hat er es nur für kurze Zeit verlassen."

„Währenddessen habe ich sein Zimmer durchsucht und den Hammer gefunden", fügte ich hinzu.

Moretti hob erstaunt die Augenbrauen. „Und was war Ihr Beweggrund, sein Zimmer zu durchsuchen?"

„Das ist eine längere Geschichte." Ich hatte auf einmal meine Zweifel, ob es richtig gewesen war, die Polizei zu informieren.

„Ich habe Zeit." Moretti lehnte sich im Sessel zurück und verschränkte die Arme hinter dem Kopf.

Ich erzählte von dem Vorfall in meinem Zimmer, als ich von Hagmann angegriffen und beinahe erwürgt worden war.

„Stammt Ihre Verletzung von diesem Kampf?" Moretti zeigte auf den Verband an meiner Schläfe.

Ich schüttelte den Kopf. „Das war ein Unfall." Ich wurde immer nervöser und hoffte, dass Moretti es nicht bemerken würde. „Aufgrund dieses Angriffs gegen mich hatte ich den Verdacht, dass Hagmann selbst hinter dem Verschwinden seiner Frau stecken könnte. Deshalb untersuchte ich sein Zimmer."

„Ich mache mir große Sorgen um die Sicherheit meiner Gäste", sagte Cavallo. „Werden Sie Herrn Hagmann jetzt verhaften?"

„Wir müssen als Erstes den Hammer sicherstellen. Wo haben Sie ihn gefunden, Herr Klein?"

„In einer Sporttasche im Kleiderschrank."

„Brauchen Sie dazu nicht einen Durchsuchungsbeschluss?", fragte Cavallo.

Moretti bedachte ihn mit einem strengen Blick. „Überlassen Sie bitte mir das vorschriftsgemäße Vorgehen. In diesem Fall besteht Verdunkelungsgefahr und ein sofortiges Eingreifen ist notwendig."

Cavallo schien zwar nicht zu verstehen, was damit genau gemeint war, ließ sich aber dennoch von Morettis selbstsicherer Art überzeugen und nickte zustimmend.

Moretti erhob sich und bedeutete den beiden Polizisten, ihn zu begleiten. „Zimmernummer?“, fragte er.

„207“, keuchte Cavallo.

„Wir gehen jetzt hinauf. Sie bleiben hier und warten.“ Mit diesen Worten verschwand Moretti mit seinen Begleitern.

Cavallo und ich saßen schweigend nebeneinander.

„Ich wusste gar nichts von einem Hammer“, sagte Cavallo leise.

„Ich hatte noch keine Zeit, Sie darüber zu informieren. Ich wollte möglichst schnell die Polizei einschalten, bevor Hagmann die Spuren verwischen kann.“

Cavallo nickte nur, das Taschentuch krampfhaft in den Händen haltend. Die ganze Situation schien ihm ziemlich zuzusetzen. „Was ist denn mit diesem Hammer?“, fragte er im Flüsterton.

„Ich habe Blutspuren daran gefunden.“

Cavallo schüttelte verzweifelt den Kopf. Das schien definitiv zu viel für ihn zu sein. „Und das in meinem ehrenwerten Hotel.“

14

Nach einer Weile hielt ich es nicht mehr aus und stand auf. Cavallo blieb nachdenklich auf dem Besucherstuhl in seinem Büro sitzen. Anna und Mario erwarteten mich beim Empfang.

„Die Polizei hat einen Ersatzschlüssel für das Zimmer von Herrn Hagmann verlangt", sagte Mario im Flüsterton. Er wandte den Blick zur Decke. „Sie sind jetzt oben."

„Hast du ihnen alles erzählt?", fragte Anna mich. „Auch, dass er dich umbringen wollte?"

Ich nickte zur Bestätigung. Ich hatte kein gutes Gefühl, war hin- und hergerissen. Einerseits war ich erleichtert darüber, den Fall an die Polizei abgeben zu können, andererseits quälte mich das Gewissen, meinen Auftraggeber verraten zu haben.

Anna schien meine Gedanken zu erraten. „Mach dir keine Sorgen." Sie fasste mich zärtlich am Arm. „Was du getan hast, war das einzig Richtige."

Ich blickte auf den Hof hinaus. Es hatte inzwischen angefangen zu regnen. Dicke Tropfen klopften ans Fenster und formten schmale, geschwungene Linien die Scheibe hinunter.

Kurze Zeit später kam Moretti die Treppe herunter. Ihm folgten die beiden Polizisten, in ihrer Mitte führten sie Hagmann mit sich. Ich registrierte, dass er Handschellen trug. Sein Kopf war gesenkt. Die Polizisten verließen mit Hagmann das Hotel. Moretti nickte mir zu und verschwand in Cavallos Büro. Ich folgte ihm und schloss die Tür hinter mir.

„Wir haben Hagmanns Zimmer durchsucht", begann Moretti, als er wieder hinter dem Schreibtisch Platz genommen hatte. „Den Hammer haben wir sichergestellt. Haben Sie ihn angefasst?"

„Nein", versicherte ich.

„Gut. Als Privatdetektiv sollten Sie ja wissen, wie man mit Beweismitteln umgeht."

„Als ehemaliger Polizist weiß ich, wie man mit Beweismitteln umgeht", konterte ich.

Moretti hob erstaunt die Augenbrauen, ging aber nicht auf meine Bemerkung ein. „Wir haben Hagmanns Zimmer versiegelt", sagte er zu Cavallo. „Sorgen Sie dafür, dass das Zimmer verschlossen bleibt und niemand hineingeht."

Cavallo nickte. Es schien, als habe er sich die ganze Zeit über nicht von seinem Stuhl gerührt. Das Taschentuch hielt er noch immer krampfhaft in der Hand.

„Morgen wird die Spurensicherung kommen, um das Zimmer genau zu untersuchen", fuhr Moretti fort.

„Haben Sie noch andere Hinweise gefunden?", fragte ich.

„Darüber darf ich eigentlich keine Auskunft geben." Moretti strich sich über das Kinnbärtchen. „Wir haben außer dem Hammer nichts gefunden. Hagmann haben wir vernommen. Er hat ein Teilgeständnis abgelegt."

„Was heißt das?"

„Er hat den Angriff auf Sie zugegeben, bestreitet aber, mit dem Verschwinden seiner Frau etwas zu tun zu haben. Ebenso bestreitet er, dass der Hammer ihm gehört."

„Wie geht es nun weiter?", wollte ich wissen.

„Er wird in Untersuchungshaft genommen und verhört werden. Er will noch mit Ihnen sprechen, Herr Klein. Am besten begleiten Sie mich zum Wagen." Moretti erhob sich und ging zur Tür. Ich folgte ihm.

„Übrigens", sagte er, während wir zum Ausgang schritten, „der Grund Ihres Eindringens in Hagmanns Zimmer ist mir noch immer nicht ganz klar. Aber das können Sie mir später erzählen."

Draußen hatte der Wind etwas nachgelassen, doch der Regen war stärker geworden. Moretti klappte den Mantelkragen hoch. Ich begleitete ihn bis zum Polizeifahrzeug, das in der Einfahrt wartete. Moretti stieg vorne ein, ohne ein Wort zu sagen. Das hintere Seitenfenster wurde heruntergelassen. Auf der Rückbank saß Werner Hagmann, bewacht von einem Polizisten.

„Sie müssen mir helfen!" Hagmanns Stimme zitterte. „Sie sind der Einzige, der mir helfen kann. Ich habe meine Frau nicht umgebracht. Glauben Sie mir!"

Ich stand neben dem Wagen, der Regen prasselte auf mich herab. Mein Hemd war durchnässt. „Ich kann Ihnen nicht helfen", erwiderte ich. „Was Sie jetzt brauchen, ist ein guter Anwalt."

Das Seitenfenster wurde wieder geschlossen und der Wagen verschwand im Regen.

Ich beeilte mich ins Trockene zu kommen. Das Hemd klebte an meinem Rücken.

Anna erwartete mich beim Eingang. „Komm“, sagte sie, „ich gebe einen aus. Wir feiern die erfolgreiche Lösung deines Falls.“

„Ist die Bar denn schon geöffnet?“, fragte ich erstaunt.

„Lass das nur meine Sorge sein.“ Sie zwinkerte mir zu.

„Jetzt habe ich einen Drink wirklich nötig. Ich gehe nur kurz was Trockenes anziehen.“

„Ich erwarte dich in der Bar.“ Anna warf mir einen verführerischen Blick zu.

Als ich die Zimmertür hinter mir schloss, fühlte ich mich erleichtert. Ich war froh, dass der Fall abgeschlossen war. Nun konnte ich mich wieder voll und ganz meinen Ferien widmen – und Anna. Trotzdem hatte ich das unangenehme Gefühl, dass etwas nicht stimmte. Ich versuchte mir einzureden, dass das jetzt nicht mehr mein Problem war. Ich nahm eine heiße Dusche und im Innersten hoffte ich, dadurch nicht nur das Frösteln, sondern auch das schlechte Gewissen vertreiben zu können.

Anna empfing mich mit einem Lächeln in der Bar. Sie musste sich in der Zwischenzeit ebenfalls umgezogen haben, denn sie trug eine schwarze, enge Bluse und einen kurzen Rock.

Mir wurde auf einmal warm, als ich einen Blick auf ihr Dekolleté und ihre schlanken Beine warf.

„Ich habe die Erlaubnis von Herrn Cavallo, die

Bar zu diesem besonderen Anlass zu öffnen", sagte sie mit einem Lächeln auf den Lippen. „Nur für dich."

Ich setzte mich auf einen Barhocker.

„Jack Daniel's, mit Eis?", fragte sie.

„Du kannst Gedanken lesen."

Sie stellte zwei Gläser mit Eiswürfeln und eine Flasche auf die Theke und schenkte ein. „Cheers!" Sie nahm auf dem Hocker neben mir Platz und zündete sich eine Zigarette an. „Ich gratuliere dir zur Lösung des Falls."

„Nein, ich gratuliere dir!", entgegnete ich. „Es war deine Idee, sein Zimmer zu durchsuchen."

„Ich glaube, wir wären ein gutes Team", sagte sie und nahm einen langen Zug von der Zigarette.

„Du meinst, als Privatdetektive?"

„Zum Beispiel."

Ich glaubte, ein leichtes Erröten in ihrem Gesicht zu sehen. Ich spürte, wie mich der Whisky wärmte und wie mir der Alkohol in den Kopf schoss. Es war ein angenehmes Gefühl. Ein Gefühl, das ich vermisst hatte. Ich leerte das Glas und stellte es auf den Tresen. „Ich muss dir etwas sagen", begann ich.

Sie füllte mein Glas.

Ich zögerte einen Moment. „Ich hatte früher einmal Alkoholprobleme."

„Ich weiß." Sie blies den Rauch aus.

Ich sah sie verblüfft an. „Du weißt es?"

„Die Art und Weise, wie du ins Glas schaust und wie du trinkst. Ich beobachte die Menschen an meiner Bar. Viele erzählen mir von ihrem Leben und ihren Problemen. Da lernt man viele verschiedene Charaktere kennen. Man entwickelt einen sechsten Sinn." Sie tippte mit der Zigarette an den Rand des Aschenbechers. „Mein Vater war Alkoholiker. Die ganze Familie hat darunter gelitten. Als Krankenschwester hatte ich oft mit Menschen zu tun, die Alkoholprobleme haben."

Ich war beeindruckt und gleichzeitig war es mir peinlich, dass sie mich so leicht durchschaut hatte. Ich fragte mich, ob meine ehemalige Sucht auch für andere Menschen so offensichtlich erkennbar war.

„Warst du in Behandlung?", fragte sie.

„Ich war in einer Entzugsklinik." Es fiel mir schwer, mit ihr über meine Probleme zu sprechen. Aber ich fühlte mich wohl in ihrer Gegenwart und ich vertraute ihr. „Das war die schwerste Zeit meines Lebens." Ich leerte mein Glas.

„Wie lange ist das her?"

Ich nahm die Flasche und goss mir nochmals ein. „Ein halbes Jahr. Ich trinke nur noch zu besonderen Gelegenheiten, so wie jetzt." Ich streichelte sanft über ihre Wange.

„Glaubst du, dass du die Sucht überwunden hast?", fragte sie.

„Ich weiß es nicht. Ich habe mir vorgenommen, nur ein einziges Glas am Tag zu trinken." Ich spürte, wie schwer mir die Worte über die Lippen kamen. „Aber wie man so schön sagt: Ausnahmen bestätigen die Regel." Ich prostete ihr zu und führte das Glas zum Mund.

Sie sah mich ernst an. „Komm mit", sagte sie plötzlich. „Ich will dir etwas zeigen." Sie drückte die Zigarette aus und nahm meine Hand.

Hastig leerte ich mein Glas.

Wir verließen die Bar und gingen den Flur hinunter. Ich folgte ihr mit wachsender Neugier und spürte, wie ich schwankte. Was hatte sie vor?

Am Ende des Flurs öffnete sie eine Tür. „Komm rein."

Ihr Zimmer war kleiner als meines, aber liebevoll eingerichtet. An den Wänden hingen ein paar Bilder. Es waren Aquarelle mit bunten Blumenmotiven, aber auch Landschaften mit Meer und Strand. Vor dem Fenster stand eine Staffelei mit einem Bild, das anscheinend gerade erst beendet worden war.

Ich trat näher an das Bild heran, um es zu betrachten. Es zeigte eine nordische Dünenlandschaft in pastellgelben Farben. Am hellblauen Himmel schwebten ein paar Vögel.

„Ich habe es aus meiner Erinnerung gemalt", sagte sie. „Aber ich weiß nicht mehr, wie die Vögel heißen."

„Ich wusste nicht, dass du malst." Ich bückte mich, um das Bild genauer zu betrachten. Dabei verlor ich die Balance und wäre beinahe vornüber gekippt.

Anna stützte mich. „Du hast zu viel getrunken."

„Das sind Seeschwalben", sagte ich.

„Dann nenne ich das Bild ‚Tanz der Seeschwalben‘.“

„Du malst sehr gut, ich bin beeindruckt.“ Ich merkte, wie ich die Worte lallte.

„Ich wollte dir die Bilder zeigen, weil das Malen für mich eine wichtige Therapie war. Es hat mir geholfen, meine Sucht zu überwinden.“

Ich sah sie überrascht an.

„Ich war stark medikamentenabhängig“, erklärte sie. „Nach der Trennung von Francesco fiel ich in eine tiefe Depression und konnte damals nur mit Hilfe von Medikamenten ein einigermaßen normales Leben führen. Ich war in Behandlung bei einer Psychiaterin. Sie hat mir sehr geholfen und mich zum Malen inspiriert. Dank dem Malen konnte ich mich von meiner Sucht befreien. Du siehst, wir haben ein paar Gemeinsamkeiten.“

Ich war tief gerührt von ihrer Offenheit. Ich nahm ihre Hände und blickte in ihre unergründlichen grünen Augen. Sie fasste mich um die Hüften und zog mich zu sich heran. Ich spürte ihren warmen Körper, atmete den süßlichen Duft ihres Parfums ein, der mich noch betrunkener machte. Ich küsste sie auf den Hals, meine Lippen berührten ihre zarte Haut. Sie stöhnte leise. Der Whisky und ihr Parfum vernebelten meine Sinne. Mit einem Ruck stieß ich sie aufs Bett. Ich konnte nicht mehr denken, war nur noch beherrscht von meinem Verlangen. Ich lag auf ihr und mein Puls raste. Ich hörte nicht mehr ihr

Flehen und sah nicht den Anflug von Angst in ihren Augen. Ich war wie in Trance, hatte die Umgebung um mich herum völlig vergessen. Mit einem Ruck riss ich ihre Bluse auf. Die Knöpfe sprangen übers Bett und auf den Boden.

Dann hielt ich plötzlich inne. Ich begriff, was ich getan hatte. Ich hörte ihre flehende Stimme.

„Nein, bitte nicht", hauchte sie.

Es war, als erwachte ich aus einem Albtraum. Was hatte ich nur getan?

„Bitte nicht", wiederholte sie.

Ich ließ von ihr ab und versuchte, auf die Beine zu kommen.

„Ich bin noch nicht soweit", keuchte sie und versuchte, sich mit der zerrissenen Bluse zu bedecken.

Ich stand mit starrem Blick da. Konnte selbst nicht glauben, was eben geschehen war. Mein Herz hämmerte, mein Kopf glühte. „Es tut mir leid", stammelte ich.

Schwankend verließ ich das Zimmer. Ich kam mir vor wie ein Verbrecher, der einen Mord begangen hatte. Ich hatte die junge Beziehung zwischen Anna und mir auf dem Gewissen.

In meinem Zimmer ließ ich mich aufs Bett fallen. Ich fühlte mich elend und verzweifelt. Ich war über die Trennung von Silvia noch kaum hinweg, und schon hatte ich die Freundschaft mit Anna zerstört. Ich hasste mich selbst dafür. Ich saß auf der Bettkante,

Tränen rannen meine Wangen herunter. Ich holte den Karton, der auf dem Tisch beim Fenster stand, nahm die Flasche heraus, öffnete sie und setzte sie an den Mund. Es war ein teurer schottischer Whisky, aber ich konnte ihn nicht genießen. In langen Zügen ließ ich den Alkohol die Kehle hinunterlaufen. Mir war alles egal, ich wollte nur noch vergessen und in eine andere Welt eintauchen. Eine Welt, die ich von früher kannte, und von der ich mich lange Zeit ferngehalten hatte. Die Flasche wurde immer leerer und die Realität um mich herum entfernte sich immer mehr.

15

Von Weitem hörte ich ein Telefon klingeln. Ich öffnete die Augen und schloss sie gleich wieder, als mich grelles Licht blendete. Langsam kam die Erinnerung zurück. Und sie versetzte mir einen stechenden Schmerz in der Brust. Anna! War alles nur ein böser Traum gewesen? Wieder versuchte ich die Augen zu öffnen und sah mich blinzelnd um. Ich lag quer über dem Bett, Kleider und Schuhe angezogen. Vorsichtig setzte ich mich aufrecht hin. Die Reaktion meines Magens kam sofort. Gerade noch rechtzeitig schaffte ich es ins Badezimmer, öffnete den Toilettendeckel und musste mich übergeben.

Jetzt realisierte ich, dass das Telefon noch immer läutete. Mein Kopf fühlte sich an, als würde er gleich explodieren. Wie in Zeitlupe schleppte ich mich zum Telefon und nahm ab.

„Die Polizei ist hier. Sie wollen mit Ihnen sprechen.“ Es war Marios Stimme.

Ich stammelte etwas von zehn Minuten in den Hörer und legte auf.

Noch halb benommen sah ich auf die Uhr. Halb neun. Was wollte die Polizei von mir, verdammt? Erschöpft ließ ich mich aufs Bett sinken. Alle Kraft schien von mir gewichen. Doch der unerfreuliche Besuch, der unten auf mich wartete, ließ mir keine Ruhe. Im Badezimmer erschrak ich, als ich in den Spiegel sah. Eine bleiche, unrasierte Fratze mit dunklen Ringen unter den Augen starrte mich an. Der Verband hatte sich wieder gelöst. Vorsichtig entfernte ich ihn und betrachtete die genähte Schnittwunde an meiner Schläfe. Mit beiden Händen benetzte ich mein Gesicht mit Wasser und bemerkte, dass ich unangenehm roch. Ich versuchte, den Geruch mit einer tüchtigen Portion Aftershave zu überdecken, und spülte zwei Aspirin mit Wasser hinunter. Als ich zur Tür ging, stolperte ich über die leere Whiskyflasche am Boden. Ich konnte mich nicht mehr erinnern, ob ich die ganze Flasche geleert hatte oder ob der Rest ausgelaufen war. Während ich den Korridor entlangging, hatte ich das Gefühl, Schuhe aus Blei zu tragen, und das Pochen in meinem Schädel wurde immer lauter.

Moretti stand beim Hotelausgang, die Arme auf dem

Rücken verschränkt, und sah zum Fenster hinaus. Er drehte sich um, als er mich kommen hörte. „Was ist denn mit Ihnen passiert?", fragte er, als er mich sah. Ich wusste nicht, ob er die Wunde an meinem Kopf meinte oder mein übernächtigtes Aussehen.

Ich antwortete nicht, konzentrierte mich auf meinen rebellierenden Magen.

„Ich wollte mich noch bedanken." Moretti wandte den Blick von mir ab und sah wieder aus dem Fenster. „Es war richtig, dass Sie die Polizei informiert haben. Ich weiß, dass das nicht einfach für Sie war. Hagmann war schließlich Ihr Auftraggeber."

„Gibt es etwas Neues?" Ich erschrak über meine heisere Stimme.

„Die Spurensicherung ist jetzt in seinem Zimmer. Sie werden alles auf den Kopf stellen. Wenn es dort irgendeinen weiteren Beweis geben sollte, dann finden wir ihn auch."

Ich räusperte mich, bevor ich sprach. „Wurde Hagmann schon verhört?"

„Die Vernehmung ist noch nicht abgeschlossen." Moretti drehte sich wieder zu mir um. „Er will mit Ihnen sprechen. Er hat mich gebeten, Ihnen das auszurichten."

Ich war erstaunt. Warum sollte Hagmann mit mir sprechen wollen? Ich hatte ihm doch erklärt, dass ich ihm nicht mehr helfen könne. Hatte er vielleicht erfahren, dass ich es war, der ihn an die Polizei verraten hatte? „Ich werde ihn aufsuchen", sagte ich schließlich. „Haben Sie schon die Blutspuren auf dem Hammer untersuchen können?“

„Das Resultat der Blutuntersuchung erwarten wir morgen.“

Ich war erstaunt, dass das so lange dauerte. Italienische Gemütlichkeit, dachte ich. „Kennen Sie Lucias Blutgruppe?“

„Wir haben einen Blutgruppenausweis in ihrer Tasche gefunden.“

Ich spürte, wie mir wieder schlecht wurde und wie jeder Pulsschlag in meiner Schläfe hämmerte.

„Noch eine Frage“, sagte Moretti. „Sie erwähnten, dass Sie früher bei der Polizei gearbeitet haben. Was war Ihre Aufgabe?“

„Ich war bei der Drogenfahndung.“

Moretti hob überrascht die Augenbrauen. Anscheinend hatte er diese Antwort nicht erwartet. „Und warum sind Sie nicht mehr dort?“

„Ist das ein Verhör?“, entgegnete ich etwas gereizt.

„Nein, natürlich nicht. Es ist nur persönliches Interesse.“

„Haben Sie noch weitere Fragen?“ Ich hatte keine Lust mehr, Morettis Fragen zu meinem Privatleben zu beantworten. Zudem fühlte ich mich hundeelend.

„Nein, das ist im Moment alles.“ Moretti wandte sich von mir ab und ging durch die Pendeltür nach draußen.

Ich ging in mein Zimmer, ließ mich aufs Bett fallen und schlief sofort ein.

Meine Kehle brannte, als ich erwachte. Ich fuhr mit der Zunge über meine trockenen Lippen und sah auf die Armbanduhr. Es war halb zwei. Aus der Minibar wollte ich eine Cola nehmen, doch es war keine mehr da. Ich fluchte und schlug die Tür der Minibar zu. Im Badezimmer trank ich gierig Wasser aus dem Hahn. Es schmeckte schrecklich. Es ging mir jetzt etwas besser, die Tabletten mussten gewirkt haben.

Unvermittelt überfiel mich eine tiefe Traurigkeit, als ich an Anna dachte. Du Idiot, sagte ich, als ich in den Spiegel sah. Warum hast du das getan? Unter der Dusche nahm ich mir vor, nicht so schnell aufzugeben und um Anna zu kämpfen. Ich dachte darüber nach, ob ich die Beziehung mit Silvia zu schnell aufgegeben hatte, ob ich mehr hätte tun sollen. Aber das war nun Vergangenheit, das letzte Kapitel in einem alten Buch. Anna war ein neues Buch. Das erste Kapitel hatte zwar traurig geendet, doch das nächste war noch nicht geschrieben. Auf einmal waren meine depressiven Gedanken verschwunden. Ich nahm mir vor dafür zu sorgen, dass das zweite Kapitel positiv begann und vielleicht würde es sogar ein Happy End geben.

Ich zog die Jacke an und verließ das Hotel auf der Vorderseite. Es regnete nicht mehr. Zwischen grauen Wolkenfetzen konnte man das Blau des Himmels sehen. Eine kühle Brise blies mir ins Gesicht und ich atmete in tiefen Zügen. Der Asphalt der Straße, die ich überquerte, war noch feucht vom letzten Regen. Mein Magen knurrte. An einem Stand kaufte ich einen Hotdog. Der Verkäufer trug einen Sombrero und hatte einen Poncho über die Schultern geschwungen. Was macht ein Mexikaner in Italien?, dachte ich. Ich fragte ihn nach einem Blumengeschäft. Der Mann zeigte in Richtung Hafen und sein buschiger Schnurrbart tanzte auf der Oberlippe, als er mir den Weg erklärte.

Ich hatte es eilig. Gierig schlang ich den Hotdog hinunter, während ich mit schnellem Schritt zum Hafen eilte.

Über der Tür ertönte eine Glocke, als ich eintrat. Ein intensiver Blütenduft empfing mich. Niemand war zu sehen. Gedankenverloren betrachtete ich die Blumensträuße, die in allen Farben leuchteten. Ich erinnerte mich an die Blumensprache. Jede Blume hat eine bestimmte Bedeutung, wusste ich. Die Rose ist das Sinnbild für Liebe. Doch welche Blume bedeutet „Es tut mir leid“ oder „Ich bin ein Idiot“?

„Kann ich Ihnen helfen, mein Herr?“ Eine ältere Frau in einer grünen Schürze stand vor mir. Die grauen Haare hatte sie zu einem Kranz geflochten, ein paar Strähnen hingen ihr ins Gesicht.

Ich zeigte auf einen Strauß mit gelben Blüten. „Was sind das für Blumen?“

„Das sind Freesien.“

Ich überlegte, ob ich die Frau fragen solle, welche Blumen man schenkt, wenn man sich entschuldigen will. Aber ich ließ es. Stattdessen zeigte ich auf die roten Rosen. „Ich nehme ein Dutzend davon.“

„Es sollte eigentlich immer eine ungerade Zahl sein“, gab mir die Frau zu verstehen und strich sich eine Strähne aus dem Gesicht. „Soll ich dreizehn nehmen?“

Ich nickte. Da kam mir in den Sinn, dass dreizehn ja eine Unglückszahl war. Ich war zwar nicht abergläubisch, aber nach dem letzten Vorfall und in Anbetracht meiner guten Absichten wollte ich lieber kein unnötiges Risiko eingehen. „Ich nehme doch lieber elf“, sagte ich.

Die alte Frau lächelte. Sie stellte den Strauß zusammen, wickelte ihn in grünes Seidenpapier und tippte den Preis in eine altertümliche Registrierkasse.

Ich bezahlte und nahm den Strauß dankend entgegen.

„Sie wird Ihnen verzeihen“, sagte die Frau mit einem Lächeln.

Überrascht verließ ich den Laden und dachte über die Bemerkung der alten Frau nach, während die Glocke über der Tür sich von mir verabschiedete.

Auf dem Rückweg fuhr ein Motorrad in entgegengesetzter Richtung an mir vorbei. Zu spät sah ich, dass der Fahrer einen gelben Motorradhelm trug und dass es eine Vespa war. Als ich mich umdrehte, war sie bereits verschwunden. Das Dröhnen des Motors hallte noch von den Hausfassaden wider.

„Verdammt!“, fluchte ich laut. Das war Claudio Rizza gewesen! Ich ärgerte mich, dass ich zu spät reagiert hatte. Da fiel mir ein, dass ich immer noch seinen Ausweis bei mir trug, den ich ihm nach der Verfolgungsjagd abgenommen hatte. Ich holte ihn hervor und betrachtete ihn. Claudio Rizza lachte auf dem Foto. Die angegebene Adresse, Via Fiori 12, kannte ich nicht. Ich steckte den Ausweis wieder ein und nahm mir vor, Rizza so bald als möglich aufzusuchen und ihn nochmals zu befragen.

Als ich vor Annas Tür stand, hob ich die Hand und wollte anklopfen. Doch dann zögerte ich. Ich überlegte, was ich ihr sagen sollte. Ich wollte vermeiden, dass sie mir die Tür vor der Nase zuschlug. Obwohl sie allen Grund dazu gehabt hätte. Das Herz klopfte mir bis zum Hals.

In diesem Augenblick öffnete sich die Tür und Anna stand vor mir.

Ich war völlig überrascht und fing an zu stottern: „Ich … Ich … Es tut mir leid."

Annas Gesicht war bleich und sie wirkte traurig. Sie sah mir in die Augen. „Komm rein", sagte sie.

Ich trat ein und reichte ihr den Rosenstrauß. „Ich weiß, dass ich es nicht wiedergutmachen kann. Was geschehen ist, tut mir unendlich leid. Ich kann es selbst nicht verstehen."

Sie nahm den Strauß entgegen. „Es war meine Schuld", entgegnete sie. „Ich habe dir den Whisky eingeschenkt, obwohl ich genau wusste, dass du Alkoholprobleme hast."

„Kannst du mir noch einmal verzeihen? Bitte!"

Sie umarmte mich.

Das zweite Kapitel hatte begonnen.

Als ich unten vor dem Fahrstuhl stand und auf den Aufzug wartete, stand Mario plötzlich neben mir. „Der Herr Kommissar will Sie sprechen. Er ist oben im Zimmer 207."

„Danke." Ich fuhr in die zweite Etage hinauf und klopfte an Hagmanns Zimmertür.

Moretti öffnete. „Ah, Herr Klein. Kommen Sie rein." Er musterte mich kritisch, als ich eintrat und an ihm vorbeiging. „Geht es Ihnen besser? Heute Morgen sahen Sie nicht sehr gut aus."

Ich antwortete nicht. Dem Kriminalisten schien nichts zu entgehen. Ich sah mich im Zimmer um. Zwei Männer und eine Frau waren damit beschäftigt, den Raum zu durchsuchen. Sie trugen Gummihandschuhe und weiße Schutzanzüge.

„Hier müssen wir stehen bleiben." Moretti deutete auf einen mit einem Absperrband abgegrenzten Teil neben der Tür.

Ich beobachtete die Spezialisten bei ihrer Arbeit. Einer rutschte auf den Knien über den Teppichboden, sammelte Fasern, Haare und andere Spuren mit einem Klebeband und einer Pinzette vom Boden auf und steckte sie in eine Plastiktüte. Die Frau durchsuchte gerade den Schrank. Ein Anderer machte sich im Badezimmer zu schaffen.

„Weshalb wollen Sie mich sprechen?", fragte ich.

„Ich wollte wissen, ob Sie schon bei Hagmann waren. Aber die Frage hat sich erübrigt."

„Weshalb erübrigt?"

Moretti beugte sich zu mir vor und flüsterte mir ins Ohr. „Weil Sie in dem Zustand heute Morgen unmöglich in der Lage gewesen sein konnten, einen Besuch im Gefängnis zu machen."

Ich räusperte mich verlegen und spürte, wie mir die Röte ins Gesicht stieg.

Moretti deutete mit dem Kopf zu dem Dreier-Team hinüber. „Die besten Kriminaltechniker, die ich habe. Wenn sich in diesem Raum irgendetwas befindet, das auf ein Verbrechen hinweist, dann finden wir es." Er wollte gerade weitersprechen, als der Mann im Badezimmer etwas herüberrief.

Ich hatte nicht verstanden, was er meinte.

Moretti winkte ihn zu sich.

Der Mann kam zu uns herüber. „Das war im Lüftungsschacht versteckt." Mit diesen Worten präsentierte er ein Kleidungsstück, das er behutsam in den behandschuhten Händen hielt.

Ich konnte nicht gleich erkennen, was es war.

Der Kriminaltechniker faltete den Stoff sorgfältig auseinander, der sich als weißer Trainingsanzug entpuppte. „Größe sechsunddreißig", erklärte er.

Mit Schrecken registrierte ich die Blutflecke auf dem Oberteil.

„Sofort ins Labor bringen", befahl Moretti. Dann wandte er sich mir zu. „Sieht so aus, als wollte Frau

Hagmann tatsächlich joggen gehen. Aber es muss etwas dazwischengekommen sein."

„Glauben Sie, dass Hagmann der Täter ist?", fragte ich.

„Was ich glaube, ist unwichtig." Moretti suchte etwas in seiner Manteltasche. „Allein die Beweismittel zählen. Und die sind ziemlich eindeutig, so viel kann ich Ihnen sagen." Er zog eine Pfeife und einen Tabaksbeutel heraus. Vorsichtig stopfte er die Pfeife, sodass nichts auf den Boden fiel. Dann zündete er sie mit einem Streichholz an, das er ausblies und sorgfältig in einen Plastiksack steckte. Ein süßlicher Duft verbreitete sich im Raum. Ich war erstaunt, dass an einem Tatort geraucht werden durfte.

„Ich habe schon einige Mordfälle untersucht, die aus Eifersucht begangen wurden, und dieser hier sieht genau danach aus." Moretti zog genüsslich an seiner Pfeife. „Das Schwierigste wird sein, ein Geständnis zu erhalten. Aber da haben wir unsere Methoden." Ein Lächeln huschte über sein Gesicht.

„Was wird nun weiter geschehen?", fragte ich.

„Wir werden morgen unsere Suche auf das Hotelgelände und die Umgebung ausdehnen. Wir müssen die Leiche finden."

Als Moretti so mit seiner Pfeife dastand, kam mir unweigerlich Sherlock Holmes in den Sinn. Ich musste insgeheim über den Vergleich lachen, da ich wusste, dass Moretti anscheinend nicht viel von Privatdetektiven hielt.

„Wie lange waren Sie bei der Drogenfahndung?" Moretti schien sich wieder auf mich zu konzentrieren.

„Zwölf Jahre."

„Und? Waren Sie erfolgreich?"

„Wir haben die Russen-Connection zerschlagen. Das war unser größter Erfolg. Damals konnten wir die Hintermänner der russischen Mafia aufdecken und über hundert Kilogramm Heroin sicherstellen." Ich erinnerte mich mit einer gewissen Wehmut an jene Zeit, in der mein Leben noch in Ordnung gewesen zu sein schien.

„Ich erinnere mich." Moretti blies eine blaue Rauchwolke aus. „Ich habe davon in der Presse gelesen. Das war wirklich gute Arbeit. Schade, dass Sie nicht mehr dazugehören." Für Moretti gab es anscheinend zwei Sorten von Menschen: Jene, die dazugehörten, und die Anderen. Aber war es möglich, dass dieser Mensch so einfach gestrickt war? Aus Erfahrung wusste ich, dass diese Denkweise gefördert wurde. In der Polizeiausbildung hatte man uns dies indirekt zu verstehen gegeben. Auch später war bei einigen Kollegen diese elitäre Einstellung verbreitet gewesen. Ich hatte mich immer dagegen gewehrt, mich für etwas Besseres zu halten. In der Schweiz waren dies aber doch eher Ausnahmen gewesen. Die meisten Polizisten, die ich kannte, dachten so wie ich. Ich überlegte, wie dies wohl in Italien war. Was hatte Hagmann zu erwarten? Wie es ihm wohl in einem italienischen Gefängnis ergehen würde? Wie wurde er wohl von den Carabinieri behandelt? Weshalb wollte er mit mir sprechen? Wie hätte ich ihm jetzt noch helfen können? Ich nahm mir vor, Hagmann in der Untersuchungshaft zu besuchen. Schließlich war er ein Landsmann und irgendwie fühlte ich mich ihm gegenüber verpflichtet. Gleichzeitig stieg in mir wieder das schlechte Gewissen auf, weil ich die Polizei eingeschaltet hatte.

„Ich werde Hagmann noch heute in der Untersuchungshaft besuchen", sagte ich zu Moretti.

„Sie können mit mir mitkommen, wenn Sie wollen. Ich fahre in zehn Minuten zum Präsidium zurück."

16

Ich wartete schon seit einer halben Stunde.

Die Schlechtwetterfront hatte sich verzogen und die Sonne brannte mit aller Kraft auf mich herunter, als hätte sie etwas nachzuholen.

Ich zog meine Jacke aus, warf sie über die Schulter und beobachtete die Goldfische in dem kleinen Teich vor dem Hoteleingang. Ungeduldig sah ich auf die Uhr und schüttelte den Kopf. Ist die italienische Polizei wohl immer so unzuverlässig?, dachte ich. Die rosa Blüten des Oleanderbuschs, neben dem ich stand, weckten in mir Erinnerungen an meine Jugendzeit, als ich mit meinen Eltern hier in den Ferien gewesen war.

Der bevorstehende Besuch bei Werner Hagmann in der Untersuchungshaft lag mir schwer im Magen. Um mich etwas zu beruhigen, setzte ich mich in den Schatten auf eine Bank neben dem Teich, legte den Kopf zurück und schloss die Augen. Eine Taube gurrte irgendwo über mir im Baum. Wo war die Ruhe und Entspannung geblieben, die ich mir erhofft hatte? Eigentlich war ich hierhergekommen, um abzuschalten, um von meinen Problemen zu Hause etwas Abstand zu gewinnen. Aber der Fall, den ich übernommen hatte, belastete mich sehr. Wie sollte es nun weitergehen? Sollte ich den Fall abschließen oder, besser gesagt, abschreiben? Honorar würde ich keines sehen. Werner Hagmann hatte mich beauftragt, den Mann zu finden, der hinter dem Verschwinden seiner Frau steckte. Und ich hatte ihm diesen Mann geliefert. Die Spur, der ich gefolgt war, hatte eine 360-Grad-Drehung genommen. Der gesuchte Mann war Hagmann selbst. Aber ergab das überhaupt einen Sinn? Warum sollte Hagmann einen Privatdetektiv auf sich selbst ansetzen?

Meine Gedanken wurden unsanft unterbrochen.

„Wir können fahren.“ Moretti ging an mir vorbei zum Parkplatz. Kein Wort der Entschuldigung für die Verspätung.

Ich folgte ihm, konnte aber kein Polizeifahrzeug entdecken.

Moretti öffnete die Tür eines blauen Alfa Romeo, zog den Regenmantel aus und warf ihn auf die Rückbank. „Kommen Sie, steigen Sie ein!“, rief er mir zu.

Ich setzte mich auf den Beifahrersitz. Moretti startete den Motor und 240 italienische Pferdestärken heulten auf. Der sportliche Fahrstil überraschte mich. Wir jagten durch die engen Gassen der Innenstadt. Hastig gurtete ich mich an und überlegte, was wohl geschehen würde, wenn wir in eine Geschwindigkeitskontrolle geraten würden. Aber vermutlich wusste Moretti ganz genau, wann und wo solche Kontrollen durchgeführt wurden und wo sich die Radarfallen befanden. Straßenszenen flitzten an mir vorbei. Ich wurde bald in die linke, bald in die rechte Seite des Schalensitzes gedrückt.

Neben dem Armaturenbrett entdeckte ich ein kleines Foto mit einer Frau und drei Kindern. „Ihre Familie?“, fragte ich.

Moretti nickte. „Die Kinder sind jetzt schon groß. Mein ältester Sohn studiert in Bologna.“ Er blickte kurz in den Rückspiegel und strich sich das Kinnbärtchen glatt. „Der andere will auch zur Polizei. Meine Tochter ist zurzeit im Ausland. Haben Sie auch Kinder?“

„Eine Tochter. Sie besucht das Gymnasium. Aber sie weiß noch nicht, was sie später einmal werden will. Manchmal spricht sie davon, die Schauspielschule zu besuchen, dann will sie wieder Tierärztin werden. Wie das halt so ist in diesem Alter. Hauptsache, sie hat eine gute Ausbildung.“

Moretti nickte zustimmend. „Und einen guten Rückhalt in der Familie. Gute familiäre Verhältnisse sind das Rückgrat einer gesunden Gesellschaft."

Ich wusste nicht genau, was er mit „gesunder Gesellschaft" meinte, fragte aber nicht nach.

Moretti gab mir selbst die Erklärung. „Viele Kriminelle stammen aus zerrütteten Familienverhältnissen. Das kann ich aus eigener langer Erfahrung als Kriminalist sagen, glauben Sie mir. Der Staat kümmert sich viel zu wenig um eine gesunde Familienpolitik. Das Übel muss an der Wurzel gepackt werden. Wir betreiben doch eigentlich nur Symptombekämpfung. Familie und Schule sind die Orte, wo angesetzt und investiert werden muss. Wie ist das eigentlich in der Schweiz?"

Die Frage überraschte mich. Bisher hatte ich mich nicht allzu intensiv mit dem Thema auseinandergesetzt. Wie war die Familienpolitik in der Schweiz? Ich hatte darüber gelesen, dass die Unterstützung für Familien in anderen Ländern wie Deutschland oder Schweden bedeutend größer sei. „Diesbezüglich könnte in der Schweiz noch einiges verbessert werden, aber die Politiker ..."

Der Wagen bremste abrupt und ich wurde unsanft in den Gurt gepresst. Wir hatten das Polizeigebäude erreicht. Moretti fluchte und schlug mit der Faust auf das Lenkrad. „Wenn ich den erwische, der sein Auto auf meinem Parkplatz abgestellt hat!" Er ließ den Wagen direkt vor dem Eingang stehen.

Das Polizeipräsidium war ein langgezogenes, altes Gebäude, das auf den ersten Blick einem Museum glich. Einige Fenster waren vergittert. Wir stiegen aus und folgten einer breiten Steintreppe hinauf zur Eingangstür.

Moretti ging voraus und wir passierten eine Anmeldung, hinter der ein Polizist in Uniform saß. Moretti machte eine knappe Handbewegung zum Gruß. Der Polizist salutierte. Nachdem wir einen breiten Korridor durchschritten hatten, öffnete Moretti eine Glastür und trat ein. Ich folgte ihm.

Ich befand mich in einem großen Raum, in dem scheinbar Chaos herrschte. Personen in Uniform und in Zivil saßen hinter Pulten oder eilten durch die Gänge. Eine Kakofonie aus lautem Stimmengewirr und schrillem Telefonklingeln war zu hören. Moretti bahnte sich unbeirrt seinen Weg durch den Dschungel aus Menschen und Schreibtischen. Ich versuchte, dicht hinter ihm zu bleiben. Mir fiel eine junge Frau in kurzem Rock und hohen Stiefeln auf, die lautstark gestikulierte. Auf einer Holzbank saßen zwei Jugendliche mit Punkfrisur und Piercing im Gesicht.

Moretti hatte inzwischen eine weitere Glastür erreicht, auf der sein Name stand, und wollte sie gerade öffnen, als ein Mann in Zivil zu ihm trat und ihm ein paar Dokumente überreichte. Ein anderer rief ihm etwas zu, das ich nicht verstand.

„Kommen Sie“, rief Moretti mir zu, öffnete die Tür und trat ein.

Ich schloss die Tür hinter mir und sah mich um. Morettis Büro fügte sich optimal in die übrige Bürolandschaft ein. Es sah genauso chaotisch aus. Überall lagen Papiere und Aktenordner herum. Es roch nach abgestandenem Rauch, auf dem Schreibtisch stand eine schmutzige Kaffeetasse.

Moretti nahm ein paar Dokumente von einem Stuhl und legte sie auf den Boden. „Setzen Sie sich", sagte er, hängte sein Jackett über die Lehne seines Sessels und ließ sich hineinfallen.

Es klopfte und die Tür ging auf. Eine Frau steckte den Kopf herein und teilte Moretti mit, er müsse dringend irgendwo zurückrufen.

Moretti entgegnete, er wolle jetzt nicht gestört werden. Dann wandte er sich mir zu. „Hagmann hat bisher noch nicht gestanden. Das wird eine harte Nuss werden." Er zündete seine Pfeife an und lehnte sich zurück. „Warum will er mit Ihnen sprechen?"

Ich sah dem aufsteigenden Rauch nach. „Ich habe keine Ahnung."

„Ich möchte über das Gespräch genauestens informiert werden."

Ich nickte.

„Und?" Moretti zog an der Pfeife. „Wie fühlt es sich an, wieder mal mittendrin zu sein?"

Er spielte offenbar auf meine frühere Arbeit bei der Polizei an. Ich lächelte und dachte, dass es bei der Kantonspolizei jedenfalls nicht so chaotisch gewesen war. „Ich fühle mich beinahe wie zuhause", entgegnete ich.

Moretti hob den Hörer seines Telefons und wählte aus dem Kopf eine Nummer. Er sprach mit jemandem über meinen Gefangenenbesuch bei Hagmann.

„Wollen Sie allein mit ihm sprechen oder soll ein Polizist anwesend sein?", fragte er mich, als er aufgelegt hatte.

„Ich würde gern allein mit ihm sprechen."

Die Glastür öffnete sich und ein Mann Mitte dreißig in Zivilkleidung und mit Bürstenhaarschnitt trat ein.

Moretti deutete mit der Pfeife auf ihn. „Das ist Korporal Rossi. Er wird Sie begleiten."

Rossi nickte mir freundlich zu.

Ich erhob mich und verabschiedete mich von Moretti.

„Informieren Sie mich über das Gespräch", erinnerte Moretti mich.

Rossi führte mich durch das Chaos, durch das ich gekommen war. Wir folgten einem Korridor, vorbei an grünen Metalltüren. Vor einer blieb Rossi stehen und öffnete sie mit einem Schlüssel. „Hier drinnen können Sie warten. Klopfen Sie einfach an die Tür, wenn Sie fertig sind. Ich warte hier draußen."

Ich trat ein. Die Tür hinter mir wurde geschlossen und ich hörte das Geräusch des Schlüssels im Schloss. Ein unangenehmes Gefühl stellte sich in meinem Magen ein. Ich sah mich in dem kleinen Raum um. Kahle weiße Wände, Boden aus rohem Beton, ein vergittertes Fenster. In der Mitte ein einfacher Holztisch und vier Stühle. Auf der gegenüberliegenden Seite eine zweite Metalltür. Ich wartete. Absolute Stille. Ich fragte mich, ob der Raum schallisoliert war. Ich stellte mich auf die Zehenspitzen und versuchte aus dem Fenster zu sehen, aber es war zu hoch.

An der zweiten Metalltür wurde ein Schieber geöffnet. Ich konnte nur zwei Augen erkennen. Der Schieber wurde geschlossen. Dann wurde die Tür entriegelt und geöffnet. Eine Gestalt in einem blauen Overall kam herein. Die Tür wurde wieder geschlossen.

„Danke, dass Sie gekommen sind", sagte Hagmann mit heiserer Stimme. Er trug Handschellen.

Ich deutete zum Holztisch zum Zeichen, dass wir uns setzen sollten.

Hagmann machte einen ungepflegten Eindruck. Graue Bartstoppeln überwucherten sein Gesicht, die Wangen waren eingefallen und die Augen starrten aus dunklen Höhlen.

„Wie geht es Ihnen?", fragte ich und merkte gleichzeitig, wie unpassend meine Frage war.

„Ich habe mit dem Verschwinden von Lucia nichts zu tun, das müssen Sie mir glauben." Hagmann beugte sich vor zu mir über den Tisch. „Die wollen mir etwas anhängen. Ich habe sie nicht umgebracht." Seine eisblauen Augen schienen mich zu durchbohren.

Plötzlich wurde ich von einer Angst erfasst. Ein kalter Schauer durchfuhr mich und ich spürte, wie sich die Härchen auf meinen Unterarmen aufstellten. Mir war auf einmal bewusst geworden, in welcher bedrohlichen Situation ich mich befand. Ich saß in einem kleinen, verschlossenen Raum Werner Hagmann gegenüber. Dem Mann, der vor zwei Tagen versucht hatte, mich zu erwürgen.

Jetzt bedauerte ich meine Entscheidung, alleine mit Hagmann sprechen zu wollen. Ich warf einen Blick zur rettenden Ausgangstür und überlegte einen Moment, was ich tun würde, wenn sich Hagmann auf mich stürzen sollte. Da kam mir das Taschenmesser in den Sinn, das ich seit jenem schrecklichen Albtraum immer bei mir trug. Unauffällig griff ich in meine Hosentasche, zog das Taschenmesser heraus und hielt es unter dem Tisch so in der Hand, dass Hagmann es nicht sehen konnte.

„Die haben mir hier einen Pflichtverteidiger zugewiesen, der nicht einmal Deutsch spricht." Hagmanns Gesichtszüge verfinsterten sich. „Das hier ist alles eine abgekartete Sache."

„Warum wollten Sie mich sprechen?", fragte ich in ruhigem Ton, während ich vorsichtig die Klinge des Taschenmessers herausklappte.

„Sie sind der Einzige, der mir helfen kann. Ich weiß nicht, was hier geschieht. Sie müssen herausfinden, was passiert ist und wer dahintersteckt. Bitte, Sie müssen mich hier rausholen. Ich verdopple das Honorar."

Es gab zwei Gründe, warum ich ihm helfen wollte. Erstens hatte ich diesen Fall übernommen und mit Handschlag besiegelt und ich hatte noch nie einen

Fall aufgegeben, das gehörte zu meinen Prinzipien. Den zweiten Grund konnte ich mir selbst nicht recht erklären. Aber ich hatte das Gefühl, dass Hagmann die Wahrheit sagte. Die Verdopplung des vereinbarten Honorars beschleunigte meine Entscheidungsfindung.

„Einverstanden", sagte ich. „Ich stelle eine einzige Bedingung. Sie müssen mir gegenüber offen sein. Sie müssen mir alles erzählen, dürfen nichts verschweigen. Jedes Detail kann wichtig sein."

„Einverstanden." Hagmann hielt mir die in Handschellen steckende rechte Hand hin zum Zeichen, dass wir handelseinig waren.

Ich wechselte unter dem Tisch schnell das Taschenmesser in die linke Hand und schlug ein.

Der Anflug eines Lächelns huschte über sein Gesicht. „Fragen Sie, was Sie wissen müssen. Zeit habe ich ja genug."

Ich überlegte kurz und sagte: „Haben Sie eine Vorstellung, wer hinter dem Verschwinden Ihrer Frau stecken könnte?"

„Das ist es ja, was mich beinahe zur Verzweiflung bringt. Ich habe keinen blassen Schimmer!"

„Im Moment ist unsere einzige Spur Claudio Rizza. Sagt Ihnen dieser Name etwas?"

Auf Hagmanns Stirn bildeten sich Falten. „Das ist also der Name des Kerls." Er schüttelte den Kopf. „Nein, den Namen habe ich noch nie gehört. Aber er hat mit der Sache zu tun."

„Das wäre möglich. Ich werde ihn noch mal befragen."

„Ich bin sicher, dass dieser Rizza dahintersteckt."

„Er sagte, Lucia habe Soziologie studiert. Wissen Sie, an welcher Universität?"

„Das weiß ich nicht."

„Wo wohnte sie damals?"

„Sie erwähnte etwas von einer Studentenwohngemeinschaft."

„Haben Sie jemals jemanden aus dieser Wohngemeinschaft kennen gelernt?"

„Nein."

„Hat sie nie einen Namen erwähnt?"

„Nein. Jedenfalls kann ich mich nicht daran erinnern."

„Wie sieht es mit Verwandten aus?"

„Ihre Eltern sind gestorben, als sie noch ein Kind war. Sie ist in einem Heim aufgewachsen. Ein trauriges Schicksal."

„Von anderen Verwandten hat sie nie erzählt? Geschwister, Onkel, Tanten?"

„Nein. Ich habe sie auch nie danach gefragt."

„Sie haben sich nie über Lucias Verwandtschaft erkundigt?"

„Mein Beruf lässt mir nur wenig Freizeit, müssen Sie wissen. Ich bin oft geschäftlich unterwegs. Für tiefschürfende Gespräche bleibt da nicht viel Zeit. Das ist der Preis, den man für eine solche Position bezahlen muss. Ich weiß, dass das nicht die optimalen Voraussetzungen für eine Beziehung sind. Aber ich habe es Lucia von Anfang an erklärt. Sie wusste, was diese Ehe mit sich bringen würde."

„Wo haben Sie geheiratet?"

„In Zürich. Wir haben nur zivil geheiratet. Es war eine Feier im kleinen Rahmen. Sie wollte es so. Sie sagte, sie wolle niemanden aus ihrer Verwandtschaft sehen. Ein paar Freunde von mir waren eingeladen."

„Und Lucia wollte keinen ihrer Freunde einladen?"

„Sie sagte, sie hätte keine richtigen Freunde mehr."

Ich war skeptisch. Eine junge Frau, die keine Freunde hatte? Etwas stimmte hier nicht. „Ich komme nochmals auf diesen Zettel mit der Telefonnummer zurück, den Sie im Hotelzimmer gefunden haben. Damals sagte Lucia, es sei die Nummer einer guten Freundin."

„Das ist richtig. Das hat sie gesagt."

„Dann muss sie doch mindestens eine Freundin gehabt haben?"

„Darüber habe ich auch schon nachgedacht. Aber ich habe keine Erklärung dafür."

Die Tür wurde entriegelt und Korporal Rossi kam herein. „Die Besuchszeit ist vorbei", sagte er.

Schnell klappte ich das Messer zu und steckte es in meine Hosentasche zurück.

„Ich werde weiter nachforschen", versprach ich. „Vertrauen Sie mir. Ich melde mich wieder."

Hagmann legte mir die Hand auf den Arm und

sah mich mit flehendem Blick an. „Sie sind meine einzige Hoffnung."

Ich verabschiedete mich und verließ den Raum.

Rossi verriegelte die Tür und begleitete mich die Treppe hinunter zum Ausgang. „Kommissar Moretti möchte, dass ich Sie zum Hotel zurückbringe", sagte er.

Während der Rückfahrt ging ich in Gedanken das Gespräch mit Hagmann noch einmal durch. Seine Vermutung, jemand wolle ihm etwas anhängen, beschäftigte mich. Wen hatte er damit gemeint? Ich überlegte mir die weiteren Schritte. Als Erstes musste ich mit Claudio Rizza sprechen. Ich holte seinen Ausweis heraus und bat Rossi, mich an jener Adresse abzusetzen.

Es dämmerte bereits, als ich aus dem Wagen stieg. Ich wartete, bis Rossi verschwunden war. Das Haus, in dem Rizza wohnte, machte einen heruntergekommenen Eindruck. Ich folgte einem schmalen Pfad durch einen verwahrlosten Garten. An einer Seite des Hauses war eine Scheune angebaut, deren Dach eingefallen war. Im Haus konnte ich kein Licht sehen. Einige Fensterscheiben waren eingeschlagen. Das Haus sah unbewohnt aus. Ich ging in Richtung Eingangstür und fuhr zusammen, als eine Katze vor meinen Füßen vorbeihuschte. Neben der Klingel stand kein Name. Ich drückte den Knopf und wartete. Nichts rührte sich. Als auch nach dem zweiten Klingeln niemand öffnete, drückte ich die Türklinke herunter. Es war abgeschlossen. Ich ging ein paar Schritte und sah mich um. Die Straßenlaterne warf meinen Schatten an die Hausfassade. Vorsichtig stapfte ich durch das hohe Gras zur Rückseite des Hauses. Absolute Stille. Nirgends war ein Licht in einem der Fenster zu sehen. In der Dunkelheit konnte ich eine Tür erkennen, die ebenfalls verschlossen war, daneben ein Fenster, das einen Spalt offen stand. Ich zögerte zuerst, dann tastete ich mich langsam an der Hauswand entlang. Ein Brennen ließ mich reflexartig die Hand zurückziehen. Ich musste in einen Brennnesselstrauch gefasst haben. Leise fluchte ich. Als ich vor dem Fenster stand, blickte ich mich nochmals prüfend um. Ich krallte mich am Fenstersims fest und zog mich mit aller Kraft in die Höhe. Mit einiger Anstrengung gelang es mir, mich hochzustemmen und durch das Fenster zu steigen.

Innen war es dunkel, ich konnte jedoch erkennen, dass der Raum, in dem ich stand, leer war. Vorsichtig ging ich durch das Zimmer und tastete neben der Tür nach dem Lichtschalter. Ich betätigte ihn, doch es blieb dunkel. Ich trat auf den Flur hinaus. Ein Spinngewebe streifte mein Gesicht. Ich betrat einen anderen Raum, der durch ein Fenster von der Straßenlaterne etwas erhellt wurde. An einer Wand befand sich ein Kamin. Ich rieb mir die Hand, die wie Feuer brannte. Im Raum stand ein altes Sofa. Als ich näher trat, sprang ein Schatten weg. Wie erstarrt blieb ich stehen. Leuchtende Katzenaugen musterten mich und verschwanden im Dunkeln. Es roch streng nach Katzenurin. Ich ging in einen weiteren Raum, der die Küche sein sollte. Darin öffnete ich ein paar Schränke, die alle leer waren. Ein übler Gestank herrschte hier vor. Als ich den Kühlschrank öffnete, fiel etwas Licht auf den Boden. Der Kühlschrank war leer und im schwachen Licht konnte ich etwas Seltsames auf der gegenüberliegenden Seite erkennen. Ich ging darauf zu und bückte mich. Als ich begriff, was es war, stolperte ich angeekelt rücklings gegen die Kühlschranktür und gleichzeitig spürte ich, wie sich mein Magen zusammenzog.

Am Boden lag ein Durcheinander aus Krallenfüßen, Schädeln und nackten Schwänzen. Dutzende von toten Ratten, teilweise schon stark verwest, lagen da. Eine Übelkeit ergriff mich. Ich hielt mir die Hand vor den Mund und stolperte in gebückter Haltung aus der Küche hinaus.

Nun hatte ich die Bestätigung, dass das Haus unbewohnt war. Ich verließ es so schnell ich konnte auf demselben Weg, auf dem ich hineingelangt war.

Draußen musste ich mich zuerst von dem Schrecken der makaberen Kadaveransammlung erholen. Ich stützte mich auf die Oberschenkel und atmete tief durch. Meine Hand brannte noch immer. Es war inzwischen kühl geworden. Ich durchquerte den wilden Garten, bis ich wieder auf der Straße stand.

Und mir war nun eines klar: Rizza war der Schlüssel für die weiteren Ermittlungen.

17

Die Strecke bis zum Hafen ging ich zu Fuß und blieb vor dem Eingang der Flamingo Bar stehen. Mein Kater vom Morgen war zwar verschwunden, doch mich bedrückte der Gedanke, dass ich meinen Vorsatz, nur ein einziges Glas zu trinken, nicht eingehalten hatte. Angst stieg in mir auf, ich könnte wieder in mein altes Muster zurückfallen.

Nein, sagte ich zu mir selbst, ich bin darüber hinweg. Ich bin in der Lage, in eine Bar zu gehen, ein Glas zu trinken und die Bar wieder zu verlassen.

John winkte mir zu, als ich eintrat. Ich setzte mich auf einen Barhocker und sah mich um. Nur wenige Gäste waren anwesend.

John betrachtete mit ernster Miene meine Wunde an der Schläfe. „Wie geht es dir?“, fragte er.

„Danke, es ging mir schon schlechter.“

Er lächelte. „Was darf's sein?“

Ich überflog die Reihen von Flaschen hinter der Bar. „Den besten Whisky, den du hast.“

John hob eine Augenbraue, schnalzte mit der Zunge und dreht sich um. Aus einem verschlossenen Schrank holte er eine Flasche. „Eine Rarität“, sagte er, während er einschenkte. „Aus dem schottischen Hochland, 25-jährig.“

Ich nahm einen Schluck und nickte wohlwollend. „Verdammt gut. Wenn ich schon nur ein einziges Glas trinke, dann soll es wenigstens das Beste sein.“

Ich trank in kleinen Zügen. „Ist Claudio Rizza inzwischen hier wieder einmal aufgetaucht?“, fragte ich.

John sah mich fragend an. „Wer?“

Ich zeigte auf die Wunde an meiner Schläfe. „Der hier.“

Der Barkeeper kniff die Augen zusammen. „Ja, der Kerl war wieder hier.“

Beinahe hätte ich mich verschluckt. „Wann war das?“, fragte ich aufgeregt.

John kratzte sich am kahlen Schädel und schien zu überlegen. „Vorgestern, glaube ich.“

„Ich muss dringend mit ihm reden. Hast du was zum Schreiben?“

John legte einen Quittungsblock und einen Stift auf den Tresen.

Ich notierte die Nummer meines Handys. „Ruf mich bitte sofort an, falls er wieder hier auftauchen sollte.“

„Okay.“ John nahm den Zettel und pinnte ihn an ein Brett an der Wand. „Übrigens“, sagte er. „Edward ist jetzt in einer Entzugsklinik. Er hat sich freiwillig dort angemeldet. Ich kann es kaum glauben, wie er sich verändert hat. Er hat zwar nie darüber gesprochen, ich bin aber sicher, dass das dein Einfluss gewesen ist. Als du ihm die Flasche aus der Hand geschlagen und ihn zur Vernunft gebracht hast, muss das ein Umdenken bei ihm bewirkt haben. Ich bin dir sehr dankbar dafür.“

Ich hatte John noch nie so viele Sätze auf einmal

sagen hören. „Grüß ihn von mir. Und sag ihm, er muss unbedingt durchhalten. Er darf nicht aufgeben. Es ist ein schwerer Weg, aber es gibt nur diesen. Ich weiß, wovon ich spreche."

„Ich werde es ihm ausrichten."

Ich zog die Brieftasche hervor.

John hob die Hand. „Für dich ist das erste Glas hier immer gratis."

Als ich mein Zimmer betrat und das Licht anmachte, blieb ich überrascht stehen. Auf dem Bett lag ein in braunes Packpapier gehüllter Gegenstand. Von Hagmann konnte er nicht sein, es sei denn, er war aus der Untersuchungshaft geflohen. Ich nahm das Paket in die Hand und entfernte das Papier. Zum Vorschein kam ein mir wohlbekanntes gerahmtes Aquarellbild. Es stellte eine nordische Dünenlandschaft dar, am Himmel schwebten ein paar Seeschwalben. In der unteren Rahmenecke klemmte ein Zettel, auf dem etwas in zierlicher Handschrift geschrieben stand. Ich hielt ihn ins Licht der Deckenlampe und las: „Ich verzeihe dir."

Ich setzte mich mit dem Bild aufs Bett, Tränen liefen mir die Wangen hinab. In diesem Moment war ich der glücklichste Mensch auf Erden. Ich klemmte den Zettel wieder in die Rahmenecke, nahm das Bild mit dem Mädchen auf der Schaukel von der Wand herunter und hängte Annas Bild an den Nagel. Eine Weile stand ich gedankenverloren davor. Dort möchte ich sein, dachte ich. An diesem Ort auf dem Bild, zusammen mit Anna.

Als ich im Bett lag, ging mir vieles durch den Kopf. Ich wollte am nächsten Morgen als Erstes Anna besuchen, um ihr meine Liebe zu gestehen. Zudem musste ich herausfinden, wo Claudio Rizza wirklich wohnte. Mir kam in den Sinn, dass ich vergessen hatte, Moretti über das Gespräch mit Hagmann zu informieren. Und ich war stolz, dass ich es geschafft hatte, nur ein einziges Glas zu trinken. Alle Gedanken schwirrten in meinem Kopf herum und verwoben sich zu einer Spirale, bis ich einschlief.

In der Nacht hatte ich einen seltsamen Traum. Ich befand mich in einer Dünenlandschaft. Nebelschwaden umgaben mich und ich hörte den Ruf von Seeschwalben. Vor mir tauchte eine hohe Sanddüne auf. Ganz oben konnte ich eine Gestalt sehen. Es war Anna. Ich winkte ihr zu, doch sie stand nur unbeweglich dort oben. Ich begann den Hügel hinaufzusteigen, aber der Sand gab nach, sodass ich immer auf der Stelle trat. Verzweifelt kämpfte ich dagegen an, aber je mehr ich mich bemühte, umso mehr rutschte ich zurück. Als ich wieder zur Düne hinaufsah, war Anna verschwunden.

Als ich erwachte, sah ich als Erstes zur Wand hinüber. Annas Bild hing dort und der Zettel klemmte im Rahmen. Es war also kein Traum gewesen. Sie hatte mir verziehen. Ich sah auf meine Uhr, Viertel vor acht. Auf der Terrasse atmete ich die frische Meeresbrise ein. Ein strahlend blauer Himmel begrüßte mich. Das Meer war ruhig und hatte über Nacht eine türkisblaue Farbe angenommen. Das heisere Schreien der Möwen war zu hören.

Im Speisesaal gab es Aufruhr. Die Hotelgäste standen vor den Fenstern, sahen hinaus und unterhielten sich aufgeregt. Draußen waren uniformierte Polizisten zu sehen, einer führte einen Hund mit sich. Ich erinnerte mich an Morettis Worte, dass das Hotelgelände abgesucht werden würde.

Sie suchten die Leiche von Lucia Hagmann.

Während ich mit einem flauen Gefühl im Magen beim Frühstück saß, dachte ich über die aktuelle Situation nach. Wenn Werner Hagmann tatsächlich der Täter war, wovon ich immer weniger überzeugt war, warum sollte er die Leiche ausgerechnet hier auf dem Hotelgelände verstecken, wo die Polizei zuerst suchen würde? Und falls man die Leiche tatsächlich hier finden würde, war das noch kein Beweis, dass Hagmann der Mörder war. Ich erinnerte mich an Hagmanns Aussage bei meinem Besuch im Gefängnis, dass ihm jemand etwas anhängen wolle. Aber wer sollte ihm einen Mord anhängen wollen? Und aus welchem Grund?

Nach dem Frühstück ging ich zu Annas Zimmer. Mit pochendem Herzen klopfte ich an ihre Tür, aber niemand machte auf. In der Hotelhalle stieß ich auf

Cavallo, der vor dem Fenster stand und das Geschehen auf dem Hotelgelände beobachtete. Seinem Hotelgelände.

„Die Polizei sucht das ganze Gelände ab“, sagte er, als er mich sah. „So etwas hat es in der langen Geschichte des Hotels noch nie gegeben.“ Missbilligend schüttelte er den Kopf.

Ich hatte zwar Verständnis für ihn, wusste aber nicht, was ich ihm hätte antworten sollen. Also ging ich nach draußen und sah mich um. Das Grundstück war mit rot-weißem Plastikband abgesperrt worden. Am Eingang stand ein Polizist in Uniform, der dafür sorgte, dass keine Unbefugten die abgegrenzte Zone betraten.

Ich fragte nach Kommissar Moretti. Der Polizist hob ein Funksprechgerät an den Mund und sprach hinein. Durch das Rauschen war eine Stimme zu hören.

„Wie ist Ihr Name?“, fragte er mich. Er wiederholte meinen Namen ins Funksprechgerät. „Sie sollen hier warten. Der Herr Kommissar kommt gleich.“

Da ich aus Erfahrung wusste, dass Pünktlichkeit nicht gerade Morettis Stärke war, stellte ich mich auf eine längere Wartezeit ein. Interessiert beobachtete ich das Geschehen auf der anderen Seite der Absperrung. Es waren etwa zwanzig Polizisten im Einsatz. Ich hob die Hand zum Schutz gegen die Sonne über die Augen und ließ den Blick umherschweifen. In einiger Entfernung gruben zwei Polizisten mit Spaten in der Erde unter einem Baum. Ein anderer stand daneben mit einem Hund, der kräftig an der Leine zerrte und bellte. Jetzt entdeckte ich Kommissar Moretti, der auf die Polizisten zuging. Er blieb kurz stehen, wechselte ein paar Worte mit ihnen, drehte sich um und kam auf mich zu.

„Falscher Alarm", rief Moretti mir zu und schlüpfte unter dem Absperrband hindurch. „Eine tote Katze. Die muss dort jemand vergraben haben."

„Ich möchte Sie über das Gespräch mit Hagmann informieren", sagte ich.

Moretti klopfte sich ein paar Grashalme von der Hose. „Was wollte er von Ihnen?"

Ich musste vorsichtig sein mit dem, was ich sagte. Moretti würde es bestimmt nicht tolerieren, wenn er wüsste, dass ich auf eigene Faust weiterermitteln wollte. Und vor allem noch in eine ganz andere Richtung.

„Er sagte, dass er nichts mit dem Verschwinden seiner Frau zu tun hat."

Moretti machte eine abwertende Handbewegung. „Das behauptet er die ganze Zeit."

„Und was glauben Sie?"

Moretti stemmte die Hände in die Hüften. „Der Fall ist eindeutig. Die Beweise sind erdrückend. Wir haben heute Morgen das Ergebnis der Blutuntersuchung erhalten." Er machte eine künstliche Pause, als wollte er die Spannung steigern. „Es ist so, wie ich vermutet habe." Jetzt zog er seine Pfeife aus der Manteltasche und zündete sie bedächtig an. „Das Blut, das wir auf dem Hammer und auf dem Trainingsanzug sichergestellt haben, entspricht derselben Blutgruppe wie der von Lucia Hagmann.“ Er nahm ein paar Züge, bevor er weitersprach. „Und das ist noch nicht alles. Auf dem Hammer haben wir Hagmanns Fingerabdrücke gefunden. Und auch das Motiv ist klar. Er hat seine Frau aus Eifersucht ermordet. Er wusste nämlich, dass seine Frau ein Verhältnis hatte.“

„Und wenn Sie hier keine Leiche finden werden?“, fragte ich.

Moretti winkte ab. „Aufgrund dieser eindeutigen Beweislage und des klaren Motivs wird ihn jedes Geschworenengericht schuldig sprechen. Ich habe da meine Erfahrungen, glauben Sie mir. Er wird seine gerechte Straffe erhalten und der Fall Hagmann wird zu den Akten gelegt werden. Basta!“

Ich war betroffen, wie herablassend Moretti über Hagmann sprach und dass er ihn in Gedanken bereits verurteilt hatte. Mir war klar, dass jede weitere Diskussion zwecklos wäre. Für Moretti war der Fall bereits abgeschlossen. Basta!

„Übrigens …“, Moretti nahm die Pfeife aus dem Mund und sah mich ernst an. „Was wollten Sie gestern in der Via Fiori?“

„Wo?“

„Korporal Rossi hat Sie dort abgesetzt.“

Ich war überrascht. Moretti war anscheinend über jeden meiner Schritte im Bilde.

„Ich wollte einen alten Freund besuchen, aber ich

muss mich wohl in der Adresse geirrt haben", gab ich zurück.

„Weshalb geirrt?"

„Das Haus mit der Nummer 12 war unbewohnt."

Moretti lachte laut heraus. „In diesem Haus wohnt schon seit Monaten niemand mehr. Es gehörte einer alten Frau, die mit ihren Katzen dort lebte. Gott weiß, was nach ihrem Tod mit den Viechern passiert ist."

Ich weiß es, dachte ich.

„Wie heißt denn Ihr Freund, den Sie besuchen wollten?", fragte Moretti. „Vielleicht kann ich Ihnen helfen."

Ich zögerte einen Moment. Mit diesem Angebot hatte ich nicht gerechnet. Wenn ich Moretti jetzt keinen Namen nennen könnte, würde er womöglich Verdacht schöpfen. Mir fiel spontan nichts Besseres ein. „Er heißt Claudio Rizza."

Moretti legte die Stirn in Falten und schien in seinem Gedächtnis nach dem Namen zu suchen und ich war sicher, dass dort eine Menge Namen für immer gespeichert waren, unter anderem der eben genannte. „Den Namen kenne ich nicht, aber ich kann das abklären, wenn Sie wollen."

Ich nickte und fragte noch, ob ich bei der Suche nach der Leiche behilflich sein könne. Aber Moretti winkte ab und meinte, das sei jetzt Aufgabe der Spezialisten.

Beim zweiten Mal hatte ich Glück. Anna öffnete die Tür.

„Ich möchte mich für das Bild bedanken“, sagte ich. „Und vor allem für die Nachricht.“

Anna schien verlegen. „Komm rein“, sagte sie.

Als Erstes fiel mir das neue Bild auf, das auf der Staffelei beim Fenster stand. Ich betrachtete es näher.

„Es ist ein Entwurf“, entschuldigte sie sich.

Es war eine Bleistiftskizze, aber man konnte deutlich die Details erkennen: Ein paar Fischkutter, ein Kai, eine Straßenlaterne, darunter ein eng umschlungenes Liebespaar. Unser erstes Rendezvous am Hafen.

Ich sah ihr in die Augen. „Es gefällt mir sehr gut. Ich hoffe, aus dem Entwurf wird einmal ein fertiges Bild.“

„Das hoffe ich auch.“ Sie lächelte verlegen.

„Hast du heute Abend schon etwas vor?“, fragte ich.

„Da muss ich erst mal genau nachdenken.“ Sie tat so, als würde sie angestrengt einige Termine im Kopf durchgehen. „Nein“, sagte sie dann. „Ich habe heute Abend noch einen Termin frei.“

„Ich bin ein Glückspilz. Wie wär's mit der Flamingo Bar?“

Wir mussten beide lachen. Wir umarmten uns und sie legte ihren Kopf an meine Brust.

„Ich möchte wiedergutmachen, was geschehen ist.“ Ich streichelte zärtlich über ihr Haar.

„Ich glaube, du verdienst eine zweite Chance“, sagte sie und fasste mich um die Taille.

„Und du verdienst es, dass ich so lange auf dich warte, bis der richtige Zeitpunkt gekommen ist."

Wir küssten uns und vergaßen die Welt um uns herum.

Später gingen wir gemeinsam in den Speisesaal zum Mittagessen. Als wir am Tisch saßen, konnte ich durch das Fenster keine Polizisten mehr entdecken, nur die Absperrbänder zeugten von dem Polizeieinsatz. Vermutlich machten die Beamten gerade Mittagspause. Mir fielen Morettis Worte ein, er bedauere, dass ich nicht mehr bei der Polizei war. Die Absperrbänder schienen zwei verschiedene Menschenkategorien zu trennen. Jene, die dazugehörten, und die anderen. Erst jetzt war mir bewusst, dass mich Morettis Worte getroffen hatten. Bei dem Gedanken empfand ich eine gewisse Traurigkeit und dann war da wieder die quälende Frage, ob das Quittieren des Polizeidienstes die richtige Entscheidung gewesen war.

Anna nahm meine Hand. Sie schien bemerkt zu haben, dass ich in Gedanken war. „Was geht dir durch den Kopf?", fragte sie.

„Es ist nichts Wichtiges." Ich wollte sie nicht mit meinen Problemen belasten.

Der Kellner kam und wir bestellten beide Spaghetti, Anna Chianti, ich eine Flasche Mineralwasser.

„Die Polizei sucht Lucias Leiche, nicht wahr?", sagte Anna.

Ich erzählte ihr, dass die Polizei Hagmanns Fingerabdrücke auf dem Hammer identifiziert hatte und die gefundenen Blutspuren Lucias Blutgruppe entsprachen.

„Das ist ja eine gruselige Vorstellung." Anna schüttelte sich vor Entsetzen. „Stell dir vor, wir sitzen hier ganz gemütlich beim Essen und nur wenige Meter von uns entfernt liegt irgendwo ihre Leiche vergraben."

„Falls sie tatsächlich hier irgendwo ist."

„Glaubst du denn, Hagmann hat die Leiche weggebracht?"

„Es ist erst bewiesen, dass Lucia tot ist, wenn ihre Leiche gefunden wurde. Zudem habe ich Zweifel, dass Hagmann tatsächlich etwas mit ihrem Verschwinden zu tun hat." Ich nahm einen Schluck Mineralwasser.

Sie sah mich erstaunt an. „Du hast Zweifel? Nach allem, was bisher geschehen ist? Der Angriff auf dich. Die Beweise, die du in seinem Zimmer gefunden hast. Das Motiv, dass er aus Eifersucht gehandelt hat. Und die Aussage von Claudio Rizza, Lucia sei unglücklich gewesen und habe sich vor ihrem Ehemann gefürchtet."

„Claudio Rizza!", stieß ich hervor. „Wer ist dieser Claudio Rizza überhaupt? Ich wollte ihn gestern aufsuchen." Ich zog seinen Ausweis heraus, warf ihn auf den Tisch und zeigte mit dem Finger auf die Adresse. „Das Haus ist seit Monaten unbewohnt. Dort gibt es nur ein paar wilde Katzen – und einen Rattenfriedhof."

Anna war sichtlich überrascht. „Heißt das, der Ausweis ist gefälscht?“

„Ich weiß nicht, was das heißt. Aber Rizza ist im Moment die einzige Verbindung zu Lucia. Und ich weiß nicht, wo er ist. Vielleicht gibt es eine logische Erklärung dafür, dass seine Adresse falsch ist. Aber ich glaube, irgendwas stimmt da nicht.“

Anna schien zu überlegen. Nachdenklich drehte sie die Spaghetti im Teller. „Also gut“, sagte sie. „Ich sehe ein, dass wir Rizzas Aussagen anscheinend mit Vorsicht beurteilen müssen. Vielleicht hatte er Angst, weil er ein Verhältnis mit einer verheirateten Frau hatte. Aber warum glaubst du, dass Hagmann nichts mit dem Verschwinden seiner Frau zu tun hat?“ Sie führte die Gabel zum Mund.

„Ich habe mit ihm gesprochen.“

Anna starrte mich an, den Mund geöffnet, die Gabel kurz davor. „Du bist bei ihm gewesen?“, sagte sie, als sie sich wieder gefangen hatte. „Ich nehme an, dass ein Polizist dabei war, um dich zu beschützen?“

„Er trug Handschellen“, versuchte ich sie zu beruhigen.

Sie runzelte die Stirn. „Du hast den Mann besucht, der dich beinahe erwürgt hätte!“

Ich schenkte ihr Wein nach und füllte mein Glas mit Mineralwasser.

„Und warum glaubst du ihm?“, wollte sie wissen.

„Das kann ich nicht genau erklären. Es ist ein Gefühl, auf das ich mich bisher meistens verlassen konnte. Er sagte übrigens, dass ihn jemand reinlegen wolle."

„Reinlegen? Was meint er damit?"

„Dass er nichts damit zu tun hat und jemand anderes hinter dem Verschwinden seiner Frau steckt."

„Wer sollte das denn sein?"

„Das wusste er auch nicht."

„Und wie geht es jetzt weiter?"

„Im Moment haben wir nur eine einzige Spur. Und die heißt Claudio Rizza."

„Was willst du nun als Nächstes tun?" Sie nahm einen Schluck Wein.

„Ich werde mich beim Einwohneramt erkundigen müssen, welches seine richtige Adresse ist."

„Er fährt doch eine Vespa", sagte Anna. „Dafür muss er eine Zulassung haben. Vielleicht erhalte ich beim Straßenverkehrsamt eine Auskunft."

„Gute Idee! Und dann gibt es noch die Universität, an der er studiert hat. Dort müsste er ja eingeschrieben gewesen sein."

„Das Einwohneramt könnte ich übernehmen", schlug sie vor. „Ich kenne eine Frau, die dort arbeitet. Sie wird mir bestimmt Auskunft geben. Ich musste bei ihr meine Aufenthaltsgenehmigung verlängern lassen."

„Sehr gut!" Ich winkte dem Kellner, eine innere Unruhe hatte mich plötzlich erfasst. „Dann werde ich zur Universität fahren."

„An welcher Universität hat er studiert?"

„Das habe ich ihn nicht gefragt." Ich unterschrieb die Rechnung, die der Kellner gebracht hatte.

„Es kann nur die Universität in Bologna sein", sagte sie.

„Gut", sagte ich. „Ich werde noch heute nach Bologna fahren."

Als ich mein Zimmer betrat, klingelte das Telefon. Kommissar Moretti, dachte ich. Hastig nahm ich den Hörer ab.

„Endlich! Ich versuche Sie schon die ganze Zeit zu erreichen." Marios Stimme klang verzweifelt.

„Mario, was ist denn los?"

„Ich kann nicht lange sprechen. Wir müssen uns unbedingt treffen. Es gibt wichtige Neuigkeiten."

„Ich muss jetzt dringend nach Bologna. Aber heute Abend bin ich zurück. Was gibt es denn Wichtiges?"

Mario flüsterte. „Nicht am Telefon. Wir treffen uns heute Abend. Auf Ihrem Zimmer."

Die Verbindung war unterbrochen.

18

Ungeduldig sah ich auf meine Armbanduhr. Ich wartete bereits seit sieben Minuten hinter einer dicken Frau vor dem Schalter. Wann der nächste Zug nach Bologna abfuhr, wusste ich nicht, aber ich hatte trotzdem das ungute Gefühl, dass ich ihn verpassen würde. Nervös schaute ich der Frau über die Schulter. Sie diskutierte mit dem Mann am Schalter und gestikulierte mit den Armen. Der Bahnbeamte warf mir einen entschuldigenden Blick durch die Glasscheibe zu. Ich beobachtete die zwei weißen Pudel, die die Frau an der Leine hielt. Diese tänzelten nervös hin und her, als würden sie ebenfalls befürchten, den Zug zu verpassen.

Anna hatte mich nach dem Mittagessen beim Bahnhof abgesetzt und war weiter zum Einwohneramt gefahren. Ich hoffte, dass man ihr Auskunft über Claudio Rizzas aktuelle Adresse geben würde.

Wir sind ein gutes Team, dachte ich. Ich freute mich auf unser Treffen am Abend in der Flamingo Bar und hoffte, dass es diesmal ein Abend ohne Zwischenfälle werden würde.

Endlich trat die Frau vor mir zur Seite. Die Pudel trippelten ihr hinterher, als sie sich entfernte.

Der Bahnbeamte wischte sich mit einem Taschentuch über die Stirn und zeigte ein gequältes Lächeln.

„Bologna retour, zweite Klasse“, sagte ich durch den Sprechschlitz. Der Preis erschien in Leuchtschrift auf der Anzeige. Ich legte eine Geldnote ins Schalterfach und umgehend erschienen der Fahrschein und das Rückgeld.

„Wann fährt der nächste Zug?“, fragte ich.

„In zwanzig Minuten, Gleis vier“, hörte ich eine gedämpfte Stimme durch die Glasscheibe.

Ich fragte mich, ob dieser kleine Bahnhof überhaupt vier Gleise besaß.

Dankend steckte ich die Fahrkarte ein und sah mich auf dem Bahnhof um. Die große Bahnhofsuhr zeigte zehn nach eins. Es war relativ ruhig um diese Zeit. Durch den Lautsprecher wurden gerade Abfahrten und Ankünfte durchgegeben.

Da ich noch etwas Zeit hatte, betrat ich das Bahnhofsbistro und setzte mich an die Bar. Als der Kellner nach meiner Bestellung fragte, kam mir als Erstes ein Glas Whisky in den Sinn. Ich bestellte einen Espresso. Als ich mich im Lokal umsah, entdeckte ich in einer Ecke die dicke Frau mit den weißen Pudeln. Sie saß an einem runden Tischchen, vor ihr auf dem Teller lag ein großes Stück Torte. Die Hunde hatten sich unter dem Tisch hingelegt und hechelten nervös. Der Kellner brachte den Espresso. Ich nahm einen Schluck, er war stark, genau so, wie ich ihn mochte.

Ich überlegte, was ich an der Universität eigentlich zu finden hoffte. Hatte ich vielleicht übereilt gehandelt? Machte es überhaupt Sinn, dieser Spur zu folgen? War es am Ende nur verlorene Zeit? Aber welche anderen Hinweise hatte ich überhaupt? Claudio Rizza war im Moment mein einziger Anhaltspunkt. Ich hatte ihn verfolgt und überwältigt, hatte ihm gegenüber gesessen und ihn verhört – und dann hatte ich ihn einfach gehen lassen. Ich ärgerte mich, dass ich damals nicht erkannt hatte, wie wichtig er für meine Ermittlungen war.

Auf dem Weg zum Bahnsteig kaufte ich an einem Kiosk eine Tageszeitung und ein Päckchen Kaugummi. Auf dem Bahnsteig setzte ich mich auf eine leere Bank und schob mir einen Kaugummi zwischen die Zähne. Zwei Jungen fuhren mit ihren Skateboards auf und ab. Ich blies den Kaugummi auf und ließ ihn zerplatzen. Der Lautsprecher meldete zehn Minuten Verspätung für den Zug nach Bologna. Ich fluchte und dachte an die Pünktlichkeit der Schweizer Eisenbahn. Man konnte es sich nicht erlauben, nur eine Minute zu spät zu kommen, schon war der Zug weg.

Ich faltete die Zeitung auseinander und fand einen Artikel über den italienischen Regierungschef. Der Journalist machte sich lustig über die verschiedenen Frauenaffären und kam zu dem Schluss, dass jedes Volk den Regierungschef habe, den es verdient.

Als ich von der Zeitung aufblickte, sah ich die dicke Frau mit den Pudeln auf mich zukommen. Ich stöhnte leise auf und blätterte die Zeitungsseite um.

Die Frau setzte sich neben mich auf die Bank. Einer der Pudel beschnupperte neugierig mein Hosenbein. Ich ignorierte ihn und ärgerte mich darüber, dass sich die Frau ausgerechnet neben mich hatte setzen müssen. Es fiel mir schwer, mich auf den Inhalt der Zeitung zu konzentrieren. Aus dem Augenwinkel beobachtete ich, wie die Frau aus ihrer Tasche einen Schokoriegel holte. Die Hunde schnüffelten nun beide an meinen Schuhen.

Wie eine Erlösung erklang die Stimme aus dem

Lautsprecher und kündigte die Einfahrt des Zugs nach Bologna an. Abrupt stand ich auf und ging mit schnellem Schritt den Bahnsteig hinunter. Ich wollte um jeden Preis vermeiden, dass sich die Pudelfrau auch noch in mein Abteil setzte. Der Zug fuhr langsam ein, die quietschenden Bremsen schmerzten in den Ohren. Mit einem pfeifenden Geräusch öffnete sich die Tür und ich betrat den Waggon. Ich setzte mich in ein leeres Abteil und spähte aus dem Fenster. Die Pudelfrau konnte ich nicht entdecken und insgeheim hoffte ich, dass sie irgendwo weiter vorne einen Sitzplatz gefunden hatte.

Als sich der Zug ruckartig in Bewegung setzte, lehnte ich mich beruhigt zurück und wandte mich wieder der Zeitung zu. Im Regionalteil blieb mein Blick an einer Schlagzeile hängen:

Junge Frau verschwindet spurlos

Seit Dienstag, dem 6. Juni, wird Lucia Hagmann-Petrelli (24) vermisst. Sie und ihr Ehemann Werner Hagmann (51) verbrachten gemeinsam im Hotel Eleonora ihre Flitterwochen. Wie aus gut unterrichteten Kreisen bekannt geworden ist, soll ihr Ehemann wegen Mordverdachts bereits verhaftet worden sein. Obwohl die Polizei die Umgebung des Hotels intensiv abgesucht hat, konnte die Leiche der jungen Frau bisher noch nicht gefunden werden. Es muss davon ausgegangen werden, dass es sich um ein Beziehungsdelikt handelt.

Ich schüttelte verärgert den Kopf und stopfte die Zeitung in den Abfallbehälter unter dem Fenster. Polizei und Presse schienen hier gut zusammenzuarbeiten. Wenn es zu einem Geschworenenprozess kommen würde, wären die Meinungen durch die Presse bereits gemacht. Das sah gar nicht gut aus für Hagmann. Mir fielen Kommissar Morettis Worte ein: *„Er wird seine gerechte Strafe erhalten. Basta.“*

Der Zug hielt an, ein paar Passagiere stiegen zu. Mir gegenüber nahm eine junge Frau Platz. Sie hatte kurz geschnittenes, schwarzes Haar und trug eine runde Brille. Sie schlug ihre nackten Beine übereinander. Ihr kurzer Rock reichte bis knapp zu ihren Knien, die Füße steckten in ledernen Sandalen. Ein süßlicher Duft von Parfum verbreitete sich im Abteil.

Ich wandte meinen Blick ab und blickte etwas verlegen zum Fenster hinaus.

Jetzt zog sie ein Heft aus einer Umhängetasche und begann, darin mit einem Textmarker anzustreichen.

Ich nahm an, dass sie Studentin war. Da kam mir eine Idee. Lucia Petrelli und Claudio Rizza studierten in Bologna und ich fragte mich, ob sie die beiden vielleicht sogar kannte. Die Chance war zwar verschwindend gering, aber man konnte ja nie wissen. Sie war so in ihre Arbeit vertieft, dass es mich Überwindung kostete, die junge Frau anzusprechen.

„Sind Sie Studentin?“, fragte ich und gab mir Mühe, freundlich zu klingen.

Sie schaute kurz auf und nickte, dann war sie schon wieder über ihre Lektüre gebeugt.

„Studieren Sie in Bologna?", versuchte ich es nochmals.

Sie nickte wieder, ohne aufzublicken.

„Entschuldigen Sie", fuhr ich fort. „Ich suche jemanden, der in Bologna studiert hat."

Jetzt hatte ich anscheinend ihre Aufmerksamkeit geweckt, denn sie sah mich überrascht an.

„Sind Sie von der Polizei?" Ihre Stimme klang eingeschüchtert.

„Nein, ich bin Privatdetektiv."

Ein schallendes Gelächter war ihre Reaktion. „Nicht schlecht. So eine Anmache habe ich bisher noch nicht erlebt."

Ich war einen Moment irritiert. Mit dieser Antwort hatte ich nicht gerechnet. „Das ist keine Anmache", gab ich zurück und sah ihr ernst in die Augen.

Sie hörte auf zu lachen und musterte mich einen Augenblick. „Wie heißen denn die Leute, die Sie suchen?", fragte sie schließlich.

„Lucia Petrelli und Claudio Rizza. Kennen Sie sie?"

Sie schien zu überlegen und schüttelte dann den Kopf. „Nein, tut mir leid. Diese Namen habe ich noch nie gehört." Sie wandte sich wieder ihrer Literatur zu.

Ich sah aus dem Fenster und beobachtete einen Storch, der regungslos auf einer Wiese stand, als wäre er als ausgestopfter Vogel dorthin gestellt worden.

„Warum suchen Sie die beiden?“ Die Studentin blickte mich kritisch durch die runde Brille an.

„Die Frau wird vermisst.“

Jetzt schien sie zu begreifen. „Heute kam im Radio ein Aufruf der Polizei. Man sucht eine junge Frau.“

Ich hörte das zum ersten Mal, ließ mir aber nichts anmerken, sondern sah sie nur an und nickte.

„Ich wusste nicht, dass sie Studentin war“, erklärte sie.

„Sie hat Soziologie studiert. Ich bin aber nicht sicher, ob sie an der Universität in Bologna war.“

„In Bologna wird Soziologie angeboten. Am besten wenden Sie sich an das Sekretariat“, meinte sie. „Die können Ihnen sicher helfen.“

Ich bedankte mich bei ihr für den Hinweis.

Während sie sich wieder ihrer Lektüre widmete, sah ich weiter zum Fenster hinaus. Aber ich hatte keine Augen für die vorüberziehende Landschaft. Ich versuchte mich zu erinnern, was mir Hagmann über Lucia erzählt hatte. Sie hatten sich vor einem Jahr kennen gelernt. Dann hatte sie das Studium abgebrochen. Das hieß, dass sie letztes Jahr noch immatrikuliert gewesen sein musste. Rizza hatte zu dieser Zeit Rechtswissenschaft studiert. Also musste auch er eingeschrieben sein. Es konnte aber durchaus sein, dass auch er in der Zwischenzeit das Studium abgebrochen hat. Aber was war, wenn keiner von beiden in Bologna studiert hatte? Ich nahm mir vor, keine voreiligen Schlüsse zu ziehen und Schritt für Schritt vorzugehen.

„Und was ist mit ihm?“ Sie kratzte sich an der Wade, ihr Rock rutschte über ihre Knie und sie zog ihn wieder zurecht.

Ich begriff nicht gleich, dass sie Claudio Rizza meinte. „Er war ihr Freund“, sagte ich.

„Warum suchen Sie ihn?“

„Er könnte mir weiterhelfen. Aber ich weiß nicht, wo er wohnt.“

Der Zug verringerte die Geschwindigkeit. Die Studentin packte ihre Unterlagen in die Tasche zurück. Am Fenster zog ein Schild mit der Aufschrift BOLOGNA vorbei. Die Bremsen quietschten und der Zug blieb mit einem unsanften Ruck stehen.

„Viel Glück!“, sagte sie und strebte dem Ausgang zu. Ich nahm mir vor, ihr dicht auf den Fersen zu bleiben, um so die Universität zu finden.

Der Bahnhof von Bologna war ein Durcheinander von Menschen, Stimmen, Durchsagen und Transportfahrzeugen. Ich hatte Mühe, der Studentin durch das Labyrinth zu folgen, und noch bevor ich das Bahnhofsgebäude verlassen hatte, hatte ich sie bereits aus den Augen verloren. Leise fluchte ich vor mich hin.

Nun ging ich einfach nach Gefühl weiter und nach kurzer Zeit hatte ich die Orientierung verloren. Als ich eine Weile weitergeirrt war, entdeckte ich an einer Straßenecke eine Politesse, die gerade damit beschäftigt war, einen Strafzettel auszufüllen. Ich ging auf sie zu und fragte sie nach dem Weg zur Universität. Es stellte sich heraus, dass ich genau die falsche Richtung genommen hatte. Also machte ich mich auf den Rückweg. Unterwegs kaufte ich mir in einer Gelateria ein Erdbeereis, um meinen Ärger etwas zu besänftigen. Nachdem ich zwei weitere Male nach dem Weg fragen musste, erreichte ich endlich das Universitätsgelände.

Ich überquerte einen großen Campus. Am Rande eines Springbrunnens saßen ein paar Studenten, die ich nach dem Sekretariat fragte. Eine steile Treppe führte zum Eingang hinauf, wo ich mir einen Weg durch die Studenten bahnen musste, die wie Schwalben auf einem Telefondraht aufgereiht auf den Stufen saßen. Das Sekretariat befand sich im ersten Stockwerk. Ich drückte den Knopf des Fahrstuhls. Als ich eine Weile gewartet hatte, beschloss ich, die Treppe zu nehmen. Vor dem Sekretariat stellte ich mich am Ende der Schlange an, die bis in den Korridor hinausreichte. Vor mir warteten zwei Studenten, die sich lautstark über ein Fußballspiel unterhielten. Ich überlegte, ob ich sie nach Lucia Petrelli und Claudio Rizza fragen sollte, entschied dann aber, mich besser direkt im Sekretariat zu erkundigen. Irgendwie fühlte ich mich fehl am Platz inmitten der vielen jungen Menschen und manchmal erntete ich einen kritischen Blick.

Nach etwa zwanzig Minuten, die mir wie Stunden vorgekommen waren, stand ich endlich vor dem Schalter. Völlig überrascht blickte ich auf die Person vor mir. Es war die dicke Frau mit den weißen Pudeln.

„Ja bitte?“, sagte sie. Ihrem Gesichtsausdruck nach zu urteilen, hatte sie mich nicht wiedererkannt.

„Ich suche zwei Personen, die hier studieren.“ Spontan sah ich mich nach den Pudeln um.

„Wie heißen sie?“

„Lucia Petrelli und Claudio Rizza.“

„Einen Moment.“ Sie verschwand hinter einem Bildschirm neben dem Schalter und tippte auf der Tastatur herum. „Eine Lucia Petrelli ist nicht eingeschrieben. Wie hieß noch mal die andere Person?“

„Claudio Rizza.“

Die Tastatur klapperte erneut. „Nein, auch dieser Name ist bei uns nicht im System.“

Ich versuchte es weiter. „Lucia Petrelli hat das Studium letztes Jahr abgebrochen.“

Die Frau stand nun wieder vor mir. „Das spielt keine Rolle. Wenn sie hier studiert hat, ist sie hier gespeichert.“

Ich kratzte mich verlegen am Kopf und senkte meine Stimme. „Es ist mir etwas peinlich. Aber ich bin nicht ganz sicher, ob die beiden tatsächlich in Bologna studiert haben. Haben Sie auch Zugriff auf andere Universitäten?“

Die Frau schaute mich skeptisch an. „Eigentlich sind wir nicht zuständig für Auskünfte außerhalb unserer Universität.“

„Es handelt sich um einen Notfall.“ Ich versuchte mein freundlichstes Lächeln aufzusetzen. „Meine Tochter will ein Klassentreffen organisieren und von diesen beiden Schulkameraden fehlen ihr noch die Adressen. Ich wäre Ihnen wirklich sehr dankbar, wenn Sie hier eine Ausnahme machen könnten."

Die Frau seufzte demonstrativ. „Ich kann im zentralen Register nachschauen. Da sind alle Universitäten des Landes angeschlossen." Sie verschwand wieder hinter dem Bildschirm.

Jetzt hatte ich die zwei Pudel entdeckt. Sie lagen in einem Körbchen in der Ecke und schienen zu schlafen.

Unvermittelt drehte sich die Frau nach hinten um und rief jemanden. Eine jüngere Frau trat zu ihr hin. Beide starrten auf den Bildschirm und diskutierten. Endlich schienen sie auf ein Resultat gestoßen zu sein und die junge Frau setzte sich wieder auf ihren Platz.

„Also", sagte die Pudelfrau. „Ich habe im zentralen Landesregister nachgeschaut." In ihrer Stimme klang ein gewisser Stolz. „Keiner der beiden Namen ist registriert. Das heißt, dass beide Personen mit Sicherheit nicht an einer Universität in Italien studiert haben. Sie müssen Ihrer Tochter sagen, dass sie anderswo weitersuchen muss. So leid es mir tut."

Ich überlegte, wie ich mich für ihre Hilfe bedanken konnte und deutete in die Ecke des Raums. „Sind das Ihre Hunde?" fragte ich.

„Ja, warum?"

„Was für eine Rasse ist das?"

„Es sind Zwergpudel.“

„Die beiden sind wunderschön und ganz zauberhaft.“

Ein Lächeln huschte über ihr Gesicht und ich war sicher, dass ich ihr mit meinem Kompliment die größte Freude bereitet hatte.

Auf dem Rückweg dachte ich im Zug darüber nach, wie ich bei meinen weiteren Ermittlungen vorgehen sollte. Nun war also bewiesen, dass weder Lucia Petrelli noch Claudio Rizza je an einer Universität in Italien studiert hatten. Doch was hatte das zu bedeuten? Eigentlich hatte ich gehofft, hier eine mögliche Adresse finden zu können. Aber nun hatte ich das dumpfe Gefühl, auf der Stelle zu treten. Die Spur nach Bologna hatte sich als Sackgasse herausgestellt. Nun musste ich eine neue Spur aufnehmen. Ich hoffte, dass Anna beim Einwohneramt mehr Glück gehabt hatte. Müde und enttäuscht lehnte ich mich zurück und schloss die Augen.

Mit einem Ruck erwachte ich. Der Zug hatte angehalten. Etwas benommen sah ich zum Fenster hinaus und stellte fest, dass ich aussteigen musste. Schnell packte ich meine Jacke, die mir als Kissen gedient hatte, und sprang auf den Bahnsteig hinaus. Es war inzwischen dunkel draußen, der kleine Bahnhof war beinahe menschenleer. Eine kühle Brise blies mir entgegen, als ich zum Taxistand ging. Ein Frösteln durchfuhr mich und ich zog die Jacke an. Ich hatte Glück, ein einzelnes Taxi stand da und wartete auf Fahrgäste. Der Fahrer war in eine Zeitung vertieft. Ich öffnete die hintere Tür und stieg ein.

Der Fahrer warf die Zeitung auf den Beifahrersitz und blickte in den Rückspiegel. „Hotel Eleonora?“, fragte er.

Ich sah ihn überrascht an und erkannte ihn wieder. Es war derselbe Taxifahrer, der mich bereits bei meiner Ankunft zum Hotel gefahren hatte.

„Hatten Sie bisher einen schönen Aufenthalt?“

„Ja“, sagte ich kurz. Ich war zu müde für eine Unterhaltung. Mit Missfallen bemerkte ich das Hemd mit den Löchern, das er schon das letzte Mal getragen hatte. Demonstrativ schloss ich die Augen.

Kurz bevor ich einnickte, erreichten wir das Hotel. Der Fahrer konnte nicht in die Einfahrt einbiegen, denn diese war von mehreren Fahrzeugen blockiert. Durch das Fenster konnte ich blinkendes Blaulicht erkennen.

„Was ist denn hier passiert?“, fragte der Taxifahrer neugierig.

Ich bezahlte und stieg aus. Als ich auf den Eingang des Hotels zuging, kam mir der Gedanke, dass man vielleicht die Leiche von Lucia gefunden hatte.

Aus dem Dunkel tauchte ein großer Mann im Regenmantel auf, der direkt auf mich zusteuerte, gefolgt von zwei Männern in Uniform. Das blinkende Blaulicht verbreitete eine gespenstische Atmosphäre.

„David Klein?“, fragte Moretti mich. Er wirkte irgendwie steif.

„Ja“, sagte ich etwas überrascht. „Sie kennen mich doch!“

Moretti gab den beiden Polizisten ein Zeichen. „Ich verhafte Sie wegen versuchten Mordes.“

Mit einem metallischen Geräusch schnappten die Handschellen um meine Handgelenke.

19

Ich beobachtete die Fliege an der Decke über mir, die sich mit hastigen Bewegungen ihrer kurzen Beine den Körper putzte. Und ich dachte, dass ich in diesem Moment gerne mit ihr getauscht hätte. Dass ich am liebsten durch die Gitterstäbe aus dem Fenster geflogen wäre und alle Probleme hinter mir gelassen hätte.

Das Bett, auf dem ich lag, war schmal und hart und die Matratze roch unangenehm. Der Raum war klein, ich schätzte ihn auf drei mal vier Meter. Die Nacht hing wie ein schwarzer Vorhang hinter den Gitterstäben des kleinen Fensters. Gegenüber befand sich eine grüne Metalltür.

Jetzt startete die Fliege von der Decke, drehte ein paar Runden und landete auf dem Rand der Toilettenschüssel.

Ich versuchte noch immer zu begreifen, was in den

letzten Stunden passiert war. Ich kam mir vor wie in einer makaberen Theatervorstellung oder wie das bemitleidenswerte Opfer einer Sendung mit versteckter Kamera. Ich rieb mir die Handgelenke, dort, wo vorher die Handschellen gesessen hatten.

Im Geist war ich die surreale Szene immer wieder durchgegangen. Nachdem mir vor dem Hotel die Handschellen angelegt worden waren, war ich in ein Polizeiauto verfrachtet und direkt zum Präsidium befördert worden. Erst auf der Fahrt dorthin hatte ich langsam die Fassung wiedergefunden. Die beiden Polizisten, die mich eskortiert hatten, hatten meine Fragen einfach ignoriert. Vom Polizeiwagen wurde ich direkt in die Zelle gebracht. Moretti hatte ich seit meiner Verhaftung nicht mehr gesehen. Nun lag ich hier und wartete darauf, aus diesem bizarren Albtraum zu erwachen.

Ich schüttelte verzweifelt den Kopf. Es konnte sich nur um einen schwerwiegenden Irrtum handeln, der sich bald aufklären würde.

„Ich verhafte Sie wegen versuchten Mordes." Morettis Worte hallten noch immer in meinen Ohren. Nun wartete ich bereits seit mehreren Stunden darauf, dass sich die grüne Metalltür endlich öffnen würde. Dass Kommissar Moretti hereinkommen und sich bei mir für das Missverständnis entschuldigen würde.

Typisch italienische Polizei, dachte ich. Zuerst handeln und erst später nachdenken. Ich überlegte, ob ich eine Klage gegen diese unerhörte Behandlung anstreben sollte. Es gab nur eine einzige plausible Erklärung: Es handelte sich um einen gravierenden Irrtum.

Ein Schlüssel rasselte in der Tür. Ich atmete auf. Endlich hatte man den Fehler erkannt und ich würde freigelassen! Die Tür wurde geöffnet, doch anstelle von Kommissar Moretti traten zwei Wärter in den Raum.

Einer warf einen blauen Overall auf das Bett. „Anziehen!", befahl er.

Ich setzte mich auf. „Das ist ein Missverständnis, ich verlange sofort …"

Der Wärter schlug energisch mit einem Stock gegen die Metalltür.

Ich fuhr zusammen.

„Klappe halten und anziehen!"

Ich tat, was von mir verlangt wurde. Ich zog meine Hose und mein Hemd aus und zwängte mich in den Overall.

„Beide Hände ausstrecken!" Der zweite Wärter nahm Handschellen heraus und legte sie mir um die Handgelenke. In diesem Augenblick wurde mir klar, dass das Missverständnis anscheinend doch nicht aufgedeckt worden war und dass ich mich in größeren Schwierigkeiten befand.

Im nächsten Moment wurde ich von den Wärtern an den Armen gepackt und aus der Zelle hinaus und in einen schmalen Korridor eskortiert. Eine weitere grüne Metalltür wurde geöffnet und als ich in den kahlen Raum geführt wurde, wusste ich sofort, wo ich mich befand. In der Mitte standen ein Holztisch und vier Stühle. An diesem Tisch hatte ich gestern mit Werner Hagmann gesessen. Nun war ich wieder hier, nur diesmal mit umgekehrten Vorzeichen. Ich war derjenige im blauen Overall.

Mit einem Knall schloss sich die Tür hinter mir. Ich setzte mich auf einen der Stühle und ließ die Hände auf die Tischplatte sinken. Die Handschellen schnitten in meine Handgelenke.

„Verdammte Scheiße!" Meine Stimme hallte von den kahlen Wänden wider. Was war das für eine Sache, die hier ablief? Langsam verflüchtigte sich meine Angst und wich einem aufkeimenden Zorn. Was glaubten die eigentlich, wie sie mich behandeln konnten? Wie einen Schwerverbrecher? Das würde ich mir nicht gefallen lassen. Und warum saß ich jetzt hier in diesem Besucherraum? Was hatte man mit mir vor? Ich stand auf und wollte gerade mit aller Kraft an die Tür hämmern, als die Tür auf der anderen Seite geöffnet wurde. Ich drehte mich um und mir gegenüber stand Kommissar Moretti. Er setzte sich und deutete auf einen Stuhl. „Setzen Sie sich", sagte er. Sein Gesicht war ausdruckslos und ernst.

Ich setzte mich und erwartete, dass nun die Entschuldigung für das unglaubliche Versehen kommen würde. Aber ich irrte mich.

„Wo waren Sie gestern Nachmittag zwischen vier und fünf?", fragte Moretti.

Ich sah ihn fassungslos an. „Was soll dieses ganze Theater hier eigentlich?“

Moretti beugte sich zu mir vor. „Ich stelle hier die Fragen und Sie antworten ganz präzise darauf. Verstanden?“

Mir fiel die Kinnlade herunter.

„Also, ich wiederhole. Wo waren Sie gestern Nachmittag zwischen vier und fünf?“

Mir wurde klar, dass das hier keine Theatervorstellung war, sondern bittere Realität. „Hören Sie, es kann sich hier nur um ein Missverständnis …“

Moretti schlug mit der flachen Hand auf die Tischplatte, dass es laut knallte. Ich zuckte zusammen.

„Entweder Sie kooperieren oder ich lasse Sie auf der Stelle wieder in die Zelle zurückbringen. Haben Sie mich verstanden?“

Ich war auf meinem Stuhl zurückgewichen. „Ich war in Bologna“, sagte ich zögernd.

„In Bologna?“ Moretti spitzte die Lippen und wippte mit dem Kopf. „Und was haben Sie dort gemacht? In Bologna?“

„Ich war an der Universität und habe dort Erkundigungen eingeholt.“

Morettis Stimme klang übertrieben freundlich. „Soso, Erkundigungen eingeholt. Und über wen, wenn ich fragen darf?“

„Über zwei Personen, die dort studiert haben.“

Moretti schlug mit der Faust auf den Tisch. „Jetzt ist aber Schluss mit diesen Mätzchen. Muss ich Ihnen alles einzeln aus der Nase ziehen? Ich will über jedes Detail informiert werden, verdammt noch mal. Ich glaube, Sie verkennen die Situation, in der Sie sich befinden."

„Was meinen Sie damit?", fragte ich eingeschüchtert.

„Ich meine damit, dass Sie versucht haben, jemanden zu ermorden. Und jetzt antworten Sie mir gefälligst. Was genau haben Sie in Bologna gemacht?"

Ich spürte, wie mein Puls raste und meine Hände feucht wurden. „Wen soll ich versucht haben zu ermorden?", fragte ich aufgebracht.

„Darauf kommen wir gleich. Beantworten Sie jetzt meine Fragen."

Ich war wie gelähmt und gleichzeitig spürte ich, dass es nur einen Weg gab, hier wieder heil herauszukommen. Ich musste kooperieren. „Ich habe mich erkundigt, ob Lucia Hagmann oder Claudio Rizza dort studiert haben."

Moretti lehnte sich zurück und zog seine Pfeife heraus. Gemächlich zündete er sie an, zog genüsslich daran und schien zu überlegen. „Gibt es irgendwelche Zeugen, die das bestätigen können?"

Ich erinnerte mich an die Studentin im Zug. „Auf der Fahrt dorthin hat eine Studentin im selben Abteil gesessen. Wir haben uns unterhalten. Sie hatte kurzes, schwarzes Haar und eine Brille."

Moretti holte einen kleinen Notizblock und einen Stift hervor. „Name?"

„Ihren Namen weiß ich nicht."

Moretti schüttelte den Kopf. „Was glauben Sie, wie viele Studentinnen es gibt, die auf diese Beschreibung passen? Gibt es sonst noch Zeugen?"

Ich überlegte. „Im Sekretariat der Universität kann sich vielleicht jemand an mich erinnern." Dann fügte ich hinzu: „Aber einen Namen kann ich leider nicht nennen."

Wieder schüttelte Moretti den Kopf und kritzelte etwas auf den Notizblock. „Sonst noch jemand?", fragte er leicht genervt.

„Der Taxifahrer. Er hat mich vom Bahnhof zurück zum Hotel gefahren."

„Das ist kein Beweis, dass Sie in Bologna waren. Sie hätten ja nach dem Mordanschlag direkt zum Bahnhof gehen und mit dem Taxi wieder zurück zum Hotel fahren können."

Ich sprang vom Stuhl auf. „Was für ein Mordanschlag?"

Moretti sah mich drohend mit eisernem Blick an. „Setzen Sie sich sofort wieder hin oder ich lasse Sie abführen."

Ich ließ mich auf den Stuhl sinken.

„Weitere Zeugen?" Moretti stocherte mit seinem Daumen in der Pfeife herum.

Da kam mir ein rettender Gedanke. „Die Fahrkarte! Ich habe die Fahrkarte für den Zug nach Bologna. Sie ist in meiner Brieftasche."

Moretti lächelte überlegen. „Ich glaube Ihnen,

dass Sie eine Fahrkarte haben. Das beweist aber nicht, dass Sie auch tatsächlich gefahren sind. Die Fahrkarte könnte jemand anderem gehört haben." Er setzte wieder eine ernste Miene auf. „Wir werden das alles überprüfen." Bedächtig zog er an der Pfeife und fügte dann hinzu: „Ich muss Ihnen aber sagen, dass es gar nicht gut für Sie aussieht, Herr Klein."

„Ich war in Bologna, das müssen Sie mir glauben!"

„Hören Sie, Sie waren früher einmal bei der Polizei. Deshalb sollten Sie wissen, dass nur Fakten zählen. Einzig und allein harte Fakten. Es spielt keine Rolle, ob ich Ihnen glaube oder nicht."

Ich ließ meinen Kopf auf den Tisch sinken, mir brach der Schweiß aus. Was geschah da gerade mit mir? Da erinnerte ich mich an Hagmanns Worte: „Die wollen mir etwas anhängen." Nun war ich in der gleichen verzweifelten Lage. War es Hagmann ebenso ergangen? Eine lähmende Angst ergriff mich.

„Wen soll ich versucht haben zu ermorden?" Meine Stimme klang heiser.

Moretti stand auf, ging zur Tür und klopfte. Dann drehte er sich um: „Das wissen Sie doch ganz genau. Mario Bernasconi, den Concierge vom Hotel Eleonora. Aber Sie hatten Pech, er ist nicht tot. Er liegt auf der Intensivstation."

Diese Worte trafen mich wie ein Blitzschlag. Ich konnte auf einmal nicht mehr denken, mein Gehirn war wie blockiert. Mir wurde plötzlich so heiß, als säße ich in einer Sauna, meine Zunge war schwer wie

Blei. Ich konnte nicht mehr sprechen. Der Raum um mich herum begann sich zu drehen. Ich spürte, wie ich das Gleichgewicht verlor, wie mein Stuhl unter mir wegrutschte. Mein Herz raste und ich schnappte verzweifelt nach Luft. Ich sah wie Moretti auf mich zustürzte. „Die wollen mir etwas anhängen!“, hörte ich eine Stimme rufen. Es war meine eigene. Mein Kopf schlug auf etwas Hartem auf und gleichzeitig spürte ich den Geschmack von Blut im Mund. Verschwommen nahm ich über mir die Deckenlampe wahr. Und dann Morettis Gesicht, das sich über mich beugte. Er schien mir etwas zuzurufen, aber ich hörte seine Stimme nur von weit weg.

Dann entfernte sich Morettis Gesicht immer weiter, bis es in einem schwarzen Nebel verschwand.

20

„Er kommt zu sich.“ Das Gesicht über mir kannte ich nicht. In den Ohren steckte ein Stethoskop, ich fühlte das kalte metallene Ende über meine Brust wandern. „Wahrscheinlich ein Nervenzusammenbruch. Ist er Alkoholiker? Oder nimmt er irgendwelche Medikamente?“

„Woher soll ich das wissen?“ Morettis Stimme.

„Wir sollten ihn sicherheitshalber ins Krankenzimmer bringen. Holt die Trage!“

Ich wurde von Händen gepackt, hochgehoben und

spürte eine harte Unterlage unter mir. Dann bewegte sich die Decke über mir, Leuchtröhren flitzten vorüber. Mein linker Arm stieß kurz an etwas Hartes. Wieder wurde ich angehoben und sank in ein weiches Kissen. Ich fühlte mich matt und erschöpft, konnte kaum die Augen offen halten. Langsam drehte ich den Kopf zur Seite. Ein Mann in einer weißen Schürze stand vor mir und hielt eine Spritze in der Hand. „Können Sie mich hören?“, fragte er.

Ich schloss kurz die Augen zum Zeichen, dass ich ihn verstanden hatte.

„Sie hatten einen Nervenzusammenbruch. Ich verabreiche Ihnen jetzt ein Beruhigungsmittel. Danach werden sie eine Weile schlafen.“

Ich spürte einen kurzen Stich in meinem linken Unterarm. „Die wollen mir etwas anhängen“, ging mir durch den Kopf. Eine angenehme Wärme strömte durch meinen Körper und gleichzeitig fielen mir die Augen zu.

„Gleich ist alles vorbei, keine Angst.“ Moretti stand vor mir und lächelte. Er trug einen seltsamen schwarzen Umhang mit einer Kapuze über dem Kopf. Um mich herum lautes Getöse. Menschen riefen und schrien, aber ich verstand nicht, was sie sagten. Ich bemerkte, dass ich barfuß war und auf einem Bretterboden stand. Erstaunt sah ich an mir herunter, ich trug einen Umhang aus grobem, braunem Stoff. Die Menschenmenge tobte um mich herum. Moretti fasste mich am Arm und führte mich ein paar Stufen hinauf zu einem hohen hölzernen Gestell. Ich blickte hinauf und erkannte am oberen Holzrahmen eine überdimensionale Klinge, die in der Sonne glänzte. Eine Guillotine! Erschrocken wich ich einen Schritt zurück. Sofort wurde ich von beiden Seiten von zwei uniformierten Polizisten gefasst. Sie schleppten mich unter das scharfe Fallbeil und steckten meinen Kopf in ein Joch, das geschlossen wurde. Mein Kopf war jetzt eingeklemmt, ich konnte ihn kaum mehr bewegen. Ich stieß einen Angstschrei aus, welcher im lauten Getöse der Menschenmenge, die um mich herum versammelt war, unterging. Jetzt konnte ich verstehen, was sie riefen: „Köpft den Mörder! Köpft den Mörder!" Mein Herz raste. Ich versuchte meinen Kopf zurückzuziehen. Doch es gelang mir nicht. Stattdessen richtete ich meinen Blick nach unten. Auf dem Boden stand ein großer Korb. Darin lag etwas. Ich erstarrte vor Schreck. Es war ein blutiger, abgetrennter Kopf, dessen Augen mich anstarrten. Es war der Kopf von Werner Hagmann. Er sah mir direkt in die Augen und sagte: „Die wollen dir etwas anhängen!"

Ich fuhr aus dem Schlaf hoch. Eine Hand strich zärtlich über meine Stirn. Als ich die Augen öffnete, blickte ich in Annas bleiches Gesicht.

„Wo bin ich?", fragte ich benommen und versuchte mich aufzurichten.

„Du bist im Krankenzimmer des Gefängnisses.“

Erschöpft ließ ich mich ins Kissen zurücksinken. „Wie lange liege ich schon hier?“

Anna ergriff meine Hand. „Beinahe 24 Stunden. Du hattest einen Nervenzusammenbruch. Du brauchst jetzt Ruhe, hat der Arzt gesagt.“

Ich konnte keinen klaren Gedanken fassen, mein Kopf war wie ein Bienenhaus und eine bleierne Müdigkeit lag auf meinen Augenlidern. Da kam mir Mario in den Sinn. „Was ist mit Mario geschehen?“

„Sei bitte ganz ruhig, du darfst dich nicht aufregen“, sagte sie.

„Was ist mit Mario?“, beharrte ich.

Anna seufzte, ihre Augen wurden feucht. „Er ist von der Terrasse gestürzt“, sagte sie.

Ich sah sie fassungslos an. „Von der Terrasse?“

„Von der Terrasse deines Zimmers.“ Sie schluchzte.

„Von meinem Zimmer?“ Ich konnte es nicht glauben.

„Er liegt auf der Intensivstation.“

„Wie ist das passiert?“

Anna rannen Tränen über ihre Wangen.

„Ich habe nichts damit zu tun. Ich war in Bologna. Das weißt du doch. Oder?“

Sie nickte und drückte meine Hand fester.

„Warum glaubt die Polizei, ich sei dafür verantwortlich?“

Sie schüttelte nur den Kopf und trocknete sich die Tränen mit einem Taschentuch.

Die Tür ging auf und ein Wärter kam herein. „Die Besuchszeit ist vorbei!“

„Herr Cavallo hat einen Anwalt engagiert. Er wird dich vertreten. Mach dir keine Sorgen.“ Anna küsste mich auf die Stirn und ging zur Tür.

Da schoss mir ein Gedanke durch den Kopf. „Die Frau im Sekretariat der Universität! Sie hat zwei weiße Pudel!“, rief ich ihr nach.

Der Wärter schloss die Tür.

Am nächsten Tag wurde ich wieder in meine Gefängniszelle verlegt. Die Fliege war immer noch da. Sie summte um meinen Kopf, als würde sie sich freuen, mich wiederzusehen. Völlig entmutigt lag ich auf der Pritsche und sah durch das vergitterte Fenster den vorbeiziehenden Wolken nach. Noch immer konnte ich mir keinen Reim darauf machen, was vorgefallen war. In Gedanken versuchte ich das, was ich wusste, zusammenzufassen: Mario war von der Terrasse meines Zimmers aus dem zweiten Stock gestürzt. War es ein Unfall? Aber was hatte Mario auf meiner Terrasse zu suchen? Ich zermarterte mir das Gehirn, aber ich konnte keine Erklärung finden. Es machte mich rasend, dass ich hier eingesperrt war und keine Möglichkeit hatte, der Sache auf den Grund zu gehen. Und was war mit den Ermittlungen zu Lucias Verschwinden? Gab es vielleicht einen Zusammenhang? Ich erinnerte mich an Marios mysteriösen Anruf, es gäbe wichtige Neuigkeiten. Was meinte er damit? Weshalb konnte er nicht am Telefon darüber sprechen. Er wollte sich mit mir am Abend auf meinem Zimmer treffen. Aber zu diesem Treffen war es leider nicht gekommen. Hatte er stattdessen jemand Anderen dort getroffen? Ich suchte nach Erklärungen, fand aber keine. Es musste einen Zusammenhang geben zwischen Marios Anruf und seinem Sturz von der Terrasse. Warum hatte ich seinen Hinweis nicht ernster genommen? Warum hatte ich ihn nicht sofort getroffen? Vielleicht würde er dann nicht auf der Intensivstation liegen. Verzweifelt schlug ich mit der Faust gegen die Wand.

Da kam mir der Gedanke, dass ganz in der Nähe Werner Hagmann auch in einer Zelle untergebracht sein musste. Vielleicht sogar direkt hinter der Wand, an die ich gerade geschlagen hatte. Vielleicht trennten uns nur wenige Zentimeter. Mir war klar, dass jetzt wertvolle Zeit für die Ermittlungen im Fall Lucia Hagmann verlorengehen würde. Doch dann kam ich zu der Überzeugung, dass ich zuerst einmal an mich selbst denken musste. Es ärgerte mich, dass ich nicht wusste, was draußen vor den hohen Gefängnismauern vor sich ging, und dass ich hier in dieser Zelle festsaß.

Am Nachmittag desselben Tages wurden mir wieder die Handschellen angelegt und ich wurde nochmals in den Vernehmungsraum geführt. Als ich am Holztisch saß und wartete, nahm ich an, dass das Verhör mit Kommissar Moretti weitergehen würde. Er musste schließlich ein Geständnis aus mir herauspressen.

Doch ich irrte mich schon wieder. Herein kam nicht Moretti, sondern ein älterer, untersetzter Herr in dunklem Anzug und rostroter Krawatte, der sich krampfhaft an eine lederne Aktentasche klammerte und mich skeptisch durch die runde Brille musterte.

„Herr Klein?“, fragte er beinahe ängstlich.

Ich nickte. „Und wer sind Sie?“

„Mein Name ist Umberto Secci. Ich bin Ihr Anwalt.“

Ich deutete auf den Stuhl gegenüber. „Bitte, nehmen Sie Platz.“

Zögernd kam er näher, setzte sich im Zeitlupentempo, zog ein weißes Taschentuch hervor und tupfte sich damit über die Stirn.

Ich betrachtete ihn und wartete.

Er räusperte sich, dann sagte er: „Herr Cavallo hat mich beauftragt, Ihren Fall zu übernehmen.“

„Das freut mich.“ Ich reichte ihm die Hand.

Secci zuckte zusammen, als er meine Hände in Handschellen sah. Zögernd nahm er meine Hand. Er öffnete hastig seine Aktentasche, die er auf seine Knie gestellt hatte, und holte ein Dokument hervor. „Wie weit sind Sie schon informiert worden?“, fragte er.

„Worüber?“

Secci hielt sich das Taschentuch vor den Mund und hustete kurz hinein. „Über die Gründe Ihrer Verwahrung in der Untersuchungshaft.“

„Ich weiß nur, dass Mario Bernasconi von der Terrasse meines Zimmers gestürzt ist. Aber genügt das für eine Festnahme?“

Secci senkte seinen Blick wieder auf das Dokument und blätterte darin. „Das kommt darauf an“, sagte er. „Sie sollen sich während der Tatzeit in Bologna aufgehalten haben. Ist das richtig?“

„Das ist richtig.“

„Gibt es dafür irgendwelche Zeugen?“

„Die einzige mögliche Zeugin ist eine Frau im Sekretariat der Universität, mit der ich gesprochen habe.“

Secci stellte seine Aktentasche auf den Boden neben den Stuhl, zog einen Notizblock hervor und legte ihn auf seine Knie. Dann entnahm er der Innentasche seines Jacketts einen Füllhalter, öffnete ihn und fing an zu schreiben.

„Das habe ich übrigens bereits Kommissar Moretti erzählt. Aber leider weiß ich den Namen der Frau nicht“, ergänzte ich.

„Nun, Herr Klein.“ Secci tupfte sich wieder mit dem Taschentuch über die Stirn. „Im Moment ist es schwierig abzuschätzen, ob Sie hier rechtens festgehalten werden. Ich kann zurzeit nur Folgendes sagen“, er blätterte wieder in seinen Papieren und fuhr fort: „Das Verbrechen geschah auf der Terrasse Ihres Zimmers. Im Hotel gibt es keine Zeugen, die den Vorfall beobachtet haben. Das heißt, es hat niemand gesehen, was sich auf der Terrasse ereignet hat. Folglich liegt es auf der Hand, dass Sie, da Sie als Einziger einen Schlüssel zu dem Zimmer besitzen, als möglicher Tatverdächtiger in Frage kommen. Es gibt zwar auch noch einen Ersatzschlüssel zu diesem Zimmer, welcher jedoch zu dem fraglichen Zeitpunkt an der Rezeption unter Verschluss gehalten wurde. Ihren Zimmerschlüssel fand man nach der Tat auch an der Rezeption." Wieder tupfte er mit dem Taschentuch über seine Stirn und atmete schwer. „Sehen Sie, Herr Klein, das ist gerade der springende Punkt in diesem Fall. Nun gehen wir einmal davon aus, dass Sie sich, wie Sie angeben, nicht in Ihrem Zimmer aufgehalten haben. Demnach müsste Herr Bernasconi Ihren Schlüssel benutzt haben. Jetzt möchte ich Sie fragen, Herr Klein, wie es möglich ist, dass Herr Bernasconi von der Terrasse stürzt und anschließend den Schlüssel wieder unten bei der Rezeption deponiert?"

„Das weiß ich nicht. Ich kann nur so viel sagen, dass ich den Schlüssel bei der Rezeption hinterlegt habe, bevor ich nach Bologna gefahren bin."

Secci notierte wieder etwas auf seinem Schreibblock. Der Füllhalter kratzte über das Papier. „Sehen Sie, Herr Klein, dafür gibt es eigentlich nur eine Erklärung: Jemand hat den Schlüssel nach der Tat wieder dort deponiert. Sie sehen also, die Sache ist gar nicht so einfach."

Es entstand eine Pause, in der Secci seine Dokumente ordnete und auf dem Tisch zusammenklopfte.

„Und wie geht es nun weiter?", wollte ich wissen.

„Das ist eine gute Frage – eine sehr gute Frage." Secci nickte nachdenklich mit dem Kopf und tippte sich mit dem Ende des Füllhalters ans Kinn.

Jetzt ergriff ich das Wort. „Können Sie die Frau vom Sekretariat der Universität Bologna als Zeugin vorladen?"

Secci sah mich erstaunt an. „Oh, das ist nicht so einfach. Die Universität ist eine staatliche Einrichtung. Da gibt es viele amtliche Hürden, die zuerst überwunden werden müssen. Schriftliche Anträge müssen gestellt und Bewilligungen eingeholt werden. Das dürfte Wochen, wenn nicht sogar Monate dauern. Sehr schwierig." Er unterstrich seine Worte mit einem heftigen Kopfnicken. Dann sah er auf seine Armbanduhr und packte plötzlich alles wieder in seine Aktentasche zurück. „Entschuldigen Sie bitte, aber ich habe noch einen anderen Termin." Ruckartig stand er auf, umklammerte seine Aktentasche und klopfte an die Tür. „Aber machen Sie sich keine Sorgen. Wir werden schon eine Lösung finden."

Ich stand gerade vor dem kleinen Fenster in meiner Gefängniszelle und rüttelte an den rostigen Gitterstäben, als mir ein bedrückender Gedanke durch den Kopf ging. Wie gut waren meine Chancen vor einem Geschworenengericht? Und welche Indizien sprachen eigentlich gegen mich? Tatsache war, dass Mario von der Terrasse meines Hotelzimmers gestürzt war. Gab es Beweise, dass äußere Einwirkung im Spiel war?

Oder handelte es sich um einen Unfall? Zeugen gab es anscheinend keine. Wie war Mario überhaupt in mein Zimmer gekommen? Selbstverständlich hätte er jederzeit den Zimmerschlüssel, den ich bei der Rezeption hinterlegt hatte, benutzen können. Der Schlüssel wurde jedoch nach der Tat an der Rezeption gefunden. Wie war Mario also in mein Zimmer gelangt? Da fiel es mir wie Schuppen von den Augen und gleichzeitig ärgerte ich mich darüber, dass ich nicht schon früher darauf gekommen war. Die Verbindungstür zum Zimmer nebenan! Dafür gab es einen separaten Schlüssel. Diesen hatte ich benutzt, als ich die Diebstähle aufgeklärt hatte. Diesen Schlüssel musste auch Mario benutzt haben. Das Nebenzimmer war unbewohnt und er hätte unbemerkt durch die Verbindungstür in mein Zimmer eindringen können. Vielleicht steckte der Schlüssel sogar noch auf der anderen Seite in der Tür. Aber hätte das die Polizei bei der Untersuchung des Tatorts nicht bereits herausfinden müssen? Ich hatte auf einmal das dringende Bedürfnis, die neuen Fakten umgehend Kommissar Moretti darzulegen. Bei dieser Gelegenheit würde ich auch versuchen, an mehr Informationen zu gelangen. Ich musste die Sache jetzt selbst in die Hand nehmen. Auf Umberto Secci, meinen Anwalt, wollte ich mich lieber nicht verlassen.

Energisch hämmerte ich mit der Faust gegen die grüne Metalltür.

21

„Wollen Sie ein Geständnis ablegen?“ Moretti setzte sich mir gegenüber an den Tisch im Vernehmungsraum. „Das würde ich Ihnen raten, denn das könnte sich strafmildernd für Sie auswirken.“

„Ich habe mit der ganzen Sache nichts zu tun, das habe ich Ihnen schon gesagt“, entgegnete ich.

Moretti sah mich mit großen Augen an. „Und warum wollten Sie dann so dringend mit mir sprechen?“

„Ich habe eine Erklärung für das Schlüsselproblem.“

„Das Schlüsselproblem?“

„Der Zimmerschlüssel wurde nach der Tat bei der Rezeption gefunden. Das ist doch der Grund, weshalb ich verdächtigt werde. Wenn Mario allein im Zimmer gewesen wäre, hätte man den Schlüssel bei ihm oder irgendwo im Zimmer finden müssen. Also muss noch eine andere Person im Spiel gewesen sein, die den Schlüssel wieder bei der Rezeption deponiert hat. Und da es mein Zimmer ist, fällt der Verdacht natürlich auf mich.“

„Wer hat Ihnen das gesagt? Ihr Anwalt?“

„Ja.“ Meine Hände zitterten vor Aufregung.

Moretti machte eine kurze Pause, bevor er sprach. „Ihr Zimmerschlüssel wurde von Bernasconi nicht benutzt. Das ist richtig.“

„Sehen Sie, und ich habe eine Erklärung dafür,

wie er ins Zimmer gelangt ist, ohne meinen Zimmerschlüssel zu benutzen."

Moretti setzte ein süffisantes Lächeln auf. „Ach so, ich verstehe! Der Privatdetektiv. Also dann, erzählen Sie mir Ihre Theorie." Er lehnte sich zurück und verschränkte die Arme.

„Es gibt eine Verbindungstür von meinem Zimmer zum Zimmer nebenan." Meine Stimme vibrierte vor Anspannung. „Zu dieser Tür existiert ein separater Schlüssel, den Mario benutzt haben muss. Er steckt vielleicht sogar noch auf der anderen Seite im Schloss."

Moretti hob die Augenbrauen und machte eine gespielt überraschte Miene. Dann hob er beide Arme und klatschte kräftig in die Hände, sodass es von den Wänden des kleinen Raums widerhallte. „Bravo", sage er und nickte demonstrativ.

Ich sah ihn irritiert an.

„Sie haben ins Schwarze getroffen, Herr Klein. Ihre Vermutung ist richtig. Der Schlüssel steckte tatsächlich in der Verbindungstür auf der anderen Seite."

„Aber damit ist doch bewiesen, dass Mario von alleine in mein Zimmer gelangt ist und dass es sich um einen Unfall handeln könnte." Ich spürte, wie mir vor Nervosität Schweißtropfen die Schläfe hinunterrannen.

„So betrachtet haben Sie recht." Moretti zuckte mit den Schultern. „Es könnte sich tatsächlich um einen Unfall handeln."

Ich sah Moretti fragend an und gleichzeitig stieg in mir das unangenehme Gefühl auf, dass er mich nicht ernst nahm. Hagmanns Worte hallten in meinen Ohren: „Die wollen mir etwas anhängen!"

„Sie haben absolut recht", wiederholte Moretti.

„Bernasconi ist durch die Verbindungstür in Ihr Zimmer gelangt. Und trotzdem sind Sie hier in Untersuchungshaft." Sein Lächeln hatte sich in ein hämisches Grinsen verwandelt. Er saß einfach da und schien die Situation zu genießen.

Wut kochte in mir auf. Was maßte sich dieser Kerl eigentlich an? Wollte er mir eine Lektion erteilen? Oder steckte noch mehr dahinter? War ich das Opfer einer hinterhältigen Verschwörung? Wütend fuhr ich vom Stuhl hoch. „Und mit welchem Recht halten Sie mich hier noch fest?", schrie ich Moretti an.

Moretti beugte sich über den Tisch zu mir vor und sah mich drohend an. „Setzen Sie sich sofort wieder auf Ihren verdammten Arsch!"

Ich sah ein, dass eine Konfrontation zwecklos war, denn ich war Moretti völlig ausgeliefert. Niemand würde je von unserer Unterhaltung erfahren. Ich ließ mich auf den Stuhl sinken, senkte meinen Blick und schüttelte verzweifelt den Kopf.

Schweigen beherrschte kurze Zeit den Raum.

Als Moretti sprach, klang seine Stimme übertrieben freundlich, was ich darauf zurückführte, dass er befürchtete, ich könnte nochmals einen Nervenzusammenbruch erleiden.

„Wurden Sie von Ihrem Anwalt über die Änderung der Anklage informiert?“

„Ich weiß nicht, wovon Sie sprechen.“ Ich saß vornüber gebeugt auf dem Stuhl.

„Die Anklage lautet jetzt nicht mehr auf versuchten Mord, sondern auf vorsätzlichen Mord.“

„Was meinen Sie damit?“

„Mario Bernasconi ist heute Morgen seinen schweren Verletzungen erlegen.“

Ich starrte Moretti an, als würde der leibhaftige Satan selbst vor mir sitzen. Ich konnte keinen richtigen Gedanken mehr fassen. Mario war tot!

Morettis Stimme klang jetzt mitleidvoll. „Ich gebe Ihnen einen gut gemeinten Rat, Herr Klein. Nehmen Sie sich einen anderen Anwalt!“ Er erhob sich und beugte sich zu mir über den Tisch. „Der Grund, warum Sie hier sind, hat nichts mit irgendwelchen Schlüsseln zu tun.“

Meine Gedanken kreisten wie in einem schwerelosen Zustand, ich hörte die Worte nur noch von Weitem.

„Der Grund, warum Sie hier sind, ist die Tatsache, dass Bernasconi den Namen seines Mörders genannt hat, bevor er ins Koma fiel. Dafür gibt es mehrere Zeugen. Hat Ihr Anwalt denn nichts davon erwähnt?“

Ich antwortete nicht, sondern starrte wie in Trance vor mich hin.

Moretti sprach langsam und seine Worte klangen

fast beschwörend. „Mario Bernasconis letzte Worte waren: David Klein!"

In der folgenden Nacht machte ich kein Auge zu. Morettis Aussage hatte mich völlig überrumpelt und mir jede Hoffnung genommen. Die Nachricht von Marios Tod hatte mich tief getroffen. Alles andere war auf einmal in den Hintergrund gerückt. Meine Gedanken waren bei dem freundlichen, sympathischen jungen Mann an der Rezeption, den ich bereits ins Herz geschlossen hatte. Wieder kam mir der mysteriöse Anruf in den Sinn, als er mich dringend über eine wichtige Neuigkeit informieren wollte. Ich lag auf meiner Pritsche und suchte nach einer Erklärung dafür, warum Mario als Letztes meinen Namen genannt hatte. Wenn ich es nicht besser gewusst hätte, hätte ich selbst daran gezweifelt, an diesem Nachmittag in Bologna gewesen zu sein. Krampfhaft suchte ich nach Beweisen für meine Unschuld, aber mir fiel nichts ein. Als sich das Schwarz vor den Gitterstäben langsam in ein Grau verwandelte, schlief ich endlich ein.

Durch ein Kribbeln an meinem Ohr wurde ich geweckt. Die Fliege schien anhänglich geworden zu sein. Ich drehte mich zur Wand, zog die Wolldecke über meinen Kopf und schlief wieder ein.

Wie lange ich geschlafen hatte, wusste ich nicht, als die Zellentür geöffnet wurde. Verschlafen drehte ich mich um.

Vor mir stand ein Aufseher und warf einen Kunststoffbeutel auf mein Bett. „Sofort anziehen“, befahl er. „Ich komme in fünf Minuten wieder.“

Noch bevor ich eine Frage stellen konnte, wurde die Tür wieder geschlossen. Draußen war heller Tag.

Ich setzte mich auf und öffnete den Beutel. Darin waren die Kleider und Schuhe, die ich am Tag meiner Verhaftung getragen hatte. Im Waschbecken spritzte ich mir kaltes Wasser ins Gesicht und blickte in mein unrasiertes, bleiches Gesicht. Was hatte das zu bedeuten?

Kaum hatte ich die Kleider angezogen, kam der Wärter herein, legte mir Handschellen an und führte mich hinaus.

Ich wurde in einen kleinen Raum geführt und die Handschellen wurden mir abgenommen. Nun stand ich allein da und sah mich um. An einer Wand befand sich ein überdimensionaler, verdunkelter Spiegel. Über mir gingen Spotlampen an, die ein grelles Licht verbreiteten. Die Tür öffnete sich und fünf Männer in Zivilkleidung betraten den Raum.

Durch einen Lautsprecher ertönte eine Stimme: „In einer Reihe aufstellen, mit dem Rücken gegen die Wand!“ Wir stellten uns nebeneinander auf und blickten in Richtung des großen Spiegels an der gegenüberliegenden Wand.

„Geradeaus blicken!“, ertönte es aus dem Lautsprecher.

Ich blinzelte in das grelle Licht der Spotlampen.

„Nach links umdrehen, das Profil, bitte!“ Wie auf Kommando drehten wir uns um. Der Mann vor mir war etwas kleiner als ich und musste niesen.

„Danke. Nun wieder in Richtung Spiegel blicken!“

Wir taten, was verlangt wurde. Ich konnte meine Silhouette im Spiegel erkennen.

Es war eine Augenzeugengegenüberstellung. Diese hatte ich bei der Drogenfahndung öfters durchführen müssen. Oft war die Polizei auf Zeugenaussagen angewiesen. Das Problem war, Personen zu finden, die bereit waren, gegen einen Drogenhändler auszusagen. Um spätere Repressalien der Zeugen zu vermeiden, mussten die Gegenüberstellungen absolut anonym durchgeführt werden. Bei dem großen Spiegel vor mir handelte es sich in Wahrheit um eine verspiegelte Glasscheibe. Das wusste ich alles. Die Frage war nur, wer auf der anderen Seite als Augenzeuge stand und zu welchem Zweck?

„Danke, das genügt!“, ertönte es aus dem Lautsprecher.

Die anderen Männer verließen den Raum, die Spotlampen erloschen. Ich stand allein da und wartete. Die Luft im Raum war stickig und es roch nach Schweiß. Ich war angespannt. Was würde als Nächstes geschehen?

Nach einer Weile kam der Wärter herein, drückte mir einen Kunststoffbeutel in die Hand und führte mich in einen Besucherraum. Dort blieb ich stehen und wartete. Der Kunststoffbeutel enthielt meine persönlichen Gegenstände, die mir bei der Verhaftung abgenommen worden waren: Meine Armbanduhr, die Brieftasche, mein Handy, Rizzas Ausweis.

Als sich die Tür öffnete, blickte ich in Annas lächelndes Gesicht. Dieses Lächeln hatte ich die ganze Zeit vermisst. Wir umarmten uns.

„Du hast mir gefehlt", sagte ich.

Sie schlang ihre Arme um meinen Nacken und presste sich an mich.

„Tut mir leid", entschuldigte ich mich. „Ich hatte noch keine Gelegenheit, mich frisch zu machen."

Sie blickte zu mir auf und schüttelte mit Tränen in den Augen den Kopf. „Das ist doch völlig unwichtig."

Wir umarmten und küssten uns.

„Komm", sagte sie dann. „Gehen wir."

Ich stutzte und sah sie fragend an.

„Du bist frei", sagte sie.

Ich stand nur mit offenem Mund da und konnte nicht glauben, was sie gerade gesagt hatte.

Sie nahm meine Hand. Als wir durch die Tür und den Korridor entlanggingen, spürte ich, wie meine Knie zitterten und mein Herz bis zum Hals schlug. Ich wagte nicht mich umzudrehen und achtete auf jedes Geräusch hinter mir. Ich glaubte, dass sich gleich hinter uns eine Tür öffnen und jemand rufen würde: „Halt! Hiergeblieben! Das ist ein Irrtum!" Aber nichts geschah.

Draußen hob ich schützend die Hand über die Augen. Nach zwei Tagen Arrest musste ich mich erst wieder an das Sonnenlicht gewöhnen. Erst als ich neben Anna im Auto saß und wir das Polizeigebäude hinter uns gelassen hatten, wagte ich zu atmen.

„Was ist geschehen?“, fragte ich noch immer verwirrt.

„Kannst du dich erinnern, als ich dich im Krankenzimmer besucht habe?“

Ich nickte.

„Du hast eine Frau mit zwei weißen Pudeln erwähnt, die im Sekretariat der Universität in Bologna arbeitet.“

Wieder nickte ich.

„Ihr hast du deine Freilassung zu verdanken.“

Ich versuchte zu verstehen.

Anna lachte, als sie meinen erstaunten Blick sah. „Ich bin nach Bologna gefahren und habe sie im Sekretariat besucht. Sie hat sich an dich erinnert und meinte, du seiest ein netter Hundefreund. Und sie hat sich als Zeugin zur Verfügung gestellt.“

Jetzt verstand ich.

Anna fuhr fort: „Sie ist hierhergekommen und hat dich bei der Gegenüberstellung auf Anhieb identifiziert. Sie konnte die genaue Uhrzeit angeben, wann du an diesem Tag dort warst. Und sie wusste sogar noch die beiden Namen, die sie für dich im Computersystem gesucht hat.“ Mit diesen Worten zwinkerte Anna mir zu. „Du bist ihr anscheinend gut im Gedächtnis geblieben.“

„Ja, zum Glück. War Moretti bei der Gegenüberstellung auch anwesend?"

„Er war die ganze Zeit dabei."

„Und wie war seine Reaktion, als die Frau mich identifiziert hat?"

„Darauf habe ich nicht geachtet, ich war zu aufgeregt. Er war auf einmal verschwunden."

„Ich kann es immer noch nicht glauben, dass dieser Albtraum vorbei ist. Ich kann keine grünen Metalltüren mehr sehen."

„Wohin soll ich fahren? Wonach sehnst du dich am meisten?"

„Nach einer Dusche und einem kühlen Bier."

Zwischendurch hielten wir an einer Tankstelle. Ich stieg aus und entfernte mich ein paar Schritte, während Anna tankte. Ich machte ein paar tiefe Atemzüge. Nichts ist schöner als die Freiheit, dachte ich. Und im gleichen Moment musste ich an Werner Hagmann denken, der noch immer hinter einer grünen Metalltür eingeschlossen war.

Als wir wieder ins Auto einstiegen, hielt Anna mir eine Bierdose hin. „Die Dusche kann ich dir leider nicht bieten."

Ich dankte ihr mit einem Kuss auf die Wange. Zischend öffnete sich der Verschluss der Dose. Ich schloss die Augen und nahm einen langen Schluck.

Anna reichte mir eine Zeitung, die sie im Shop gekauft hatte. „Das dürfte dich interessieren!"
Ich las die Schlagzeile:

Mordserie im Hotel Eleonora

Nachdem bereits Lucia Hagmann vor einigen Tagen spurlos aus dem Hotel Eleonora verschwunden und höchstwahrscheinlich einem Verbrechen zum Opfer gefallen ist (wir haben bereits darüber berichtet), wurde ein weiterer Mordanschlag im Hotel verübt. Der Rezeptionist Mario Bernasconi wurde von einer Terrasse gestoßen und liegt auf der Intensivstation im Koma. Als Verdächtiger wurde bereits ein Hotelgast von der Polizei verhaftet, dessen Name der Redaktion noch nicht bekannt ist. Es soll sich aber wieder um einen Schweizer handeln. Wir vermuten, dass …

Die Presse schien noch nicht darüber informiert zu sein, dass Mario Bernasconi bereits tot war.

Ich schüttelte den Kopf. „Es ist schrecklich, was mit Mario passiert ist."

„Ich kann es noch immer nicht glauben", sagte Anna mit bebender Stimme. „Er war ein so liebenswerter Mensch."

„Wie hat es Cavallo aufgenommen?"

„Er verschanzt sich die ganze Zeit in seinem Büro. Ich glaube, ihn hat es am meisten von uns allen getroffen. Mario war für ihn wie ein Sohn."

„Der Siegelring", sagte ich. „Mario trug einen Siegelring mit dem Wappen der Cavallos. Er muss ihn von Cavallo geschenkt bekommen haben." Ich warf die Zeitung auf den Rücksitz.

„Herr Cavallo hat immer an deine Unschuld geglaubt“, versicherte Anna. „Nach deiner Verhaftung hat er noch am selben Abend einen Anwalt engagiert.“

„Dafür bin ich ihm sehr dankbar.“ Ich sagte ihr nichts von meinem zweifelhaften Erlebnis mit Umberto Secci.

Sie warf mir einen besorgten Blick zu. „Und wie soll es nun weitergehen? Willst du die Ermittlungen fortsetzen? Nach allem, was du durchgemacht hast? Wäre es nicht besser aufzuhören?“

„Aufhören?“ Ich kniff die Augen zusammen und sah entschlossen geradeaus durch die Windschutzscheibe. „Ich habe noch gar nicht richtig angefangen!“

22

Nachdem ich mich im Hotel im Eilzugstempo rasiert, geduscht und umgezogen hatte, setzten wir unsere Fahrt fort. Eine innere Unruhe trieb mich an und meine Motivation, die Ermittlungen im Fall Lucia Hagmann fortzusetzen, war größer denn je.

„Konntest du in Bologna etwas über Lucia oder Claudio Rizza herausfinden?“, fragte Anna. Wir hatten bisher noch gar keine Gelegenheit, uns über das Ergebnis unserer unabhängigen Nachforschungen auszutauschen.

Ich zuckte mit den Schultern. „Außer Spesen nichts gewesen. Die Spur entpuppte sich als Sackgasse. Aber immerhin wissen wir jetzt, dass weder eine Lucia Petrelli noch ein Claudio Rizza jemals an einer Universität in Italien studiert hat."

„Die Adresse von Claudio Rizza ist offensichtlich falsch und nun stellt sich heraus, dass er gar nie studiert hat. Dieser Mensch wird mir immer suspekter", sagte Anna.

„Und wie war dein Besuch beim Einwohneramt?", fragte ich.

„Die Frau wollte mir zuerst keine Auskunft geben, da musste ich eine List anwenden." Sie schmunzelte.

„Was für eine List?"

„Ich sagte, ich sei schwanger und Rizza sei der Vater. Und ich suchte nun dringend seine Adresse."

Ich pfiff beeindruckt durch die Zähne. „Raffiniert. Und war deine List erfolgreich?"

„Sie hat eine Ausnahme gemacht und im System nachgeschaut."

„Tatsächlich?"

Anna musste abrupt vor einem Fußgängerstreifen bremsen, ich wurde nach vorne in den Gurt gepresst. Ein alter Mann an einem Gehstock humpelte vorüber und warf uns einen ernsten Blick zu.

Anna trat aufs Gaspedal. „Seine Adresse ist Via Fiori 12."

„Verdammt!", schimpfte ich. „Das ist das verfallene Haus mit den wilden Katzen." Verärgert schlug ich mit der Faust auf meinen Oberschenkel. „Die zweite Sackgasse."

„Das ist noch nicht alles“, fuhr Anna fort. „Ich habe mich auch auf dem Straßenverkehrsamt erkundigt.“

„Und? Musstest du wieder eine List anwenden?“

„Diesmal nicht.“

„War er registriert?“

„Via Fiori 12.“

Resigniert schüttelte ich den Kopf. „Sackgasse Nummer drei.“

„Wo sollen wir jetzt weitermachen?“, fragte sie.

Das war eine gute Frage. Wir waren nicht viel weiter, als an dem Tag, als wir mit den Ermittlungen begonnen hatten. Wir hatten drei mögliche Spuren verfolgt und alle waren im Sand verlaufen.

„Ich werde Kommissar Moretti um Hilfe bitten.“

„Was? Der hat dich doch ins Gefängnis gebracht!“

„Das ist Vergangenheit. Wir müssen uns jetzt auf die Zukunft konzentrieren. Und das heißt: Rizza finden.“

„Ich habe gemeint, für Moretti sei der Fall bereits abgeschlossen?“, erwiderte sie. „Für ihn ist Hagmann doch schon so gut wie verurteilt. Er wird kaum darauf eingehen, einem Phantom wie Rizza nachzujagen.“

„Aber er kennt den Namen Claudio Rizza bereits. Ich habe ihm erzählt, es sei ein Freund, den ich suche. Er hat mir angeboten, Erkundigungen über ihn einzuholen.“

Wir warteten vor einer roten Ampel. Anna warf einen ernsten Blick auf die Wunde an meiner Schläfe. „Wir müssen noch ins Spital fahren, damit die Fäden gezogen werden können."

„Das ist es!", entfuhr es mir. Anna hatte mich auf eine neue Spur gebracht, auch wenn sie es noch gar nicht wusste.

Sie sah mich fragend an.

„Das ist unsere vierte Spur! Ich hoffe, es wird nicht unsere vierte Sackgasse."

„Wovon sprichst du?"

„Du hast mich doch ins Spital gefahren, um die Wunde zu nähen."

Sie nickte.

„Erinnerst du dich an den Arzt, der mich behandelt hat?"

Sie nickte wieder. Aber sie schien noch immer nicht zu begreifen.

„Er trug ein Namensschild an seinem Kittel. Er hieß Petrelli. Doktor Petrelli."

Als wir das Spital erreicht hatten, konnte Anna keinen Parkplatz finden. Sie schlug vor, ich solle aussteigen und schon vorgehen. Sie würde nachkommen, sobald sie das Auto geparkt hätte.

Ich betrat das Spital durch eine breite Glastür, die sich automatisch öffnete und meldete mich beim Empfang. „Ich muss zu Doktor Petrelli."

„Es gibt zwei. Wie ist sein Vorname?" Eine Blondine mit stahlblauen Augen blinzelte mich mit ihren langen Wimpern an. Ich fragte mich, ob die Wimpern echt seien. „Den Vornamen weiß ich leider nicht."

„Wie alt ist denn der Doktor Petrelli, der Sie behandelt hat?"

„Er dürfte so Mitte dreißig sein."

„Dann muss es Doktor Mauricio Petrelli sein. Wie ist Ihr Name?"

„David Klein. Ich soll die Fäden ziehen lassen." Ich zeigte auf meine Schläfe.

„Sie können dort drüben Platz nehmen." Sie blinzelte zum Warteraum hinüber.

Kurze Zeit später empfing mich Doktor Petrelli mit freundlichem Händedruck und führte mich in einen Behandlungsraum. „Bitte setzen Sie sich, Herr Klein!"

Er betrachtete meine Wunde. „Das sieht ja schon ganz gut aus. Haben Sie noch Schmerzen?"

„Nein, mir geht es bestens."

„Ich werde die Fäden jetzt ziehen. Die blauen Flecken werden leider noch ein paar Tage zu sehen sein." Er begann mit einer Pinzette an meiner Schläfe zu hantieren.

„Kennen Sie eine Lucia Petrelli?", fragte ich.

In diesem Moment öffnete sich die Tür und Anna steckte den Kopf herein. „Wir gehören zusammen", entschuldigte sie sich. Sie schien die Bedeutung ihrer Worte realisiert zu haben, denn ich bemerkte ein Erröten auf ihren Wangen. Gehörten wir zusammen? Wann gehört man überhaupt zusammen? Silvia und ich gehörten seit ein paar Monaten nicht mehr zusammen. Und wie war es mit Anna und mir? Gehörten wir ab jetzt zusammen? Mir wurde bewusst, dass ich Anna noch nie so konkret diese Frage gestellt hatte. Was erwartete sie eigentlich von mir? Was bedeutete ich ihr? Bedeutete ich ihr so viel, wie sie mir bedeutete?

„Nein“, sagte Doktor Petrelli. „Ich kenne keine Lucia Petrelli. Der Name Petrelli ist hier sehr häufig. Ich kenne nicht einmal alle meine Verwandten. Einige sind ins Ausland ausgewandert. Ist sie eine Freundin von Ihnen?“

„Sie war eine Jugendliebe von mir und ich hätte sie gerne nach langer Zeit wieder einmal besucht“, log ich und versuchte, Annas erstauntem Blick auszuweichen. „Sie hat früher hier gewohnt und ist später in die Schweiz gegangen. Ich hatte gehofft, ihre Verwandten könnten mir weiterhelfen.“

„Das dürfte schwierig sein. Die Petrellis sind ein weit verbreitetes Geschlecht. Tut mir leid, dass ich Ihnen nicht weiterhelfen kann.“ Doktor Petrelli hatte die Fäden gezogen und sah sich die verheilte Wunde genauer an. „Das sieht jetzt gut aus.“

Anna stand daneben und nickte zustimmend.

„Da fällt mir ein“, sagte Doktor Petrelli, „ich habe einen Onkel, er heißt Ernesto – Ernesto Petrelli. Vielleicht weiß er etwas. Er hat sich früher intensiv mit Ahnenforschung befasst. Wenn Ihnen jemand weiterhelfen kann, dann er.“

Doktor Petrellis Pager piepte. Er blickte auf das Display. „Tut mir leid, ein Notfall." Er verabschiedete sich und ging zur Tür.

„Ihr Onkel!", rief ich ihm zu. „Wo kann ich ihn finden?"

Doktor Petrelli drehte sich in der Tür nochmals um. „Via Rosetta. Er besitzt ein kleines Weingut." Der Doktor war verschwunden.

Auf dem Rückweg bog Anna von der Hauptstraße ab und folgte einem schmalen Weg.

„Wohin fährst du?", fragte ich überrascht.

„Ich möchte dir etwas zeigen." Ihre Stimme klang geheimnisvoll.

Die schmale Straße ging in einen Naturweg über. Der Wagen holperte über Schlaglöcher und im Außenspiegel sah ich hinter uns eine Staubwolke aufwirbeln.

Dann trat Anna auf die Bremse und stellte den Motor ab. „Komm mit", sagte sie und stieg aus.

Ich folgte ihr einen nahen Hügel hinauf, auf dem ein einziger alter Baum stand. Als wir oben angelangt waren, öffnete sich der Blick auf das Meer und die lange Küste.

„Das ist der schönste Aussichtspunkt der ganzen Gegend." Sie hob die Hand über die Augen und spähte in die Ferne. Ihr Rock wehte im Wind. „Der Hügel hat keinen Namen. Ich nenne ihn Hügel der Hoffnung. Hier würde ich gerne einmal mein Haus bauen." Sie lachte und verdrehte die Augen. „Aber leider habe ich das nötige Kleingeld noch nicht zusammen."

„Zieht es dich nicht zurück nach Schweden?"

„Manchmal schon. Aber wenn ich hier oben stehe, dann vergesse ich Schweden und meine Probleme."

„Und wann willst du mit dem Bau deines Hauses beginnen?", wollte ich wissen.

Sie griff sich ans Kinn und schien zu überlegen. „Wenn ich berechne, wie viel ich pro Monat auf die Seite bringe, dann werde ich in spätestens dreihundert Jahren das Geld zusammen haben."

Wir setzten uns in den Schatten unter den Baum. Ich legte den Arm um ihre Schultern und sie lehnte ihren Kopf an meine Seite. Schweigend blickten wir auf das Meer hinaus.

Nach einer Weile sagte ich: „Wenn ich zusammenrechne, wie viel ich jeden Monat auf die Seite bringe, dann könnten wir das Haus zusammen bereits in hundertfünfzig Jahren bauen."

Sie lächelte. „Und wie stellst du es dir vor, unser Haus?"

„Ich habe nur einen Wunsch: keine grünen Metalltüren!"

Sie lachte und dann schlang sie ihre Arme um meinen Hals. Wir küssten uns zärtlich und ich hatte die Antwort auf die Frage, die ich ihr eigentlich hatte stellen wollen. Wir gehörten zusammen.

Das Gelände um das Hotel war noch immer von Absperrbändern umgeben, als wir am Abend zurückkehrten. Von der Polizei war niemand zu sehen.

Als wir die Hotelhalle betraten, erwartete ich einen kurzen Moment, dass Mario beim Empfang stehen und uns zuwinken würde. Doch dieses Bild würde es nur noch in meiner Erinnerung geben. Die Rezeption war verwaist. Ich holte meinen Zimmerschlüssel aus dem Fach und fand darin einen Zettel.

Die notierte Nummer kannte ich und der Vermerk „Bitte zurückrufen! Dringend!" ließ nichts Gutes erahnen. Ich spürte, wie sich mein Magen verkrampfte. Das konnte nur bedeuten, dass etwas Schlimmes passiert war. Ich entschuldigte mich bei Anna, ging mit schnellem Schritt auf mein Zimmer, schloss die Tür hinter mir und wählte mit zitternden Händen die Nummer. Es dauerte eine Ewigkeit, bis sich jemand meldete. Es war ein seltsames Gefühl, nach der langen Zeit ihre Stimme wieder zu hören.

„Was ist passiert?", fragte ich als Erstes, ohne ein Wort des Grußes. Meine Stimme klang aufgeregt.

„Ich wollte fragen, wie es dir geht", antwortete sie.

Am Tonfall ihrer Stimme erkannte ich, dass nichts Schlimmes passiert sein konnte. „Ist alles in Ordnung mit Jenny?", fragte ich.

„Jenny geht es gut." Erst jetzt schien sie zu realisieren, dass ich mir Sorgen gemacht hatte. „Es ist alles in Ordnung. Sie ist oben in ihrem Zimmer. Willst du mit ihr sprechen?"

„Nein, nein." Die große Anspannung wich von mir, als wäre ein Ventil geöffnet worden. Meine Hände zitterten immer noch.

„Ich wollte einfach wieder einmal mit dir sprechen." Ihre Stimme klang irgendwie seltsam.

Warum hatte sie das Bedürfnis, mit mir zu sprechen? Nach dieser langen Zeit? Und warum gerade jetzt? Wie oft hatte ich an sie gedacht und gehofft, dass dieser Anruf von ihr kommen würde. Unzählige Nächte hatte ich wach gelegen und auf das Klingeln des Telefons gelauscht. Ich wollte nicht zuerst anrufen. Ich wollte, dass es von ihr aus kam. Nur dann hätte es für uns beide einen Sinn gehabt. Nur wenn sie den ersten Schritt gemacht hätte, wenn sie eingesehen hätte, dass diese Scheidung sinnlos war. Wenn sie erkannt hätte, dass wir beide zusammengehörten. Noch vor wenigen Tagen hätte ich mir nichts sehnlicher gewünscht als eine Rückkehr zu Silvia. Doch nun war Anna in mein Leben getreten.

„Bist du noch da?", fragte sie.

„Entschuldige. Ich bin so überrascht."

„Das kann ich verstehen. Bestimmt hast du mich schon fast vergessen."

Warum rief sie an? Hatte sie vielleicht mit dem kahlköpfigen Architekten Schluss gemacht? Wollte sie wieder zu mir zurückkommen? Eigentlich hätte ich vor Glück in die Luft springen müssen. Aber ich fühlte keine besondere Freude und das irritierte mich. War es am Ende schon zu spät? Waren meine Gefühle für Silvia bereits verblasst? Waren andere Gefühle an ihre Stelle getreten? Waren die Gefühle, die ich für Anna empfand, wichtiger geworden?

„Ich musste mit jemandem sprechen, den ich gut kenne und dem ich vertraue." Sie machte eine Pause und fuhr dann fort: „Ich war diese Woche beim Arzt zu einer Routineuntersuchung."

„Jenny hat mir davon erzählt", erwiderte ich.

„Man hat einen Knoten in der linken Brust gefunden. Heute habe ich das Ergebnis erhalten. Es ist Krebs."

Ich wusste nicht, was ich antworten sollte, war wie gelähmt. Ich öffnete die Lippen, brachte aber keinen Ton heraus.

„Entschuldige, dass ich dich damit belästige, aber ich musste es einfach jemandem sagen." Sie klang erstaunlich gelassen.

„Ich bin immer für dich da, wenn du mich brauchst." Etwas anderes fiel mir in diesem Moment nicht ein. Ihre Nachricht hatte mich zu sehr getroffen.

„Ich weiß und ich danke dir dafür", sagte sie.

„Du wirst das überstehen, glaube mir."

„Ich wollte dir noch etwas sagen. Es ist wichtig für mich." Sie flüsterte beinahe.

„Ja?"

„Ich glaube, ich habe einen Fehler gemacht, als ich die Scheidung wollte. Das wollte ich dir noch sagen."

Ich spürte, wie mir die Tränen in die Augen schossen. Ich wollte etwas erwidern, doch die Worte blieben mir im Hals stecken.

„Darf ich dich wieder anrufen?“, fragte sie.

„Ja.“ Mehr brachte ich nicht heraus. Meine Kehle war wie zugeschnürt.

Sie hängte auf.

Eine Weile blieb ich mit dem Handy am Ohr gedankenverloren sitzen und hörte dem Summton zu. Dann setzte ich mich auf die Bettkante und stützte mein Gesicht in die Hände. Ich weinte und die Tränen hinterließen dunkle Flecken auf meiner Hose. Bilder von Silvia und mir liefen wie ein Film vor meinem inneren Auge ab. Ich erinnerte mich an den Augenblick, als ich Silvia das erste Mal sah. Es war auf dem Abschlussball der Polizeiausbildung. Sie war mit einem Anderen gekommen. Ich war damals allein. Sie war mir sofort aufgefallen. Erst zu fortgeschrittener Stunde, als ich genügend Alkohol intus hatte, hatte ich meinen ganzen Mut zusammengenommen und sie um einen Tanz gebeten. Sie hatte mir ein Lächeln geschenkt und wir waren auf die Tanzfläche gegangen. Das war der Beginn einer großen Liebe gewesen.

Ich dachte daran, worüber Silvia am Telefon gesprochen hatte. Und der Gedanke quälte mich, dass es kein gutes Ende nehmen würde.

23

Am nächsten Morgen fühlte ich mich niedergeschlagen und deprimiert. Zudem brummte mir der Schädel.

Das Telefongespräch mit Silvia hatte mich stark belastet, ich hatte nicht einschlafen können. Im Bett lag ich wach und wälzte mich hin und her. Schließlich stand ich auf und setzte mich vor den Fernseher in der Hoffnung, mich ablenken zu können. Aber auch das half nicht. Aus der Minibar holte ich schließlich ein paar dieser kleinen Schnapsfläschchen und leerte eines nach dem anderen. Irgendwann war ich vor dem Fernseher eingeschlafen.

Als ich mein Zimmer verließ und hinunterging, um zu frühstücken, begegnete ich Cavallo, der mich in sein Büro bat. Seine Augen waren gerötet und sein sonst gebräuntes Gesicht wirkte blass. Marios Tod hatte ihm offensichtlich sehr zugesetzt.

„Schauen Sie sich das an. Dieser Schmutz wird für immer den guten Ruf des Hotels belasten." Er hielt mir eine Tageszeitung hin.

Auf der Frontseite las ich den in großen Lettern geschriebenen Titel:

Concierge des Hotels Eleonora ermordet!

Auf einem Foto war das Hotel abgebildet. In der Einfahrt konnte man mehrere Polizeiautos erkennen.

Quer durch das Bild verlief ein Absperrband. Am oberen Rand waren vier Personen zu sehen, eine davon mit einem Pfeil markiert. Ich betrachtete das Foto genauer und war erstaunt. Darauf waren Kommissar Moretti, zwei Polizisten und ich zu sehen. Der Pfeil zeigte auf meinen Kopf. Das Foto musste an dem Tag aufgenommen worden sein, als die Polizei mit der Suche nach Lucias Leiche begonnen hatte. Ich konnte mich nicht erinnern, damals einen Journalisten in der Nähe gesehen zu haben. Das Bild musste mit einem starken Teleobjektiv aufgenommen worden sein. Ich las den Text:

Mario Bernasconi, der Concierge des Hotels Eleonora, erlag seinen schweren Verletzungen, welche er sich durch einen Sturz von der Terrasse eines Hotelzimmers zugezogen hatte (wir haben bereits darüber berichtet). Der mutmaßliche Mörder, ein Hotelgast aus der Schweiz (siehe Foto), ist bereits von der Polizei verhaftet worden. Beim Tatmotiv handelt es sich wahrscheinlich um ein Beziehungsdelikt zwischen dem Toten und dem verhafteten Schweizer. Mario Bernasconi war nämlich homosexuell …

Der Artikel war mit den Initialen AP unterzeichnet.

Ich schüttelte verärgert den Kopf. „Wer ist dieser Journalist?"

„Ich weiß es nicht. Aber es spielt keine Rolle. Die Misere ist bereits angerichtet worden." Cavallo schien völlig verzweifelt. Ich hatte den Eindruck, als wäre er in der Zwischenzeit gealtert und seine Haare noch grauer geworden. Er stand vor mir mit hängenden Schultern und gesenktem Kopf, als hätte er erfahren, dass das Hotel am nächsten Tag abgerissen werden sollte. „Die haben nicht nur meinen, sondern auch Ihren Ruf in den Dreck gezogen!"

Ich legte meine Hand auf seine Schulter. „Das ist doch nur eine Meldung in einer unbedeutenden Regionalzeitung. In ein paar Wochen spricht niemand mehr davon."

„Ich hoffe, dass Sie recht haben."

„Übrigens möchte ich mich noch bei Ihnen bedanken, dass Sie mir einen Anwalt besorgt haben. Ich bin immer noch schockiert über das, was Mario zugestoßen ist."

Cavallo wandte sich ab und sah zum Fenster hinaus, um seine Tränen zu verbergen. „Er war wie ein Sohn für mich." Seine Stimme brach.

Ich verließ Cavallos Büro. Durch die Fenster der Eingangshalle konnte ich sehen, dass sich wieder ein paar Polizisten auf dem Gelände aufhielten. Allerdings weniger als am ersten Tag, als man mit der Suche begonnen hatte. Ich entdeckte Kommissar Moretti, der draußen in der Nähe der Eingangstür stand. Er hatte mich ebenfalls gesehen, denn er bedeutete mir, zu ihm zu kommen. Draußen empfing mich eine leichte Brise und der Himmel bildete ein Mosaik aus blauem Hintergrund und grauen Wolkenfetzen.

Moretti erteilte zwei uniformierten Polizisten Anweisungen, bevor er sich mir zuwandte. „Ich habe Erkundigungen über Ihren Freund, diesen Claudio Rizza, eingezogen. Er scheint unbekannt zu sein. Auf jeden Fall hat er keine kriminelle Vergangenheit."

Kein einziges Wort der Entschuldigung, dachte ich. Nach allem, was mir von der Polizei angetan worden war. Die Gefängniszelle, die Behandlung, die Verhöre. Ich kochte vor Wut, ließ mir aber nichts anmerken, denn vielleicht brauchte ich noch seine Hilfe. „Und wie sieht es aus mit dem Mord an Mario Bernasconi?", fragte ich.

„Da gehen wir im Moment davon aus, dass es sich um einen Unfall gehandelt hat." Seine Lippen zuckten kurz. War es ein Anflug von Verlegenheit, den ich bei Moretti bemerkt hatte?

Jetzt konnte ich mir eine spitze Bemerkung nicht verkneifen. „Das kann ich verstehen", entgegnete ich. „Jetzt, wo Sie Ihren Hauptverdächtigen verloren haben, nicht wahr?"

Moretti kam nicht dazu, mir zu antworten. Sein Handy klingelte und er führte einen längeren Dialog.

„Wie kommt die Suche nach Lucias Leiche voran?", fragte ich, als Moretti das Gespräch beendet hatte.

„Leider bisher negativ. Es könnte sein, dass Hagmann die Leiche irgendwo weiter weggebracht hat. Vielleicht ist er damit aufs Meer hinausgefahren. Aber irgendwann wird sie an Land gespült werden."

„Wie lange werden Sie noch hier auf dem Gelände suchen?“

„Heute Abend werden wir abbrechen, wenn wir bis dahin nichts gefunden haben. Ich kann die Leute nicht länger hier einsetzen. Es gibt zu viel andere Arbeit, die nicht warten kann.“ Moretti war sichtlich enttäuscht. Er war vermutlich überzeugt gewesen, hier fündig zu werden. „Aber es spielt keine Rolle. Hagmann ist so gut wie verurteilt. Leiche hin oder her.“ Er wandte sich zum Gehen. „Ach, beinahe hätte ich es vergessen. Er will dringend mit Ihnen sprechen.“

„Ich werde ihn morgen besuchen. Richten Sie ihm das bitte aus“, bat ich.

Ohne ein Wort verschwand Moretti in Richtung Hoteleinfahrt, wo ein Polizeiauto auf ihn wartete.

Anna saß bereits an einem Tisch im Speisesaal. Ich entschuldigte mich für die Verspätung und erzählte ihr von meinem Gespräch mit Cavallo und mit Kommissar Moretti.

Ich hatte den Eindruck, als würde sie nicht richtig zuhören, als wäre sie in Gedanken. Als sie sprach, war mir klar, was es war.

„Was war eigentlich mit dem Anruf deiner Exfrau gestern Abend?“, fragte sie und fügte schnell hinzu: „Entschuldige, das geht mich eigentlich nichts an.“

Ich begriff nicht sofort, dass mit „Exfrau“ Silvia gemeint war. Ich hatte mich noch immer nicht daran gewöhnt, dass sie nicht mehr meine Frau war, sondern meine „Ex“. Zwanzig Jahre Ehe, dachte ich, und was übrig bleibt, sind zwei Buchstaben. „Sie hat gesundheitliche Probleme und wollte mit jemandem darüber reden“, erklärte ich ihr.

„Und da wendet sie sich ausgerechnet an ihren geschiedenen Ehemann?“ Annas ironischer Unterton war nicht zu überhören.

„Sie sagte, ich sei der Einzige, mit dem sie darüber sprechen könne. Sie hat gestern ihre Diagnose erhalten. Sie hat Krebs.“

Annas Gesichtszüge veränderten sich. Aus Misstrauen wurde plötzlich Bedauern. „Das tut mir leid. Es muss eine schwierige Situation für dich sein.“

„Ich mache mir Sorgen. Sie ist schließlich die Mutter meiner Tochter.“ Ich nahm ihre Hand. „Es hat aber nichts mit uns zu tun“, versicherte ich ihr. „Es hat keinen Einfluss darauf, was ich für dich empfinde.“

Sie drückte meine Hand fester. Eine Träne lief über ihre Wange. Ich wischte sie mit dem Handrücken weg. „Mach dir keine Sorgen, bitte. Für mich hat sich nichts zwischen uns geändert. Und das wird auch so bleiben. Egal, was die Zukunft bringt.“ Ich streichelte sanft über ihre Wange.

Es entstand eine längere Pause.

„War Mario schwul?“, fragte ich schließlich.

Anna war so überrascht über meine Frage, dass sie lachen musste. „Wusstest du das nicht? Er hat nie einen Hehl aus seiner Homosexualität gemacht. Er ist immer offen damit umgegangen.“

„Er hat mich an dem Tag angerufen, als das Unglück passierte. Er wollte sich mit mir treffen und mir etwas Wichtiges mitteilen."

Anna machte große Augen. „Tatsächlich? Und was war das?"

„Das weiß ich nicht. Es ist nie zu dem Treffen gekommen."

„Vielleicht hatte er etwas über Lucia herausgefunden?"

„Vielleicht. Wir werden es wahrscheinlich nie erfahren."

„Und wie geht es nun weiter?", fragte sie.

„Ich muss diesen Onkel von Doktor Petrelli aufsuchen. Er ist im Moment der einzige Anhaltspunkt, den wir haben."

„Gut", sagte sie. „Ich werde dich begleiten."

Annas roter Fiat stand nicht weit entfernt in einer Querstraße. Die Sonne war hinter einer großen dunklen Wolke verschwunden und der Wind war stärker geworden. Als wir die Straße überquerten, ergoss sich ein Platzregen über uns. Wir versuchten, gemeinsam unter meiner Jacke Schutz zu suchen, und Anna lachte. Als ich neben ihr im Auto saß, bemerkte ich einen Regentropfen, der ihre Wange hinunterrann. Die Träne hat sich in Wasser verwandelt, dachte ich.

Kaum waren wir in Richtung Hafen abgebogen, hatte der Regen auch schon wieder aufgehört und die Sonne die Oberhand gewonnen.

„Ich weiß, wo dieses Weingut liegt“, sagte Anna. „Ich war schon einmal dort zu einer Weindegustation im letzten Herbst. Es ist etwas abgelegen.“

Wir hatten den Stadtrand erreicht und folgten einer Landstraße, die auf beiden Seiten von alten Platanen gesäumt war. Bei meiner Ankunft war ich über diese Straße als einsamer Mensch mit dem Taxi hierhergekommen. Und jetzt fuhr ich mit der Frau, die ich liebte, auf derselben Straße zurück. Ich war hergekommen, um meine innere Ruhe zu finden. Doch ich hatte viel mehr als das gefunden.

Nach ein paar Kilometern sahen wir am Straßenrand ein großes Schild mit der Aufschrift „Wein zu verkaufen“. Anna bog in einen schmalen Weg ein.

Direkt neben uns erhob sich ein Hügel mit Reihen von Rebstöcken. Die Straße schlängelte sich am Fuß des Rebbergs entlang. Vor uns tauchte eine alte Villa aus rotem Backstein auf, daneben befand sich eine alte Holzscheune, über deren Tor ein weiteres Schild mit der Aufschrift „Weine zu verkaufen“ angebracht war. Anna hielt davor an. Ein großer, schwarzer Hund kam bellend auf uns zugerannt und blieb drohend vor unserem Auto stehen.

„Und was nun?“, fragte Anna, die ängstlich sitzen blieb.

„Bellende Hunde beißen nicht.“ Ich öffnete die Tür und setzte einen Fuß auf den Boden.

„Warte“, rief Anna. „Vielleicht kennt dieser Hund das Sprichwort nicht!“

Ein rüstiger älterer Mann mit weißem, wehendem Haar und braun gebranntem Gesicht empfing uns. „Guten Tag!“, sagte er. „Keine Angst, der Hund macht nichts.“ Er trug ein Hemd, das ebenso weiß war wie sein Haar, seine Füße steckten in hohen Stiefeln.

„Ernesto Petrelli?“, fragte ich und schloss die Wagentür. Der Hund beschnupperte mich neugierig. Anna stieg nun ebenfalls aus.

„Der bin ich!“ Er lachte und seine weißen Zähne blitzten auf.

„Mauricio Petrelli, der Arzt vom Spital, hat uns ihre Adresse gegeben.“

„Sehr gut!“, entgegnete Ernesto Petrelli. „Lieben Sie Chianti? Kommen Sie mit!“

Er drehte sich um und ging mit großen Schritten zum Haus hinüber. Wir folgten ihm, während der Hund dicht neben uns blieb und mit dem Schwanz wedelte.

Vor dem Hauseingang blieb Petrelli kurz stehen. „Der Weinkeller ist unten.“ Er deutete auf eine Steintreppe, die ins Kellergeschoss führte.

„Wir sind nicht wegen des Weins hier“, entgegnete ich.

Petrelli sah mich überrascht an. Anscheinend kam es eher selten vor, dass ihn jemand besuchte, der nicht an Wein interessiert war. „Weswegen dann?“, fragte er.

„Mauricio Petrelli hat uns erzählt, dass Sie Ahnenforschung betrieben haben über die Petrellis. Ist das richtig?“

„Ja, das stimmt. Es ist aber schon ein paar Jahre her. Sind Sie von einer Zeitung?"

„Nein, wir suchen eine Frau namens Lucia Petrelli. Und wir dachten, dass Sie uns vielleicht weiterhelfen können."

„Sind Sie von der Polizei?"

„Nein. Mein Name ist David Klein. Ich bin Privatdetektiv."

Petrellis Gesichtszüge verfinsterten sich, sein Blick wurde ernst. „Und weshalb suchen Sie diese Frau?"

„Die Polizei vermutet, dass sie das Opfer eines Verbrechens geworden ist."

Petrelli trat näher zu mir heran und sah mir drohend in die Augen. „Und was haben Sie damit zu tun? Das ist doch die Aufgabe der Polizei. Warum kümmern Sie sich nicht um Ihre eigenen Angelegenheiten und lassen mich in Ruhe?" Es sah so aus, als ob Ernesto Petrelli keine gute Meinung von Privatdetektiven hatte.

Jetzt wandte sich Anna an ihn. „Lieber Herr Petrelli. Wir möchten einem Unschuldigen helfen, der verhaftet worden ist. Sie können das doch sicher verstehen, oder?" Sie sagte es mit großen Augen und einer Engelsstimme.

Petrelli drehte sich zu Anna um, sein grimmiger Gesichtsausdruck wurde freundlicher.

„Sie wollen doch bestimmt auch nicht, dass ein Unschuldiger bestraft wird. Sie sind der Einzige, der uns helfen kann. Ich wäre Ihnen wirklich sehr dankbar."

„Nun gut, mal sehen, was ich tun kann“, brummte er. „Wie ist der Vorname dieser Frau?“

„Lucia“, sagte sie.

„Warten Sie hier!“ Er verschwand im Haus. Der Hund hatte sich inzwischen neben uns hingelegt und ließ uns nicht aus den Augen.

„Gut gemacht“, flüsterte ich.

Kurze Zeit später erschien Petrelli wieder mit einem dicken Ordner unter dem Arm. Der Hund stand sofort auf und wedelte mit dem Schwanz.

„Das sind die Aufzeichnungen meiner langjährigen Ahnenforschung. Ich habe sie vor etwa fünf Jahren abgeschlossen. Sie reicht zurück bis ins siebzehnte Jahrhundert. Aber so weit müssen wir ja nicht zurückgehen. Wann wurde sie geboren?“

„Sie ist 24 Jahre alt“, sagte Anna.

Er blätterte in dem Ordner und sprach leise vor sich hin. Ich konnte nicht verstehen, was er sagte.

„Hier“, sagte er plötzlich und deutete mit dem Finger auf eine Seite. „Es gibt eine Lucia Petrelli. Gemäß meinen Aufzeichnungen ist sie ledig. Das Geburtsdatum habe ich leider nicht.“

„Haben Sie ihre Adresse?“, fragte ich aufgeregt.

„Da muss ich in meiner Kartei nachschauen. Einen Moment!“ Wieder verschwand er.

Anna blinzelte mir zu und hielt symbolisch beide Daumen hoch. „Das ist ja spannender als im Kino!“ Die Aufregung war ihr deutlich anzusehen.

Petrelli erschien mit einem Zettel in der Hand.

„Ich habe hier eine Adresse. Aber ich bin nicht sicher, ob sie noch stimmt.“ Er reichte Anna den Zettel.

„Sie haben uns sehr geholfen“, sagte sie.

„Nehmen Sie sich in Acht, junge Frau“, rief er, als wir zurück zum Auto gingen. „Privatdetektiven kann man nicht trauen!“

Der Hund folgte bellend unserem Auto, bis wir die Hauptstraße erreicht hatten.

„Gut, dass du dabei warst“, sagte ich. „Ich glaube, er hätte mich sonst im Weinkeller eingesperrt.“

„Da wärst du wenigstens nicht verdurstet“, konterte Anna.

Ich war froh, dass wir doch noch einen Hinweis gefunden hatten. Wir hatten jetzt eine neue Spur. Aber trotz dieses Erfolgs konnte ich mich nicht recht freuen, denn etwas lag mir die ganze Zeit schwer im Magen. Es war das Gespräch, das ich gestern mit Silvia geführt hatte.

24

Ich betrachtete den Zettel, den Ernesto Petrelli uns gegeben hatte. Die Handschrift war schwierig zu entziffern. „Via Fortuna“, buchstabierte ich laut. „Hoffentlich bringt uns diese Adresse wirklich Glück und wir finden dort einen Hinweis auf Lucia.“

„Ich glaube, ich kenne dieses Quartier“, sagte Anna. „In dieser Gegend hat Francesco gewohnt.“

Als Anna den Namen ihres Exfreundes erwähnte, verspürte ich ein Gefühl von Eifersucht.

Wir durchquerten ein Industriegebiet. Der Geruch von Diesel drang in den Wagen. Ich machte mir Gedanken über Lucia. Es war seltsam, dass wir bisher keine Spur zu ihrer Vergangenheit finden konnten. Anscheinend hatte sie weder Verwandte noch Bekannte. Der einzige Anhaltspunkt war jene ominöse Telefonnummer einer angeblichen Freundin, die Werner Hagmann auf einem Zettel im Hotel gefunden hatte. Nicht einmal Hagmann selbst kannte Verwandte oder Freunde von ihr. War das wirklich möglich? Ungläubig schüttelte ich den Kopf.

„Was ist?" Anna musterte mich von der Seite.

„Es ist mir ein Rätsel, dass Lucia weder Verwandte noch Bekannte gehabt haben soll. Kannst du dir das vorstellen?"

„Es gibt viele Menschen, die alleine leben. Sie haben niemanden, der sich um sie kümmert. Als ich in Stockholm im Krankenhaus gearbeitet habe, hatten wir manchmal Schwierigkeiten, die Angehörigen von Patienten ausfindig zu machen. Niemand hatte sich für sie interessiert, niemand war sie besuchen gekommen. Die Vereinsamung ist ein großes Problem in unserer Gesellschaft, vor allem, was alte Menschen anbelangt. Aber Lucia war eine junge Frau."

„Du sprichst bereits in der Vergangenheit von ihr. Wir wissen nicht, ob sie tot ist."

„Entschuldige. Du hast recht."

„Ich kann nicht glauben, dass ein junger Mensch wie Lucia weder Familie noch Freunde hat."

„Was willst du damit sagen?", fragte Anna.

„Sie muss absichtlich ihre Verwandtschaft verschwiegen haben."

„Warum sollte sie das tun?"

„Sie wollte verhindern, dass eine Spur zurückverfolgt werden kann."

„Und wohin hätte diese Spur führen können?"

„Das müssen wir herausfinden. Vielleicht gab es etwas in ihrer Vergangenheit, vom dem sie auf keinen Fall wollte, dass es ans Tageslicht kommt."

Wir hatten ein Wohnquartier aus hohen Plattenbauten erreicht. Die grauen Wohnsilos ragten wie Türme einer Geisterstadt in den Himmel. Auf den kleinen Balkonen waren Satellitenschüsseln und ausgehängte Wäsche zu sehen. Mir kam der Vergleich mit Bienenwaben in den Sinn, gigantische Bienenstöcke. Nur dass hier jeder nur für sich sorgte, im Gegensatz zu den sozial lebenden Insekten. Und hier war das Ergebnis nicht Honig, sondern Hoffnungslosigkeit.

„Welche Hausnummer ist es?", fragte Anna.

Ich sah auf den Zettel. „54."

Die Hausnummern waren kaum lesbar. Wir mussten ein paar Mal um die Häuser kurven, bis wir die richtige Nummer gefunden hatten. Anna parkte am Straßenrand.

Ich zählte neun Stockwerke. Die Fassade war mit

bunten Sprayfarben bemalt. Ein Farbtupfer in einer grauen Welt. Vor dem Eingang spielten ein paar Kinder, deren lautes Lachen nicht so recht hierher zu passen schien. Was wohl aus ihnen einmal werden würde? Würden sie einen Ausweg aus dieser tristen Welt finden?

Irgendwie konnte ich mir nicht vorstellen, dass eine so attraktive Frau wie Lucia mal in einer solchen Gegend gewohnt haben sollte.

Wir studierten die Reihen von Klingelknöpfen und Namen.

„Wenn sie hier bei ihren Eltern gewohnt hat, müssten wir den Namen Petrelli finden“, schlug Anna vor.

„Falls die Eltern noch hier wohnen.“

Wir überprüften alle Namensschildchen, es gab aber keines mit dem Namen Petrelli.

War es möglich, dass wir schon wieder in einer Sackgasse standen? Ich wandte mich an die spielenden Kinder. „Hallo! Kennt ihr eine Frau, die Lucia Petrelli heißt?“

Die Kinder kicherten und lachten.

„Wisst ihr, ob hier einmal jemand mit Namen Petrelli gewohnt hat?“, versuchte ich es weiter. Ein kleiner Junge stand direkt vor mir. „Kennst du eine Lucia?“, fragte ich ihn. Der Junge streckte mir die Zunge heraus und rannte davon. Die anderen Kinder taten dasselbe und machten sich ebenfalls mit lautem Kreischen davon.

„Da hast du die Antwort.“ Anna lachte.

„Wir können unmöglich bei jeder einzelnen Wohnung klingeln und nach Lucia Petrelli fragen."

Ein älterer Mann mit schütterem Haar und mit einer Plastiktüte in der Hand kam auf uns zu.

„Entschuldigung, können Sie mir sagen, ob hier eine Lucia Petrelli gewohnt hat?", fragte ich ihn.

Der Mann schüttelte nur den Kopf, ging an mir vorbei und betätigte den Aufzugknopf.

„Wie heißt der Hausmeister?", wollte ich wissen.

„Gucchi", sagte er und verschwand im Aufzug.

Mit dem Finger suchte ich die Namensschilder ab. Zum Glück gab es nur einen solchen Namen. Eine Frauenstimme meldete sich aus dem Lautsprecher, nachdem ich die Klingel betätigt hatte.

„Hallo?"

„Wir suchen eine Lucia Petrelli. Wissen Sie, ob sie einmal hier gewohnt hat?", sagte ich in die Gegensprechanlage.

„Da müssen Sie meinen Mann fragen. Er ist der Hausmeister hier. Er kommt um zwölf nach Hause."

Ich bedankte mich und sah auf die Uhr. Es war zehn vor zwölf. Wir setzten uns in der Nähe auf eine Bank neben dem Kinderspielplatz. Die Kinder waren verschwunden.

Ich stützte mich auf die Oberschenkel. „Dieses Quartier macht mich depressiv."

„In Stockholm gibt es einen Stadtteil, wo die Wohnhäuser mindestens doppelt so hoch sind."

Direkt neben uns stand ein Baum, dessen kahle

Äste in den grauen Himmel ragten. Mir kam der Gedanke, dass der Baum die Blätter wahrscheinlich aus lauter Depressionen verloren hatte.

Anna schmiegte sich nah an mich und lehnte ihren Kopf an meine Schulter. „Wohnt deine Tochter eigentlich bei dir?“, fragte sie.

„Sie wohnt bei meiner Frau – meiner Exfrau. Aber sie besucht mich regelmäßig. Wir unternehmen oft gemeinsam etwas. Kürzlich waren wir im Zirkus. Manchmal frage ich mich, wie lange sie noch Spaß daran haben wird, mit ihrem alten Vater auszugehen.“

„Hat sie schon einen Freund?“

Ihre Frage hatte mich überrascht. „Wie meinst du das?“

Anna verdrehte die Augen. „Na, wie meine ich das wohl? Hat sie schon eine Beziehung mit einem Jungen?“

Ich sah sie erstaunt an. „Sie ist erst fünfzehn!“

„Viele Mädchen machen in diesem Alter bereits ihre ersten sexuellen Erfahrungen.“

Nachdenklich blickte ich zur kahlen Baumkrone hinauf. Anna hatte mich an einem wunden Punkt getroffen. Ich wusste nicht einmal, ob es in Jennys Leben einen Jungen gab. Ein Gefühl von Schuldbewusstsein überkam mich und ich fragte mich, ob ich überhaupt ein guter Vater war.

Endlich tauchte ein kleiner, rundlicher Mann Anfang fünfzig auf, der eine Mütze und einen blauen Arbeitsanzug trug. Wir gingen auf ihn zu.

„Herr Gucchi?", fragte ich.

Er blieb stehen und sah uns fragend an. „Ja?"

„Sie sind hier der Hausmeister?"

Er nickte.

„Wir suchen eine Frau mit Namen Lucia Petrelli. Können Sie uns sagen, ob sie hier gewohnt hat?"

„Ja, die hat hier gewohnt. Warten Sie …" Er nahm die Mütze ab und kratzte sich die Glatze, die darunter zum Vorschein gekommen war. „Sie wohnte im dritten Stockwerk, soweit ich mich erinnern kann."

Ich spürte, wie mein Körper mit neuer Energie geladen wurde. „Können Sie sie beschreiben? Wie alt war sie?"

Er setzte die Mütze wieder auf. „Tut mir leid. Das kann ich nicht sagen. Ich habe sie nie gesehen. Ich kann mich an den Namen erinnern, weil sie mir einmal einen Brief geschrieben hat, in dem sie sich darüber beschwerte, dass das Treppenhaus zu wenig sauber gehalten werde."

„Wann ist sie ausgezogen?"

„Das muss etwa zwei Jahre her sein."

„Wohin ist sie gezogen?"

„Das weiß ich leider nicht."

„Vielleicht könnte uns jemand weiterhelfen, der sie gekannt hat."

„Die Leute hier haben keinen großen Kontakt zueinander. Die Mieter wechseln schneller als die Jahreszeiten. Manchmal kennen sich nicht einmal die Nachbarn."

„Wissen Sie, wer jetzt in dieser Wohnung wohnt?"

„Ich glaube Familie Rampini hat die Wohnung übernommen."

Ich bedankte mich und wir stiegen die Treppe hinauf. Dem alten Fahrstuhl traute ich nicht. Unterwegs stolperte ich über eine leere Bierdose und dachte an den Beschwerdebrief von Lucia Petrelli.

Im dritten Stockwerk angekommen klingelte ich an der Wohnungstür mit dem Namen „Roberto Rampini". Von innen war Kindergeschrei zu hören.

Eine junge Frau öffnete, auf ihrem Arm ein kleines Kind mit verschmiertem Mund, das ein Lätzchen um den Hals trug. „Ja, bitte?"

Einen Augenblick stockte mir der Atem. Die Frau war bildhübsch und ich glaubte eine gewisse Ähnlichkeit mit Lucia zu erkennen. „Entschuldigen Sie die Störung. Wir suchen eine Lucia Petrelli. Sie muss vor Ihnen in dieser Wohnung gewohnt haben. Haben Sie sie gekannt?"

Jetzt erschien ein zweites, etwas größeres Kind an der Tür, das sich am Rocksaum der Frau festklammerte und uns mit großen Augen musterte.

„Nein, tut mir leid. Ich weiß nicht, wer hier vorher gewohnt hat", entgegnete sie. „Die Wohnung war bereits leer, als wir eingezogen sind."

„Darf ich fragen, wann das war?"

„Im Juli werden es zwei Jahre. Ist sie eine Verwandte von Ihnen?"

„Eine Freundin. Sie haben sie also nie gesehen?"

„Nein. Ich kenne sie nicht."

Etwas enttäuscht bedankte ich mich bei ihr, nahm Anna an der Hand und wir machten uns daran, die Treppe hinunterzusteigen.

„Ist sie nicht tot?", rief die Frau uns hinterher, als wir schon ein paar Stufen hinabgestiegen waren.

Überrascht blieb ich stehen und sah zu ihr hoch.

Das kleine Kind auf ihrem Arm fing plötzlich an zu weinen. Die Frau steckte dem Kleinen einen Schnuller in den Mund. Schlagartig beruhigte er sich wieder.

„Wie bitte?", rief ich hinauf.

„Ich bin mir nicht ganz sicher, aber die Frau, die vor uns hier gewohnt hat, ich glaube, sie ist tot."

Anna und ich sahen uns verdutzt an.

„Warum glauben Sie, dass sie tot ist?", fragte ich.

„Vielleicht irre ich mich. Aber ich erinnere mich, dass der Mann von der Verwaltung, der uns die Wohnung zeigte, so etwas erwähnt hat. Deshalb wurde die Wohnung auch so plötzlich frei. Wir waren auf der Warteliste und hatten nicht damit gerechnet, so bald zu einer neuen Wohnung zu kommen."

Draußen auf dem kahlen Baum saß ein Schwarm Spatzen, der uns mit lautem Gezeter verabschiedete, als wir daran vorbeigingen.

„Ob sie wirklich tot ist?", fragte Anna.

„Es gibt einen einfachen Weg, wie wir das herausfinden können."

Unterwegs parkten wir in der Innenstadt vor einer Pizzeria. Anna hatte mir gedroht, die Mitarbeit zu verweigern, wenn sie nicht umgehend etwas in den Magen bekommen würde. Das Lokal war fast leer und ich überlegte, ob dies wohl an den überhöhten Preisen liegen könnte. Ein Kellner empfing uns freundlich. Wir setzten uns an einen Tisch am Fenster und studierten die Speisekarte. Wir bestellten Pizza und Chianti.

Ich nahm Annas Hand. „Habe ich dir eigentlich schon dafür gedankt, dass du mich aus dem Gefängnis geholt hast? Ohne dich würde ich wahrscheinlich noch immer zusammen mit dieser aufdringlichen Fliege in der Zelle sitzen. Und dieser Anwalt hätte es bestimmt auch noch geschafft, dass ich wegen Mordes verurteilt worden wäre."

Sie lächelte. „Gern geschehen. Wir sind schließlich Partner."

Ich streichelte über ihre Handfläche. „Wie weit bist du eigentlich mit deinem neuen Bild?" Ich meinte damit das Bild mit dem Liebespaar am Hafen, das uns beide darstellen sollte.

„Es fehlen nur noch ein paar Pinselstriche."

Ich verstand, was sie damit meinte. „Es ist mein Lieblingsbild." Ich blickte in ihre unergründlichen Augen.

Sie drückte meine Hand fester. „Es ist auch mein Lieblingsbild."

„Ich schlage vor, dass wir es über den Kamin in

unserem neuen Haus auf dem Hügel der Hoffnung hängen."

Sie lachte und blickte verlegen aus dem Fenster.

Der Kellner brachte den Wein und füllte die Gläser.

Sie hob ihr Glas. „Dann trinken wir auf unser neues Haus auf dem Hügel der Hoffnung."

Ich hob ebenfalls das Glas. „Und darauf, dass die fehlenden Pinselstriche bald angebracht sind."

Die Gläser klirrten.

Als wir gegessen hatten, fragte ich: „Rauchst du keine Zigarette nach dem Essen?"

Anna schüttelte den Kopf. „Ich habe mir vorgenommen, nur noch eine einzige Zigarette am Tag zu rauchen."

Der Friedhof lag außerhalb der Stadt in einer Gegend, in der ich zuvor noch nie gewesen war. Wir betraten ihn durch ein großes, schwarzes Eisentor. Dunkle Wolken hingen wie schwere Bleigewichte am Himmel und es war absolut windstill. Eine gespenstische Ruhe lag über der Friedhofsanlage, keine Menschenseele war zu sehen. Der Kiesweg knirschte unter unseren Schuhen. Auf einer alten Tanne saßen zwei Krähen und krächzten heiser von oben herab auf uns Eindringlinge. Bald würde auch Mario hier liegen, ging mir durch den Kopf und mich überkam eine Traurigkeit.

Anna schien keine solch düsteren Gedanken zu haben. „Ich fange auf der anderen Seite an zu suchen."

Langsam schritt ich durch die Reihen von Grabsteinen und konzentrierte mich auf die Inschriften. So unterschiedlich wie die Grabsteine, so unterschiedlich waren vermutlich auch die Schicksale, die sich darunter verbargen. Vor einem Grabstein aus schwarzem Marmor blieb ich stehen und las die goldenen Lettern:

HIER RUHT IN FRIEDEN
GIOVANNI LEARDINI
SEIN LEBEN WAR ERFÜLLT VON
DER SUCHE NACH DER WAHRHEIT

Giovanni hatte denselben Jahrgang gehabt wie ich. Es hätte genauso gut mein Name in den Marmor gemeißelt sein können. Ich war im selben Jahr geboren und suchte auch nach der Wahrheit. Ob Giovanni wohl Privatdetektiv gewesen war? Was würde einmal auf meinem Grabstein stehen? „Er war ein schlechter Vater und ein noch schlechterer Ehemann?"

Annas Rufen lenkte mich von meinen dunklen Gedanken ab. Sie winkte aufgeregt und ich eilte zu ihr hinüber. Mit strahlenden Augen deutete sie auf ein Grab. „Ich habe sie gefunden!"

Es war ein grauer unscheinbarer Grabstein, auf dem der Name stand. Wir standen stumm davor:

LUCIA PETRELLI
12. JANUAR 1947 – 24. JUNI 2010

Sie war 63 Jahre alt, als sie starb. Schweigend standen wir da, im Hintergrund das Krächzen der Krähen. Eine tiefe Enttäuschung ergriff mich. Wir waren dieser Spur bis hierher gefolgt, einer Spur, die jetzt so tot war wie das Grab, vor dem wir standen.

Wir waren noch keinen Schritt weitergekommen. Zweifel überkamen mich. Was machte ich überhaupt hier? Warum lag ich nicht am Strand und genoss die Ruhe und Entspannung, so wie ich es mir vorgenommen hatte? Was machte ich inmitten dieser vielen Gräber? Und da verspürte ich wieder dieses Verlangen in meiner Kehle. Das Verlangen nach einem Glas Whisky. Ich schluckte leer.

Annas Stimme riss mich aus meinen Gedanken. „Wenn das hier Lucia Petrelli ist, wer ist dann die Frau, nach der wir suchen?"

25

Auf der Rückfahrt zum Hotel schwiegen wir beide. Ich hatte keine Lust über irgendetwas zu sprechen, war frustriert und auch etwas in meiner Berufsehre verletzt. Es war mir peinlich, vor Anna zugeben zu müssen, dass wir bisher keinen Erfolg bei unseren Ermittlungen verbuchen konnten.

Anna musste meine schlechte Stimmung bemerkt haben, denn sie zog es vor, ebenfalls zu schweigen. Oder war sie etwa auch entmutigt?

Ich war nicht in der Lage, einen vernünftigen Gedanken zu fassen. Mein Drang nach Alkohol wurde stärker und machte mir gleichzeitig Angst. Es war das brennende Bedürfnis, den Misserfolg hinunterzuspülen.

Den Weg vom Auto zum Hoteleingang gingen wir Hand in Hand.

„Ich brauche einen Drink", sagte ich.

„Geh du schon mal vor, ich komme gleich nach", entgegnete Anna.

Ich setzte mich auf einen Hocker an die Bar und dachte nach. Lucia Petrelli war seit zwei Jahren tot. Und wer war die Frau, die wir suchten? Sollte ich Hagmann über die neuen Erkenntnisse informieren? Oder vielleicht Kommissar Moretti? Würde das Hagmann entlasten? Welche Beweise konnte ich überhaupt vorbringen? Tatsache war, dass eine Lucia Petrelli auf dem Friedhof begraben war. Aber was würde das beweisen? Gab es eine zweite Lucia Petrelli, die jetzt Lucia Hagmann hieß?

„Herr Klein." Cavallo stand in der Tür. „Entschuldigung. Haben Sie einen Moment Zeit?"

„Selbstverständlich. Bitte setzen Sie sich zu mir."

Cavallo betrat zögernd die Bar. „Ich habe ein Problem und Sie können mir vielleicht helfen." Sein Gesicht war weiß wie Papier und seine Stimme klang schwach und heiser.

„Ich helfe Ihnen gerne, wenn ich kann."

Jetzt kam auch Anna herein. Sie ging hinter den

Tresen und öffnete den Schrank mit den Spirituosen.

„Kommen Sie!“ Ich bot Cavallo einen Hocker an. „Ich lade Sie zu einem Drink ein.“

Cavallo schüttelte den Kopf. „Nein, vielen Dank.“

„Um was für ein Problem handelt es sich?“, fragte ich ihn.

Cavallo setzte sich neben mich auf einen Barhocker. Das Sprechen schien ihm schwerzufallen. „Das hier gab mir eine Krankenschwester im Spital.“ Er zog einen gefalteten Zettel hervor und gab ihn mir. „Man hat ihn bei Mario gefunden.“

Ich faltete den Zettel auseinander. Es war ein Blatt aus einem Notizblock. Oben links stand die Adresse des Hotels Eleonora.

„Dieses Papier verwenden wir, um Nachrichten für Hotelgäste zu notieren.“ Cavallo machte eine Pause, als müsse er sich sammeln. „Es ist Marios Handschrift.“

Ich runzelte die Stirn. „Es ist seltsam, dass der Zettel nicht von der Polizei sichergestellt wurde.“

„Vielleicht haben sie ihn einfach übersehen“, schlug Anna vor. „Das würde mich nicht überraschen.“

Cavallo deutete mit dem Finger darauf. „Es stehen zwei Telefonnummern darauf, sonst nichts. Nur diese zwei Nummern. Es sind Telefonnummern aus der Schweiz. Vielleicht wollte Mario Ihnen diesen Zettel überbringen. Vielleicht war er deshalb in Ihrem Zimmer.“

Ich hielt den Zettel ins Licht. Das eine war eine

Nummer mit der Vorwahl von Zürich, das andere war eine Schweizer Handynummer. Ich schüttelte den Kopf. „Tut mir leid, ich kenne diese Nummern nicht."

„Wir müssen herausfinden, wem die Nummern gehören", sagte Anna. „Vielleicht helfen sie uns weiter."

„Wie viele Schweizer wohnen zurzeit hier im Hotel?", fragte ich Cavallo.

„Außer Ihnen nur noch einer: Herr Hagmann."

„Ich werde mich darum kümmern", versprach ich.

Cavallo bedankte sich und verließ die Bar.

Ich faltete den Zettel wieder zusammen und steckte ihn in die Brusttasche meines Hemdes.

„Whisky?", fragte Anna.

„Hast du etwas aus dem schottischen Hochland?"

Anna suchte zwischen den Flaschen. „Macallan. Ich weiß zwar nicht, ob er aus dem Hochland kommt, aber es ist auf jeden Fall ein guter schottischer Whisky." Sie füllte ein Glas und stellte es vor mich hin.

Ich nahm einen Schluck und nickte wohlwollend.

„Wie gehen wir jetzt weiter vor?" Die erfolglose Spur bis zum Grab von Lucia Petrelli hatte anscheinend keine negativen Auswirkungen auf Annas Motivation gehabt.

„Das kann ich im Moment noch nicht sagen." Ich hob das Glas gegen das Licht und betrachtete die bernsteinfarbene Flüssigkeit. „Ich werde Hagmann besuchen. Auf dem Weg dorthin werde ich mir die nächsten Schritte überlegen. Aber im Moment genieße ich diesen exzellenten schottischen Malt-Whisky. Nur dieses eine Glas." Genussvoll nahm ich einen weiteren Schluck. „Alles andere kann im Moment warten."

Anna fischte eine Zigarette aus ihrer Handtasche, führte sie zwischen die Lippen und zündete sie mit jener eleganten Handbewegung an, die mich jedes Mal faszinierte. „Nur diese eine", schmunzelte sie. „Alles andere kann im Moment warten."

Den Weg zum Polizeipräsidium kannte ich. Anna hatte mir ihren roten Fiat geliehen. Es kam mir aber vor, als benötigte ich doppelt so lange wie Moretti mit seinem Alfa Romeo. Ein dumpfes Gefühl stellte sich in meinem Magen ein, als ich daran dachte, dass ich gleich wieder jenes Gebäude betreten würde, in dem ich zwei Tage lang eingesperrt war.

Vor dem Präsidium konnte ich keinen Parkplatz finden, weshalb ich in einer Nebenstraße vor einem Tabakwarengeschäft parkte. Ich überlegte, ob Hagmann Zigarren rauchte. War im Gefängnis das Rauchen überhaupt gestattet? Dann ließ ich den Gedanken wieder fallen, ein kleines Präsent mitzubringen.

Vor dem Eingang zögerte ich einen Moment. Es war mir, als spürte ich wieder die kalten Handschellen um meine Handgelenke und ich bildete mir ein, den Geruch der Matratze in der Gefängniszelle wahrzunehmen.

Der Wachtposten verlangte meinen Ausweis und fragte nach dem Grund meines Besuchs. Ich erwähnte Kommissar Moretti und dass ich Werner Hagmann besuchen wolle.

„Sind Sie sein Anwalt?“, wurde ich gefragt.

„Nein“, antwortete ich. „Ich bin ein Freund.“

Der Uniformierte deutete auf eine Holzbank und hob den Hörer ab.

Kaum hatte ich mich gesetzt, konnte man draußen eine Polizeisirene hören. Kurz darauf kamen zwei Polizeibeamte herein. Zwischen ihnen eingeklemmt ein dunkelhaariger Mann in einer Lederjacke, die Hände auf dem Rücken gefesselt. Er schrie aufgeregt auf Russisch, leistete aber keinen Widerstand. Die Polizisten führten ihn an mir vorbei. Er warf mir einen stechenden Blick zu.

Das erinnerte mich an einen Vorfall, als ich noch bei der Drogenfahndung war. Tom und ich waren schon seit Längerem einem russischen Dealer auf der Spur. Es war an einem eiskalten Tag im Januar. Wir hatten ihn in der Nähe des Hauptbahnhofs aufgespürt. Als er uns entdeckte, war er sofort geflohen. Wir hatten uns getrennt, um ihm den Weg abzuschneiden. Der Mann flüchtete am Ufer der Limmat entlang. Ich verfolgte ihn und kam ihm immer näher. Da stolperte der Flüchtende plötzlich und rutschte die Böschung hinunter in den Fluss. Das Eis am Rand brach sofort ein. Er konnte sich nicht mehr aus eigener Kraft befreien und schrie vor Angst um Hilfe. Ich streckte ihm die Hand entgegen und zog ihn aus dem eiskalten Wasser heraus. Der Dealer blieb regungslos auf dem Boden liegen. Ich kniete mich neben ihn, um zu überprüfen, ob er noch atmete. In diesem Moment schlug er mir mit der Faust ins Gesicht. Ich sackte benommen zur Seite. Der Mann sprang auf und versuchte zu fliehen, aber Tom war bereits zur Stelle und hatte ihn überwältigen können. Ich hatte damals nicht mit dieser Reaktion gerechnet. Wie sich später herausstellte, hatte der Dealer mir die Nase gebrochen.

„Kommissar Moretti ist leider nicht hier." Korporal Rossi stand vor mir und begrüßte mich. „Ich werde Sie zu Herrn Hagmann begleiten."

„Hat man auf dem Gelände des Hotels noch etwas gefunden?", fragte ich.

„Tut mir leid", entschuldigte sich Rossi. „Ich bin nicht befugt, Ihnen Auskünfte darüber zu erteilen."

Da war sie wieder, die von Moretti definierte Grenze zwischen der Polizei und dem Rest der Welt – jenen, die dazugehörten, und den Anderen. Damit war das Gespräch beendet. Ich folgte Rossi durch den langen Korridor, durch den ich nun bereits mehrmals gegangen war, vorbei an den grünen Metalltüren. Das dumpfe Gefühl in meiner Magengegend war stärker geworden. Als Rossi die Tür aufschloss und ich in den kahlen Besucherraum trat, staunte ich nicht schlecht. Hagmann wartete bereits auf mich. Das Blatt hatte sich unvermittelt wieder gewendet. Jetzt war es nicht mehr ich, der im blauen Overall auf dem Stuhl saß.

„Herr Klein!“ Hagmann setzte ein gequältes Lächeln auf. „Danke, dass Sie gekommen sind.“ Es schien, als hätte er seit meinem letzten Besuch deutlich an Gewicht verloren.

„Bekommen Sie genug zu essen?“, fragte ich besorgt.

„Von der guten italienischen Küche ist hier drin leider nicht viel zu spüren.“

Ich wusste aus eigener Erfahrung, wovon er sprach. Aber ich erwähnte nichts davon, dass ich noch vor Kurzem ebenfalls hier hinter diesen Mauern eingeschlossen war.

„Konnten Sie in der Zwischenzeit schon etwas herausfinden?“ Hoffnung lag in seinem Blick.

„Leider noch nicht sehr viel.“ Ich war vorsichtig mit meiner Formulierung, denn ich wollte vermeiden, dass er unerwartet wieder einen Tobsuchtsanfall bekam. „Ich habe eine Spur zu einer Lucia Petrelli verfolgt.“ Dass Anna bei der Suche beteiligt gewesen war, erwähnte ich nicht.

Hagmanns Augen weiteten sich. „Tatsächlich?“

„Leider hat sich aber herausgestellt, dass es sich dabei um die falsche Lucia Petrelli handelte. Morgen werde ich aber einer neuen Spur nachgehen, die vielversprechend aussieht.“ Ich hoffte, dass Hagmann mir die Lüge nicht anmerkte.

„Warum hat sie das nur getan?“ Hagmann sagte es mehr zu sich selbst.

Ich verstand zuerst nicht, was er meinte.

„Warum ist sie weggegangen, ohne ein letztes Wort? Ohne eine Nachricht zu hinterlassen? Warum tut sie mir so etwas an?“

„Glauben Sie, dass sie aus freien Stücken gegangen ist? Glauben Sie, dass sie lebt?“, fragte ich.

„Lucia lebt, davon bin ich felsenfest überzeugt. Sie müssen sie nur finden. Das ist dann der Beweis, dass ich nichts mit ihrem Verschwinden zu tun habe.“ Ein seltsames Leuchten war in seinen Augen.

Ich versuchte auf ein anderes Thema auszuweichen. „Ich komme nochmals auf diesen ominösen Zettel mit der Telefonnummer zurück, den Sie im Hotelzimmer gefunden haben.“

Hagmann nickte.

„Ist Ihnen in der Zwischenzeit noch irgendetwas dazu eingefallen? Hat sie diese angebliche Freundin früher irgendwann einmal erwähnt?“

„Seit ich hier drin bin, denke ich die ganze Zeit darüber nach. Ich suche in meiner Erinnerung nach irgendwelchen Namen oder Orten, die sie vielleicht einmal erwähnt hat. Aber da ist nichts, an das ich mich erinnern kann. Stellen Sie sich vor, ich weiß gar rein nichts über meine Frau. Es war mir damals nicht so wichtig. Ich hatte nicht die Zeit, mich mit ihr über ihr früheres Leben zu unterhalten. Und es hat mich offen gestanden auch nicht groß interessiert. Das ist mir erst hier drinnen bewusst geworden. Ich habe eine Puppe geheiratet. Eine Puppe ohne Gesicht und ohne Vergangenheit.“ Hagmanns

Blick war plötzlich leer. Er stützte sein bärtiges Kinn in seine Hände.

„Wir dürfen nicht aufgeben“, versuchte ich ihn zu trösten. „Noch ist nichts verloren und auch nichts bewiesen. Ich werde morgen meine Nachforschungen fortsetzen und Sie informieren, sobald sich etwas Neues ergibt. Das verspreche ich Ihnen.“ Ich war froh, dass Hagmann meine Gedanken nicht erraten konnte, denn ich wusste wirklich nicht, wie ich weiter vorgehen sollte. Ich hatte keinen blassen Schimmer.

Die Chance war zwar klein, aber ich holte trotzdem den Zettel hervor, den Cavallo mir übergeben hatte, und faltete ihn auseinander. „Kennen Sie eine dieser beiden Nummern?“ Mit diesen Worten legte ich den Zettel vor ihm auf den Tisch.

Hagmann nahm ihn in die Hand und hielt ihn in einiger Entfernung vor sich hin. „Ohne meine Lesebrille kann ich nichts sehen. Können Sie sie mir bitte vorlesen?“

Ich las die beiden Nummern laut vor.

„Das sind die Nummern von Hartmeier, meinem Anlageberater. Woher haben Sie die?“, fragte er überrascht.

„Cavallo hat sie mir gegeben. Hartmeier muss versucht haben, Sie im Hotel zu erreichen.“

„Weshalb sollte er mich erreichen wollen?“

„Rufen Sie ihn doch einfach an und fragen Sie ihn.“

„Ich habe kein Telefon.“

„Ich habe mein Handy dabei."

„Hat man Ihnen das nicht abgenommen, als Sie zu mir wollten?", fragte Hagmann erstaunt.

„Die Polizei hier scheint es mit der Durchsuchung nicht sehr genau zu nehmen. Glücklicherweise." Ich wählte die erste der beiden Nummern auf dem Zettel und reichte Hagmann mein Handy.

Hagmann nahm es und hielt es ans Ohr. „Es nimmt niemand ab." Er gab mir das Handy wieder zurück.

Ich wählte die zweite Nummer.

Wieder hielt Hagmann das Handy ans Ohr und wartete. „Hier ist Hagmann", sprach er ins Telefon und nickte mir aufgeregt zu. „Herr Hartmeier – danke, ja es geht mir gut. Sie haben versucht, mich zu erreichen? Was gibt es denn?"

Hagmann hörte gespannt zu, was ihm der Mann am anderen Ende erzählte. Seine Miene veränderte sich zunehmend, seine Augen wurden immer größer und sein Mund öffnete sich immer mehr. Und es schien, als würde sein Gesicht noch bleicher werden, als es ohnehin schon war. Ich konnte aus dem Handy eine Stimme vernehmen, die schnell sprach und sehr aufgeregt zu sein schien. Aus Hagmanns Reaktion war abzulesen, dass etwas Schlimmes passiert sein musste.

„Das ist unmöglich", keuchte Hagmann schließlich. „Sind Sie ganz sicher? – Ein Irrtum ist ausgeschlossen?" Hagmann presste das Handy fester ans Ohr und hörte konzentriert zu.

Dann schien das Gespräch plötzlich beendet. Hagmann saß vor mir, das Handy noch immer ans Ohr gedrückt und sah mich an, als würde er durch mich hindurchblicken. Es schien, als müsse er das, was er gerade gehört hatte, zuerst begreifen.

„Was ist passiert?", fragte ich besorgt.

Hagmann antwortete nicht.

Ich fragte mich, was Hartmeier ihm gerade mitgeteilt hatte. Vielleicht etwa, dass ich sein Zimmer durchsucht und ihn an die Polizei verraten hatte? Ich machte mich auf eine jähzornige Reaktion gefasst und mein Blick suchte heimlich bereits die rettende Tür.

„Warum tut sie mir das an?", brach es endlich aus ihm heraus.

„Was ist passiert?", fragte ich nochmals.

„Sie hat ihre Vollmachten missbraucht." Hagmann schüttelte verzweifelt den Kopf. „Warum tut sie mir das nur an?", wiederholte er.

„Von wem sprechen Sie? Von Lucia?"

Hagmanns Miene spiegelte Enttäuschung und Traurigkeit wider. „Sie hat das ganze Geld abgehoben."

Jetzt war ich es, der stumm dasaß. „Wann war das?", fragte ich aufgeregt, als ich mich wieder gefangen hatte.

„Vor zwei Tagen. Mein Anlageberater wollte mich sofort informieren, da es ihm ungewöhnlich erschien. Er konnte mich aber nicht erreichen."

Ich schlug mit der Hand auf die Tischplatte. „Dann haben wir den Beweis, dass Lucia noch lebt. Und dass

Sie unschuldig sind. Ich muss sofort mit Kommissar Moretti sprechen."

In diesem Moment klingelte mein Handy. Hagmann reichte es mir über den Tisch zurück. Ich meldete mich.

Der Anrufer war John, der Barkeeper. „Er ist hier", flüsterte er. „Der Kerl mit dem gelben Motorradhelm."

26

Mit steigender Ungeduld hämmerte ich gegen die Tür des Besucherraums. Als sie endlich geöffnet wurde, hetzte ich am verdutzten Korporal Rossi vorbei und eilte den Korridor entlang zum Ausgang. Mit schnellen Schritten verließ ich das Polizeipräsidium und eilte zum Wagen. Dies war vermutlich meine einzige Chance, Claudio Rizza zu stellen.

Als ich um die Ecke bog, stand gerade eine Politesse vor dem Fiat. Ich hatte vergessen, die Parkuhr zu bedienen.

„Verdammt! Ausgerechnet jetzt!", fluchte ich laut.

„Wie bitte?", sagte die Politesse mit ernster Miene.

„Entschuldigung." Ich versuchte ruhig zu bleiben. „Ich habe es sehr eilig."

„Ja, ja. Das haben es alle." Mit akribischer Genauigkeit füllte sie den Strafzettel aus.

Ich stand daneben und ballte die Fäuste in den

Hosentaschen. Es kam mir wie eine Ewigkeit vor, bis sie endlich alle Angaben aufgenommen hatte, und ich hatte den Eindruck, als würde sie sich dafür bewusst viel Zeit lassen. Mit einem überlegenen Lächeln überreichte sie mir den Zettel.

Ich riss ihn ihr aus der Hand, sprang ins Auto und startete den Motor. Mit durchdrehenden Rädern brauste ich davon und sah im Rückspiegel, wie sie mir mit offenem Mund nachstarrte. Doch bald wurde ich von einer roten Ampel gestoppt, meine Vollbremsung ließ die Reifen kreischen. Nervös trommelte ich aufs Lenkrad. Die Fahrt ging weiter, von einer Ampel zur nächsten. Es kam mir vor, als hätten sich die Götter gegen mich verschworen. Jede Ampel schaltete vor mir auf Rot. Jetzt zählte jede Sekunde. Der Weg bis zum Hafen hinunter schien sich unendlich in die Länge zu ziehen.

Unvermittelt musste ich vor einem Lastwagen bremsen, der die Straße versperrte. Ich hupte verzweifelt, doch der Fahrer zuckte bloß mit den Schultern und fuhr fort, Kisten auszuladen. Entnervt setzte ich mit dem Fiat zurück und bog in eine andere Straße ein. Es war heiß im Auto. Der Schweiß lief mir herunter und das Hemd klebte an meinem Rücken. Und dann hatte ich plötzlich die Orientierung verloren. Die Straßen schienen immer schmaler zu werden und ich kam mir vor wie in einem Labyrinth, einem undurchdringlichen Netz, in das ich mich verwickelt hatte und aus dem es kein Entrinnen gab.

Neben einem Kiosk bremste ich abrupt und fragte nach dem Weg zum Hafen. Eine Frau mit Kopftuch zeigte in die Richtung, aus der ich gerade gekommen war. Mit einem Kavalierstart setzte ich davon und nach weiterem verzweifelten Suchen entdeckte ich endlich einen Wegweiser zum Hafen. Kurz darauf tauchte der Hafen vor mir auf.

Als ich an der Flamingo Bar vorbeifuhr, drosselte ich das Tempo. Vor dem Eingang stand eine silbergraue Vespa. Ich parkte auf der gegenüberliegenden Straßenseite im Schatten einer alten Platane und beobachtete den Eingang. Ich nahm mein Handy, rief die Auskunft an und fragte nach der Nummer der Flamingo Bar.

Es klingelte lange, bevor sich John meldete.

„Ist er noch da?", fragte ich.

„Einen Moment." Es knackte.

Ich wartete ungeduldig.

„Okay", sagte John. „Ich habe den Anruf in mein Büro umgeleitet, damit er nichts mitkriegt. Er sitzt allein an einem Tisch und trinkt ein Bier. Soll ich etwas unternehmen?"

„Nein! Verhalte dich ganz normal. Er soll keinen Verdacht schöpfen."

„Wo bist du?", fragte John.

„Ich beobachte den Eingang."

Ich beendete das Gespräch und war beruhigt. Jetzt musste ich nur warten, bis Rizza herauskam.

Mein Magen knurrte und der Durst quälte mich.

Doch ich wagte nicht, meinen Beobachtungsposten zu verlassen. In der Nähe spielten zwei Jungen mit einem Ball. Ich ließ das Seitenfenster herunter und rief sie zu mir heran.

„Wollt ihr zwei Euro verdienen?“, fragte ich sie.

Die beiden nickten eifrig.

Ich drückte ihnen einen Geldschein in die Hand. „Geht hinüber zur Flamingo Bar und holt mir ein Sandwich und eine Cola.“

Der Größere der beiden nahm das Geld. Ich sah ihnen nach, wie sie die Straße überquerten und in der Bar verschwanden. Ob sie wohl zurückkommen würden? Hatte die Bar einen Hinterausgang? Doch meine Zweifel waren unbegründet. Nach wenigen Minuten tauchten sie wieder auf und kamen zu mir herüber. Der größere, er hatte dunkle Augen und trug eine rote Baseballmütze, reichte mir die bestellten Sachen und den Geldschein durch das Fenster.

„Habt ihr nicht bezahlt?“, fragte ich ihn erstaunt, als ich den Schein wieder in der Hand hielt, den ich ihm gegeben hatte.

„Der Mann an der Bar fragte, für wen die Bestellung sei“, erklärte er. „Und dann meinte er, dass das nichts koste.“

Ich gab den beiden den verdienten Lohn und bedankte mich.

„Sind Sie ein Detektiv?“, fragte der Junge mit der roten Mütze.

Ich war verblüfft. „Warum glaubst du das?“

„Weil sie hier im Auto sitzen und die Bar dort drüben beobachten."

Ich musste schmunzeln. „Ja, ich bin Privatdetektiv."

„Wow, cool." Die Augen des Jungen leuchteten.

„Wie heißt du?", fragte ich ihn.

„Manuel." Er kratzte sich hinter dem Ohr. „Verfolgen Sie einen Mörder?"

Ich versuchte ernst zu bleiben. „Ich weiß noch nicht, ob er ein Mörder ist. Aber ich werde es herausfinden." Ich ließ mir das Sandwich schmecken.

„Wie wird man Privatdetektiv?", fragte Manuel.

„Ich war früher bei der Polizei und bin dann Privatdetektiv geworden." Ich öffnete die Getränkedose und nahm einen Schluck.

„Wir wollen auch einmal Privatdetektive werden", sagte Manuel. Der andere Junge nickte zustimmend. „Können wir Ihnen helfen?"

Ich überlegte. „Ja, ihr könntet mir helfen."

Mit erwartungsvollem Blick standen die beiden neben dem Auto und warteten auf das, was nun kommen sollte.

Ich deutete mit der Getränkedose in der Hand zum Eingang hinüber. „Ich verfolge einen Mann. Er sitzt dort drüben in der Bar. Er fährt die Vespa, die vor dem Eingang steht, und trägt einen gelben Motorradhelm. Sobald er die Bar verlässt, muss ich ihm folgen. Ihr könnt mir helfen aufzupassen."

„Wir werden den Eingang genau beobachten, wie es sich für richtige Privatdetektive gehört." Manuel und der andere Junge schienen begeistert über ihre Aufgabe und verschwanden hinter einem Gebüsch am Straßenrand.

Sechs Augen sehen mehr als zwei, dachte ich und aß gemütlich mein Sandwich zu Ende. Danach rief ich Anna an und erzählte ihr von meinem Besuch bei Hagmann und dem Telefongespräch mit seinem Anlageberater.

„Wo bist du jetzt?“, fragte sie, als ich geendet hatte.

„Ich sitze in deinem Auto vor der Flamingo Bar und warte bis Rizza herauskommt. Dann werde ich ihm folgen. Vielleicht führt er mich zu Lucia.“

„Sei bitte vorsichtig! Er ist unberechenbar. Er hat dich schon einmal verletzt. Ich habe kein gutes Gefühl dabei.“

„Mach dir keine Sorgen. Das ist nicht das erste Mal, dass ich jemanden observiere.“

„Hat Lucia tatsächlich das ganze Geld von der Bank abgehoben?“

„Der Anlageberater der Bank hat es bestätigt. Damit können wir beweisen, dass Lucia noch lebt und Werner Hagmann unschuldig ist.“

„Und woher weißt du, dass der Anruf von der Bank echt war?“

„Davon muss ich im Moment ausgehen.“

„Ist denn die Aussage der Bank, dass Lucia das Geld abgehoben hat, nicht Beweis genug?“

„Ich bin kein Jurist. Es müsste Bankbelege geben, die sie unterschrieben hat. Und es gibt vielleicht einen Augenzeugen in der Bank. Aber ich weiß nicht, welche Bedeutung solche Beweise vor Gericht haben. Zudem sind solche Beweisverfahren sehr langwierig. Wir brauchen eindeutige Beweise, um Werner Hagmann aus dem Gefängnis rauszuholen, und zwar so schnell wie möglich. Und der beste Beweis, dass Hagmann unschuldig ist, ist Lucia selbst."

Nachdem ich das Gespräch mit Anna beendet hatte, überlegte ich, ob ich Kommissar Moretti über die neue Beweislage informieren sollte. Doch ich erinnerte mich daran, dass Korporal Rossi erwähnt hatte, Moretti sei abwesend. Das hat noch Zeit bis morgen, dachte ich. Ich durfte Rizza auf keinen Fall aus den Augen verlieren. Vielleicht würde er mich direkt zu Lucia führen. Ich machte es mir in meinem Sitz bequem und lehnte mich zurück.

Ich fuhr zusammen, als jemand ans Seitenfenster klopfte. Mit Schrecken wurde mir bewusst, dass ich eingenickt war. Ein Fehler, der mir nicht hätte unterlaufen dürfen. Ich war sofort hellwach und ließ das Seitenfenster herunter.

„Er ist gerade herausgekommen", sagte Manuel, der neben dem Fiat kauerte und auf die gegenüberliegende Straßenseite zeigte.

Ich sah zur Bar hinüber. Es hatte inzwischen zu dämmern begonnen. Rizza stand neben der Vespa und telefonierte mit seinem Handy. Auf diese Distanz konnte ich nicht verstehen, was er sagte, doch er schien aufgeregt zu sein. Dann steckte er sein Telefon ein, stülpte sich den Helm über und setzte sich auf die Vespa.

„Ihr seid sehr gute Privatdetektive. Danke, dass ihr mir geholfen habt“, sagte ich zu Manuel und startete den Motor.

„Viel Glück“, wünschte Manuel.

Ich wartete, bis Rizza eine kurze Strecke gefahren war, und folgte ihm in sicherem Abstand. Jetzt darfst du ihn auf keinen Fall verlieren, dachte ich. Ich folgte dem roten Rücklicht der Vespa. Die Dämmerung schritt schnell voran, bald würde es ganz dunkel sein. Doch ich schaltete die Beleuchtung des Fiats nicht ein, ich wollte um jeden Preis vermeiden, dass Rizza mich bemerkte. Ich kniff die Augen zusammen, um in der Dämmerung besser sehen zu können. Mein Puls beschleunigte sich, das Jagdfieber hatte mich gepackt. Wohin wollte Rizza? Die Vespa vor mir dröhnte durch die menschenleeren Straßen. Plötzlich schien die Vespa langsamer zu werden. Ich verringerte die Geschwindigkeit und fixierte mit den Augen den kleinen, rot leuchtenden Punkt vor mir. Tatsächlich! Rizza hielt am Straßenrand! Ich stoppte in sicherer Entfernung und schaltete den Motor ab. Im Dunkeln hatte ich Schwierigkeiten mich zu orientieren. Verzweifelt versuchte ich, ein Straßenschild oder einen anderen Hinweis zu finden, wo ich mich gerade befand. Aber es gab nichts. Ich fluchte leise vor mich hin. Dann beobachtete ich, wie Rizza die Vespa am

Straßenrand abstellte und in einem Hauseingang verschwand. Eilig öffnete ich die Wagentür und wollte ihm bereits folgen, doch dann verharrte ich. Etwas sagte mir, dass ich abwarten sollte. Ich folgte meiner Intuition, schloss die Tür wieder und blieb sitzen. Kurz darauf kam Rizza auch schon wieder aus dem Eingang heraus. Und mir wurde bewusst, was mich stutzig gemacht hatte. Rizza hatte den Motorradhelm nicht abgenommen. Er setzte sich wieder auf die Vespa und fuhr los. Ich wartete einen Moment und drehte den Zündschlüssel. Der Motor stotterte!

Mir stockte der Atem. „Nein, nicht jetzt!" Nochmals versuchte ich es. Wieder nur ein Stottern. „Komm schon, spring an!", rief ich laut. Verzweifelt drückte ich das Gaspedal bis zum Anschlag und drehte den Schlüssel energisch. Der Motor drehte mehrmals und sprang schließlich an. Ich spähte nach vorne in die Dunkelheit. Die Vespa war nicht mehr zu sehen. Schweißperlen standen auf meiner Stirn. Und der Gedanke traf mich wie ein Schlag in die Magengrube: Ich hatte Rizza verloren!

Ich schaltete das Licht ein und folgte der Straße geradeaus, bis ich vor einer Kreuzung stand. Wie weiter? Ich entschied mich für den Weg, der aus der Stadt hinausführte. Die Schatten der Alleebäume huschten an mir vorbei. Vor mir auf der Straße konnte ich kein Licht erkennen. Als ich eine kurze Strecke gefahren war, trat ich hart auf die Bremse. War ich etwa dem falschen Weg gefolgt? Hatte Rizza einen anderen genommen? Sollte ich umdrehen? Inzwischen war es so dunkel, dass ich die Umgebung nicht mehr richtig sehen konnte. Ich blieb auf der Straße und suchte eine Wendemöglichkeit. Auf der rechten Seite tauchte ein kleiner Parkplatz auf. Ich bog hinein. Als die Scheinwerfer über die Büsche streiften, bemerkte ich eine Reflexion. Sie war nur einen Sekundenbruchteil zu sehen, ein kurzes Aufblitzen von Glas oder Metall. Ich stieg aus und ging auf die Büsche zu, die am Rand des Parkplatzes standen. Die Lichtkegel des Fiats beleuchteten den Waldrand. Ich spürte Sand unter meinen Schuhen. Als ich die Äste zur Seite drückte, entdeckte ich die Vespa. Sie stand angelehnt an einem Baumstamm.

Ich ging zurück zum Wagen, löschte das Licht und wartete, bis sich meine Augen an die Dunkelheit gewöhnt hatten. Der Vollmond verbreitete ein gespenstisches Licht. Vor mir konnte ich deutlich den Baum erkennen, unter dem Rizza seine Vespa versteckt hatte. Vorsichtig bewegte ich mich auf den Waldrand zu. Ein schmaler Pfad führte in den Wald hinein. Rizza musste diesen Weg gegangen sein. Im Wald war es noch dunkler, doch dank dem Vollmond konnte ich den Pfad erkennen, dem ich folgte. Es herrschte absolute Stille. Ich erschrak, als ein aufgescheuchter Vogel direkt über mir aufflatterte und im Dunkeln verschwand. Der sandige Pfad führte zwischen hohen Bäumen hindurch. Es roch nach Erde und Moos. Ich konnte den Vollmond durch die Baumkronen sehen.

Plötzlich blieb ich wie angewurzelt stehen. In einiger Entfernung konnte ich ein schwaches Licht ausmachen. Schritt um Schritt ging ich darauf zu. Der Wald öffnete sich und die Umrisse einer Hütte tauchten vor mir auf. Das Rauschen der Wellen war zu hören. Nun wusste ich, wo ich mich befand und woher das Licht kam. Ich stand direkt vor dem alten Bootshaus. Ich wollte mein Handy herausholen, um Anna mitzuteilen, wo ich mich befand. Doch ich hatte es im Auto liegen lassen. Vorsichtig näherte ich mich dem Steg, der hinüberführte.

Dann spürte ich einen harten Schlag am Hinterkopf und mir wurde schwarz vor Augen.

27

Das Erste, was ich spürte, waren die Schmerzen an meinem Hinterkopf, als ich wieder zu mir kam. Und ich wusste, dass ich mich in Gefahr befand. Deshalb hielt ich die Augen geschlossen und blieb regungslos liegen. Unter mir spürte ich einen harten Untergrund und es roch nach Benzin.

Ich hörte eine Frauenstimme: „Wir müssen ihn loswerden."

„Wie meinst du das?" Die zweite Stimme gehörte Claudio Rizza.

„Er ist dir bis hierher gefolgt", sagte die Frau. „Er weiß zu viel und er ist gefährlich."

„Was soll ich denn tun?“ Wieder Rizzas Stimme.

Ich hielt die Augen geschlossen. Die Schmerzen an meinem Kopf wurden stärker. Ganz vorsichtig versuchte ich, meine Arme zu bewegen, aber es gelang mir nicht. Da erschrak ich. War ich etwa so stark am Kopf getroffen worden, dass ich gelähmt war? Ich versuchte, die Finger zu bewegen, was mir gelang. Jetzt wurde mir bewusst, dass meine Hände und Füße gefesselt waren. Eine plötzliche Übelkeit stieg in mir auf.

„Wir müssen ihn loswerden“, wiederholte die Frau.

„Du meinst doch wohl nicht …?“ Rizzas Stimme klang ängstlich.

„Was schlägst du denn vor?“, sagte die Frau. „Er wird sofort zur Polizei gehen, wenn wir ihn laufenlassen.“

„Ich habe bereits ein Menschenleben auf dem Gewissen. Ich kann das nicht machen.“

„Das ist einzig und allein deine Schuld. Warum hast du nicht besser aufgepasst, du Idiot? Hast du denn nicht gemerkt, dass er dir gefolgt ist?“

Ich spürte meinen schnellen Herzschlag, versuchte aber, meine Atmung ruhig zu halten. Die Übelkeit wurde stärker. Jetzt nur nicht ohnmächtig werden, dachte ich. Ich musste irgendwie entkommen.

„Was soll ich tun?“, fragte Rizza.

„Muss ich denn immer an alles selbst denken? Warum kannst du nicht auch einmal deinen Grips etwas anstrengen? Manchmal frage ich mich wirklich, weshalb ich mit dir zusammen bin."

„Das kann ich dir schon sagen. Weil du jemand brauchst, der die Drecksarbeit für dich macht."

Es gab eine längere Pause. Keiner von beiden sagte etwas. Mich überfiel ein Schwindelgefühl.

„Entschuldige bitte", sagte Rizza. „Es tut mir leid. Du hast natürlich recht. Was soll ich tun?"

„Du musst mit ihm aufs Meer hinausfahren. Es wird wie Selbstmord aussehen."

„Ich soll ihn im Meer ertränken wie eine junge Katze? Das kann ich nicht."

„Dann sag du mir doch, was wir tun sollen! Hast du eine bessere Idee? Sollen wir ihn einfach wegzaubern?"

„Wir könnten ihn hier gefangen halten, bis alles vorbei ist."

„Und wenn ihn hier jemand findet? Dann wird er schnurstracks zur Polizei laufen. Wir haben es bald geschafft und dürfen nichts riskieren. Oder willst du für den Rest deines Lebens im Knast sitzen?"

„Du verlangst also, dass ich ihn umbringe?"

„Ich frage mich wirklich, wozu ich dich eigentlich habe. Ich erwarte, dass du deinen Teil an unserem Vorhaben leistest. Sei doch einmal ein Mann. Fahr mit dem Boot hinaus und bring die Sache zu Ende."

Ich kam mir vor wie in einem Albtraum. Zwei Menschen führten einen Dialog. Sie sprachen darüber, wie sie mich ermorden sollten. Ich lag da und hörte zu, wie sie mein Schicksal besiegelten. Das konnte nur ein böser Traum sein und ich musste jeden Moment aufwachen. Da kam mir Anna in den Sinn. Sie hatte mich noch gewarnt. „Sei vorsichtig", hatte sie gesagt. „Er ist unberechenbar. Er hat dich schon einmal angegriffen. Ich habe kein gutes Gefühl dabei." Du hattest recht, Anna, dachte ich. Ich hätte auf dich hören sollen.

Wieder spürte ich die starke Übelkeit, die in mir aufstieg. Ich überlegte noch, ob sie vom Schlag auf meinen Kopf oder von den Benzindämpfen herrührte. Dann verlor ich das Bewusstsein.

Ich öffnete die Augen. Über mir die silberne Mondscheibe, umgeben von funkelnden Sternen.

Wo war ich? War ich tot?

Als ich mich bewegen wollte, stellte ich fest, dass meine Arme und Beine noch immer gefesselt waren. Ich lag in einem Boot, das leicht auf und ab schaukelte. Aber ich war nicht allein. Jemand ruderte. Ich konnte die regelmäßigen Ruderschläge im Wasser hören. Vorsichtig hob ich den Kopf. Mir gegenüber saß eine dunkle Gestalt, die das Boot steuerte. Rizza fährt mit mir hinaus aufs Meer, um seinen Auftrag zu erledigen, dachte ich. Er hat bereits Mario getötet. Und ich werde der Nächste sein. Man wird meine Leiche irgendwo am Ufer finden. Man wird annehmen, dass es Selbstmord war. Ich werde im Gerichtsmedizinischen Institut liegen, neben der Frau mit dem Loch im Kopf.

Anna wird kommen und meine Leiche identifizieren. Sie wird um mich trauern. Jenny wird auch um mich trauern. Vielleicht wird sogar Silvia um mich trauern. Alle werden denken: Er konnte die Scheidung nicht überwinden und er war ein Alkoholiker. Und dann tauchte der schwarze Grabstein mit der goldenen Inschrift in meinen Gedanken auf: „Sein Leben war erfüllt von der Suche nach der Wahrheit." Niemand wird jemals die Wahrheit erfahren, dachte ich. Man wird nie herausfinden, was wirklich geschehen ist. Vielleicht wird Anna einen Verdacht hegen. Sie wusste, dass ich Claudio Rizza verfolgte. Aber sie wird keine Beweise haben. Es wird Zeugen geben, die bestätigen können, dass ich Rizza vor der Flamingo Bar observiert habe. John, der Barkeeper, wird dies bestätigen können. Manuel und der andere Junge werden bezeugen können, dass ich ihm gefolgt bin. Aber niemand wird wissen, wohin. Niemand wird jemals herausfinden, wer Claudio Rizza ist. An seiner Wohnadresse wird man ein verfallenes Haus und ein paar wilde Katzen finden. Für Kommissar Moretti wird der Fall klar sein: „Es handelt sich um einen Selbstmord. Basta!"

Ich muss mit Rizza ins Gespräch kommen, dachte ich. Ich muss versuchen, ihn von seinem Vorhaben abzubringen!

„Was haben Sie mit mir vor?", fragte ich.

Trotz der Dunkelheit konnte ich erkennen, wie Rizza zusammenzuckte, als er meine Stimme hörte.

Ich war selbst überrascht, dass ich so ruhig war.

„Was haben Sie mit mir vor?“, fragte ich nochmals.

Rizza gab keine Antwort. Die Frequenz der Ruderschläge erhöhte sich. Er schien so schnell wie möglich alles hinter sich bringen zu wollen.

„Ich weiß, dass Sie Mario Bernasconi ermordet haben. Wollen Sie auch noch einen zweiten Mord begehen?“

„Halten Sie die Klappe!“, schrie Rizza.

„Warum haben Sie Mario ermordet? Wusste er zu viel? Ist das der Grund, warum Sie auch mich umbringen wollen?“

„Ich schlage Sie tot, wenn Sie nicht sofort ruhig sind!“, brüllte Rizza.

„Glauben Sie, dass Sie einen wehrlosen Menschen einfach erschlagen können? Das bringen Sie nicht über sich.“

Unvermittelt schoss Rizza in die Höhe. Er stand über mir. Er fasste das Ruder mit beiden Händen und holte aus. Ich schloss die Augen und wartete auf den Schlag. Das Ruder krachte neben meinem Kopf auf die Bordkante. Das Boot schwankte stark hin und her. Rizza konnte sich gerade noch festhalten, damit er nicht ins Wasser fiel.

„Das nächste Mal schlage ich wirklich zu!“, drohte er.

Am Boden liegend versuchte ich meine Hände frei zu kriegen, doch die Fesseln saßen zu fest um meine Handgelenke. Rizza war kein eiskalter Killer, das wusste ich. Es würde ihm schwerfallen, mich einfach so umzubringen. Ich musste seine Schwäche ausnutzen.

Jetzt saß er regungslos da, während das Boot weiter aufs ruhige Meer hinaustrieb.

Das schien meine Chance zu sein. „Setzen Sie mich einfach irgendwo am Ufer aus. Ich verspreche Ihnen, dass ich nicht zur Polizei gehen werde."

Rizza stützte verzweifelt den Kopf in die Hände. Er schien mit sich selbst zu ringen. „Ich habe ihn nicht ermordet", sagte er. „Es war ein Unfall. Ich wollte ihn nur einschüchtern. Ich habe ihn auf der Terrasse gepackt und seinen Oberkörper gegen das Geländer gedrückt. Da verlor er das Gleichgewicht. Ich konnte ihn nicht mehr halten. Er ist hinuntergefallen." Er verstummte und es hörte sich an wie ein Schluchzen. Nach einer Weile fuhr er fort: „Sie verstehen das nicht. Ich liebe Lucia. Sie ist alles, was ich habe. Ich werde sie nicht enttäuschen."

Auf einmal war er wie verwandelt. Er begann wieder zu rudern, schneller als vorher. Er hatte etwas roboterhaftes an sich, als würde er von einer fremden Macht gesteuert werden. Und diese Macht befand sich dort drüben am nahen Ufer.

In diesem Moment wusste ich, dass Rizza sein Vorhaben unter allen Umständen zu Ende bringen würde. Ihm war ein starkes Gift injiziert worden, gegen das es kein Gegenmittel gab. Blinde Liebe. Unzählige haben für sie ihr Leben gelassen und Kriege wurden ihretwegen angezettelt. Ich wusste aus eigener Erfahrung, wohin das führen konnte. Viele meiner Auftraggeber wurden von rasender Eifersucht getrieben. Sie wollten wissen, ob sie betrogen oder hintergangen wurden. Meine Aufgabe war es jeweils herauszufinden, ob die Eifersucht meiner Mandanten begründet war. Ich lebte vom Schmerz, der meine Auftraggeber plagte. Und nun wurde ich selbst das Opfer von blinder Liebe.

Rizza schien so von der Liebe zu Lucia gefangen, dass er bereit war, alles für sie zu tun. Sogar einen Mord zu begehen. Lucia schien ihn fest unter Kontrolle zu haben. Er war das Werkzeug, um ihre Ziele zu erreichen. Er war ihr Mordwerkzeug geworden.

Ich begriff, dass ich Rizza nicht mehr umstimmen konnte. Er war wie in einer Art Trance, war nicht mehr ansprechbar. Ich musste jetzt handeln, bevor es zu spät war. Musste die Kontrolle über die Situation und über mein Leben unbedingt zurückgewinnen.

Was dann geschah, konnte ich mir selbst nicht erklären. Es war, als wäre ich von meinem Unterbewusstsein gesteuert. Ich spürte keinen Schmerz und keine Angst mehr. Hatte nur noch einen Gedanken: Nichts wie weg! Alles ging sehr schnell, sodass Rizza keine Möglichkeit hatte, einzugreifen.

Mit aller Kraft kämpfte ich mich hoch, bis ich aufrecht im Boot stand. Das umliegende Meer war schwarz wie Pech. Die Fesseln schnitten in meine Gelenke. Ich atmete tief ein und ließ ich mich kopfüber ins Wasser fallen.

Das Meer war kalt. Völlige Dunkelheit umgab

mich. Meine Kleider sogen das Wasser auf wie ein Schwamm. Meine Schuhe wirkten wie Gewichte und zogen mich nach unten. Ich hatte keine Orientierung, wusste nicht, wo oben und unten war. Mit ruckartigen Bewegungen versuchte ich, mich von den Fesseln zu befreien, was mir nicht gelang.

Dann geschah das, wovon ich oft gehört hatte, was ich aber nie glauben konnte. Mein Leben zog in einzelnen Sequenzen an mir vorbei. Es waren klare, farbige Bilder, die deutlich vor meinen Augen standen. Wichtige Ereignisse, aber auch unbedeutende Erlebnisse. Sie rasten in wirrer Reihenfolge durch meinen Kopf. Obwohl diese Eindrücke vermutlich nur Sekundenbruchteile dauerten, kam es mir wie Minuten vor. Ich befand mich in einem Zustand von tiefer innerer Ruhe. Alle Angst war von mir gewichen. Das sind die letzten Augenblicke meines Lebens, dachte ich.

Da schoss mir ein rettender Gedanke durch den Kopf. Das Taschenmesser! Alle meine Sinne waren nur noch auf diesen einen Gedanken konzentriert. Nach jenem Albtraum im Hotel hatte ich mir vorgenommen, das Taschenmesser immer bei mir zu tragen. Mit gefesselten Händen versuchte ich in die Hosentasche zu greifen. Es gelang mir das Messer herauszuziehen. Nur nicht fallen lassen!, dachte ich. Ich konnte die Klinge herausklappen, zog die Beine an und begann, an den Fußfesseln zu schneiden. Das Messer hielt ich fest im Griff. Es war nicht einfach, denn der Strick war vom Wasser durchtränkt und die Klinge glitt mehrmals ab. Ich spürte, wie mir langsam die Luft ausging. Dann waren meine Beine plötzlich frei und ich schwamm mit kräftigen Beinstößen nach oben.

Als ich die Wasseroberfläche mit dem Kopf durchstoßen hatte, atmete ich mit tiefen, hastigen Zügen die lebensspendende Luft ein. Ich hatte es geschafft! Sofort sah ich mich um. Im hellen Mondlicht konnte ich in einiger Entfernung die Umrisse des Bootes erkennen. Ich versuchte, ruhig auf dem Rücken zu liegen und mich auszuruhen. Das Boot entfernte sich immer mehr von mir. Von Weitem konnte ich die Brandung hören. Mit regelmäßigen Beinstößen bewegte ich mich Richtung Ufer. Meine Hände waren noch immer gefesselt, das Taschenmesser hielt ich fest in der Hand. Immer wieder musste ich Pausen einlegen, in denen ich mich auf den Rücken legte, um die Beine zu entspannen und Atem zu schöpfen. Nur keinen Krampf bekommen!, dachte ich. Das Boot war inzwischen außerhalb meiner Sichtweite.

Nach einer unendlichen Weile spürte ich endlich Boden unter den Füßen. Völlig erschöpft ließ ich mich in den weichen Sand fallen. Die Schuhe hatte ich im Wasser verloren.

Nach einer kurzen Erholungsphase begann ich, mit dem Taschenmesser den Strick zu durchtrennen, mit dem meine Hände gefesselt waren. Es war schwierig, denn ich konnte im fahlen Mondlicht nicht gut sehen und das Messer rutschte immer wieder ab und fiel zu Boden. Doch dann waren endlich auch meine Hände frei. Ich rieb meine Handgelenke und bewegte meine Arme in alle Richtungen, um die Blutzirkulation in Gang zu bringen.

Nachdem ich mich etwas erholt hatte, sah ich mich um. Ich hatte keine Ahnung, wo ich mich befand und in welche Richtung ich mich bewegen sollte. Vor mir konnte ich hohe Bäume erkennen. Ich ging darauf zu und betrat einen lichten Wald. Kein Geräusch war zu hören. Vorsichtig kämpfte ich mich durch das Unterholz. Manchmal trat ich auf Äste oder Dornen, die sich schmerzhaft in meine nackten Füße bohrten.

Irgendwann stand ich mitten auf einer Waldlichtung. Das helle Mondlicht beleuchtete einen eigenartigen Baum, der in der Mitte gespalten zu sein schien, denn es war nur noch eine Hälfte vorhanden. Es war jene Eiche, die vom Blitz getroffen worden war und die ich bei meiner Exkursion zur Seeschwalbenkolonie entdeckt hatte. Jetzt wusste ich, wo ich mich befand und in welche Richtung ich gehen musste.

Ich durfte keine Zeit verlieren.

28

Das Mondlicht schien durch die Baumkronen und beleuchtete den schmalen Pfad. Ich bewegte mich leise und behutsam vorwärts. Denn ich wollte es vermeiden, barfuß in Dornen zu treten oder Geräusche zu verursachen. Ich wusste nicht, wo sich Rizza im Moment aufhielt. Unter meinen Füßen spürte ich den feinen Sand. Manchmal stolperte ich über eine Wurzel. Es herrschte absolute Stille, nicht einmal die Blätter rauschten im Wind. In der Ferne hörte ich den geisterhaften Ruf eines Waldkauzes. Die nassen Kleider klebten noch an meinem Körper.

Dann blieb ich wie erstarrt stehen. Etwas hatte sich in einiger Entfernung vor mir bewegt. Angestrengt horchte ich und presste die Augen zusammen, um besser sehen zu können. Aber ich konnte nichts ausmachen. War es nur Einbildung gewesen? Oder war es Rizza, der nach mir suchte? Hatte er die durchgeschnittenen Stricke gefunden? Ich griff mit der Hand in meine Hosentasche, um das Taschenmesser herauszuziehen. Doch es war nicht mehr da! Ich musste es am Strand verloren haben. Jetzt konnte ich vor mir deutlich einen Schatten erkennen, der sich bewegte. Erleichtert ließ ich die Luft aus meinen Lungen entweichen. Es war ein Fuchs auf Beutefang, der sogleich wieder im Gebüsch verschwand.

Vorsichtig folgte ich dem schmalen Pfad. Ich wusste, dass dieser direkt am Bootshaus vorbeiführte. Das Meer musste sehr ruhig sein, denn ich konnte kein Wellenrauschen hören.

Wieder blieb ich stehen. Nur wenige Meter neben mir raschelte etwas am Boden. Die Baumstämme umgaben mich wie schwarze Schatten. Ein hoher

Piepton verriet die Beute, auf die der Fuchs aus war: eine Maus auf dem Waldboden.

Ich verließ jetzt den schützenden Wald und ging weiter den Strand entlang. Die runde Mondscheibe spiegelte sich weit draußen auf der glatten Oberfläche des Meeres. In einiger Entfernung entdeckte ich einen schwachen Lichtschimmer.

Das musste das Bootshaus sein. Ob sich Lucia und Rizza noch dort aufhielten? Ich hatte mein Handy im Fiat liegen lassen und überlegte, ob ich zurück zum Parkplatz gehen und die Polizei anrufen sollte. Doch ich entschied mich anders. Das Risiko war zu groß, dass die beiden in der Zwischenzeit verschwinden könnten. Ich durfte sie auf keinen Fall aus den Augen verlieren.

Von einem Baumstamm zum andern bewegte ich mich vorwärts, bis ich nahe genug war. Aus dem Innern des Bootshauses konnte ich Stimmen hören. Ich legte mich auf den Boden und robbte auf allen vieren bis zum Anfang des Stegs. Der Vollmond verbreitete einen silbernen Schein. Mit ein paar schnellen Schritten hatte ich den Steg überquert und suchte im Schatten der rückwärtigen Wand Deckung. Aus dem kleinen Fenster über mir kam ein fahler Lichtschein und die Stimmen dahinter konnte ich deutlich hören.

„… und bist du sicher, dass er tot ist?“ Es war wieder die Frauenstimme.

„Ich habe getan, was du gesagt hast“, hörte ich Rizza sagen. „Ich habe ihn im Wasser ertränkt.“

„Ich hoffe, du warst so schlau, ihm danach die Fesseln abzunehmen. Es soll wie ein Selbstmord aussehen."

„Das habe ich."

„Und was hast du mit den Fesseln gemacht?", fragte sie.

Einen Moment war es still. „Die habe ich am Strand vergraben", sagte Rizza schließlich.

Anscheinend hatte er nicht den Mut, ihr die Wahrheit zu sagen. Vermutlich nahm er an, dass ich mit gefesselten Händen und Füßen keine Chance gehabt hatte und im Meer ertrunken war. Ich musste äußerst vorsichtig sein. Ein zweites Mal würden die beiden mich garantiert nicht entkommen lassen. Ich wagte es nicht, einen Blick durch das Fenster zu werfen.

„Gut", sagte die Frau. „Wir müssen jetzt mit dem Geld verschwinden."

„Wie viel ist es?"

„Dreihunderttausend. Leider hatte ich keine Vollmacht für die Aktiendepots."

„Wow!" Rizza schien beeindruckt. „Und wo ist das Geld jetzt?"

„Traust du mir etwa nicht?" Ein vorwurfsvoller Unterton klang in ihrer Stimme mit.

„Klar traue ich dir, mein Schatz."

„Mach dir keine Sorgen. Das Geld ist an einem sicheren Ort. Ich habe es in einem Schließfach am Bahnhof deponiert."

„Glaubst du, dass es dort sicher ist?"

„Darauf kannst du Gift nehmen."
„Und wo ist der Schlüssel?"
„Den trage ich gut versteckt bei mir."
„Gehen wir jetzt?", fragte Rizza.
„Wir müssen sehr vorsichtig sein. Vermutlich sucht man uns schon. Die Polizei wird bereits wissen, dass ich das Geld abgehoben habe. Wir müssen so schnell wie möglich über die Grenze. Hast du alles vorbereitet?"
„Ja. Der Wagen steht in der alten Scheune neben der Gärtnerei bereit. Wir fahren mit der Vespa dorthin. Dann nehmen wir den alten Grenzübergang, der ist nach Mitternacht nicht mehr bewacht."
„Gut. Danach können wir uns auf den nächsten Fall konzentrieren."
„Wer ist es diesmal?"
„Ein Industriemagnat, der sich zur Ruhe gesetzt hat. Er besitzt eine Villa in der Nähe von Cannes. Das wird eine einfache Sache. Ich schätze, dass wir das Ganze in ein paar Monaten durchgezogen haben. Hast du dich um die neuen Pässe gekümmert?"
„Die habe ich im Wagen versteckt. Sie waren um einiges teurer als das letzte Mal. Ich glaube, wir sollten einen anderen Fälscher suchen."
„Das werden wir. Aber jetzt müssen wir verschwinden."
Ich hatte genug gehört. So schnell ich konnte überquerte ich den Steg. Ich musste unbedingt verhindern, dass sich die beiden absetzen konnten.

Als ich den Parkplatz erreicht hatte, überlegte ich, was ich tun sollte. Jetzt musste ich schnell handeln. Ich ging zuerst zur Vespa und ließ die Luft am hinteren Reifen heraus. Dann öffnete ich den Kofferraum des Fiats, holte ein Abschleppseil heraus, wickelte es auf und hängte es quer über meine Schulter. In der Nähe der Vespa versteckte ich mich hinter einem Baum und wartete.

Kurz darauf bog ein Auto in den Parkplatz ein. Die Scheinwerfer streiften über die Büsche. Schnell zog ich meinen Kopf in den Schatten des Baumstamms zurück. Waren das vielleicht Komplizen?, fragte ich mich. Die Fahrertür wurde geöffnet und ein Mann stieg aus und sah sich prüfend um. Er kam direkt auf mich zu und ich presste mich dicht an den Stamm. Zwei Meter vor mir blieb er stehen und sah sich nochmals um. Dann öffnete er seine Hose und pinkelte. Er räusperte sich und spuckte auf den Boden. Als er fertig war, ging er zum Auto zurück und fuhr weg. Die Heckleuchten waren kaum in der Dunkelheit verschwunden, da konnte ich zwei Gestalten erkennen, die aus dem Wald kamen und sich auf mich zu bewegten.

Ich hielt den Atem an und rührte mich nicht. Die beiden waren nur wenige Meter von mir entfernt. Ich konnte sie flüstern hören. Rizza ging zur Vespa und zog sie aus dem Gebüsch, während die Frau zum Fiat hinüberging. Hatte sie etwa Verdacht geschöpft? Kannte sie Annas Wagen? Rizza fluchte laut. Er musste den platten Reifen entdeckt haben. Er bückte sich hinunter, um das Rad zu überprüfen. Auf diesen Moment hatte ich gewartet.

Ich stürzte aus meinem Versteck hervor auf Rizza zu, der neben der Vespa kniete. Mit der Faust schlug ich hart gegen seine Schläfe. Er sackte sofort zu Boden. Ein gellender Schrei hinter mir ließ mich herumfahren. Die Frau kam direkt auf mich zu gerannt. Im Mondlicht sah ich etwas in ihrer Hand aufblitzen. Für den Bruchteil einer Sekunde stand der Albtraum vor meinen Augen, als ich gefesselt in einem Boot lag und die fremde Frau mit einem Messer auf mich einstach. Instinktiv drehte ich meinen Oberkörper zur Seite und machte einen Schritt zurück. Das Messer schlitzte meinen linken Ärmel auf. Mit beiden Händen packte ich ihren Arm, in dem sie das Messer hielt, und drehte ihn herum. Sie ließ das Messer fallen und landete auf dem Bauch. Ich fasste ihren anderen Arm, drehte ihn ihr auf den Rücken und presste mein Knie in ihr Kreuz. Schnell nahm ich das Abschleppseil, das ich über der Schulter trug, und band ihre Hände auf dem Rücken zusammen. Währenddessen schrie sie laut um Hilfe und zappelte mit den Beinen.

Als ich sie gefesselt hatte, ging ich zu Rizza hinüber. Dieser lag noch immer unbeweglich neben der Vespa. Ich schleifte den Bewusstlosen auf den Parkplatz und legte ihn auf den Bauch neben die Frau. Dann fesselte ich seine Hände mit dem anderen Ende des Seils ebenfalls auf dem Rücken.

Danach ließ ich mich erschöpft auf den Boden fallen und atmete schwer. Der Kampf hatte mich einige Kraft gekostet. Die Wunde an meinem Arm schmerzte. Die Frau schrie weiter laut um Hilfe.

„Hier hört dich niemand“, sagte ich zu ihr.

Sie verstummte. „Was haben Sie mit uns vor?“ Ihre Stimme klang angstvoll.

„Wenn ihr das macht, was ich sage, geschieht euch nichts.“

Im Mondlicht konnte ich ihre langen Haare erkennen, die ihr übers Gesicht fielen.

Jetzt fing Rizza an zu stöhnen. Er schien das Bewusstsein wieder zu erlangen. Ich kontrollierte die Fesseln meiner beiden Gefangenen und zog sie nochmals fester zu. Die Frau schrie wieder um Hilfe.

Ich ging zum Fiat und öffnete die Hintertür. Die Innenbeleuchtung des Wagens verbreitete ein schwaches Licht.

„Aufstehen!“, befahl ich.

Die beiden erhoben sich langsam und kamen schwankend auf die Beine.

Ich fasste beide am Arm und führte sie zum Fiat. „Einsteigen!“

Sie zwängten sich durch die Tür und ließen sich auf der Rückbank nieder.

„Ich dachte, du hast ihn ertränkt!“, zischte die Frau Rizza zu.

„Beinahe wäre es ihm gelungen“, entgegnete ich ihr.

Ich schloss die hintere Tür, setzte mich ans Steuer und startete den Motor. Als ich die Innenbeleuchtung einschaltete, sah ich Blut an meinem aufgeschlitzten Ärmel. Jetzt konnte ich die Frau zum ersten Mal sehen. Es war Lucia. Ihre langen Haare waren zerzaust und ihr Blick durchbohrte mich.

„Wohin bringen Sie uns?", fragte sie.

„Dorthin, wo ihr hingehört." Ich lenkte den Wagen vom Parkplatz auf die Straße.

„Wir haben viel Geld. Wir können es mit Ihnen teilen", schlug sie vor.

Ich trat aufs Gaspedal. Und ich fand es auf einmal amüsant, ihr Spiel mitzuspielen. Ich blickte in den Rückspiegel. „Wie viel?", wollte ich wissen.

„Hunderttausend", antwortete sie.

Ich wusste, dass es dreihunderttausend waren. „Wo ist das Geld?"

„Es ist gut versteckt in einer Scheune."

Ich wusste, dass sich das Geld in einem Schließfach am Bahnhof befand. „Klingt interessant. Wie hoch wäre denn mein Anteil?", fragte ich weiter.

„Ein Drittel. Dreißigtausend. Das ist eine Menge Geld."

„Ja, das ist es wirklich. Und woher stammt das Geld?"

„Ist das wichtig?"

Ich konzentrierte mich auf die Straße. Es war nicht einfach, die Pedale des Fiats barfuß zu betätigen.

Lucia beugte sich zu mir vor. „Sie sind verletzt.

Die Wunde muss behandelt werden. Ich kann Sie verbinden. Ich war früher Krankenschwester."

Ich habe bereits eine Krankenschwester, dachte ich. Anna machte sich bestimmt schon große Sorgen um mich.

„Einverstanden!", sagte ich. „Wir fahren zuerst zu meiner Wohnung, dort habe ich Verbandszeug. Anschließend holen wir das Geld."

Lucias Stimme war auf einmal ganz sanft. „Es tut mir leid, dass ich Sie angegriffen habe. Aber ich hatte große Angst. Ich möchte es wiedergutmachen. Ich werde die Wunde richtig versorgen."

Du witterst eine Möglichkeit zu entkommen, dachte ich. Aber du wirst dich wundern.

Mein Arm schmerzte und ich versuchte, nur mit der rechten Hand zu steuern.

Endlich hatten wir die Stadt erreicht. Nur in wenigen Fenstern war noch Licht zu sehen. Die Straßenbeleuchtung war ausgeschaltet, die Straßen waren menschenleer.

„Wo wohnen Sie?" Lucia versuchte das Gespräch wieder in Gang zu bringen, während Rizza schweigend und mit hängendem Kopf neben ihr saß

„Wir sind gleich da." Ich bog von der Hauptstraße ab und folgte ein paar schmalen Seitengassen, um Lucia zu verwirren. Ich wollte vermeiden, dass sie auf dem Rücksitz ausflippte. Als ich um eine weitere Ecke bog, hatten wir das Ziel erreicht. Der Wagen hielt direkt vor dem Eingang des Polizeipräsidiums.

„Du hast uns reingelegt, du Schwein!“, schrie Lucia und zerrte verzweifelt an den Fesseln. Wutentbrannt trat sie mit den Schuhen gegen die Rückenlehne meines Sitzes.

Ich drehte mich zu ihr um. „Ich habe doch versprochen, euch dorthin zu bringen, wo ihr hingehört.“

Ich drückte so lange auf die Hupe, bis sich die Eingangstür zum Präsidium öffnete und zwei Polizisten herausgeeilt kamen.

Ich stieg aus dem Wagen und sagte: „Da drin sitzen der Mörder von Mario Bernasconi und seine Komplizin. Sie haben heute Nacht versucht, auch mich zu ermorden.“

Verdutzt standen die Polizisten da und sahen mich fragend an.

Dann fügte ich hinzu: „Und rufen Sie sofort Kommissar Moretti an.“

29

„Achtung, die beiden sind gefährlich!“, warnte ich, als die Polizisten die Frau und den Mann aus dem Auto zerrten.

In den umliegenden Häusern waren Lichter angegangen und in den Fenstern waren neugierige Gesichter zu sehen, die beobachteten, was zu so später Stunde vor dem Polizeirevier vor sich ging.

Lucia und Rizza wurden die Treppe zum Eingang

hinaufgeführt. Ich folgte ihnen, vorbei am wachhabenden Beamten beim Empfang, der mir kurz zunickte.

Als wir durch die Glastür in den großen Büroraum traten, war ich erstaunt. Niemand war da. Ich wurde höflich gebeten, auf der Holzbank Platz zu nehmen, während die beiden Verhafteten abgeführt wurden.

Kurz darauf kam einer der Polizisten zurück.

„Haben Sie Kommissar Moretti schon angerufen?", fragte ich ihn.

Er hob bloß die Schultern. „Er ist zurzeit unabkömmlich."

„Was soll das heißen? Ist er erreichbar oder nicht?" Meine Stimme wurde lauter.

Der Polizist sah auf die Uhr. „Es ist kurz nach zwei. Ich kann den Herrn Kommissar nicht mitten in der Nacht behelligen."

Ich traute meinen Ohren nicht. „Jetzt hören Sie mir mal zu! Ich bringe Ihnen den Mörder von Mario Bernasconi. Ein Unschuldiger sitzt seit Tagen hier in Untersuchungshaft. Auf mich wurde ein Mordanschlag verübt. Die Frau, von der Kommissar Moretti behauptet, sie sei ermordet worden, hat mich mit einem Messer verletzt. Und Sie sagen, dass der Herr Kommissar nicht im Schlaf gestört werden soll? Sie rufen ihn jetzt sofort an oder das hier wird ein riesiger Skandal werden. Das verspreche ich Ihnen!"

Mein Wutausbruch schien seine Wirkung nicht verfehlt zu haben. Der Polizist wirkte sichtlich eingeschüchtert. Er ging zu einem Telefon und wählte eine Nummer. Mit rotem Kopf sprach er aufgeregt in den Hörer und entschuldigte sich mehrmals. Dann legte er wieder auf und kam zu mir zurück. „Der Herr Kommissar ist in zehn Minuten hier", sagte er.

In der Zwischenzeit war auch der zweite Polizist zurückgekehrt. Ich setzte mich wieder auf die Bank und wartete. Die beiden Polizisten standen unbeholfen beisammen und flüsterten aufgeregt miteinander. Sie schienen ebenfalls auf die Ankunft von Moretti zu warten.

„Wo sind die beiden Gefangenen?", fragte ich.

„Hinter Schloss und Riegel", war die Antwort.

Nach genau dreizehn Minuten erschien Moretti. Sein verschlafener Blick und die ungekämmten Haare deuteten darauf hin, dass er aus dem Bett geholt worden war. Als Erstes ging er zu den beiden Polizisten, mit denen er ein paar Sätze wechselte.

Dann sah er zu mir herüber. Er nahm einen Stuhl, stellte ihn mit der Lehne nach vorne vor mich hin und setzte sich darauf.

„Also." Moretti stützte die Arme auf die Stuhllehne. „Was genau ist passiert?"

Ich begann mit dem Telefongespräch zwischen Hagmann und seinem Anlageberater. Dass dieser bestätigt hatte, Lucia Hagmann habe vor zwei Tagen das Geld von sämtlichen Konten abgehoben. „Damit ist einwandfrei bewiesen, dass Werner Hagmann unschuldig ist. Ich verlange, dass er sofort freigelassen wird."

Die Polizisten standen im Hintergrund und hörten aufmerksam zu.

Moretti hob abwehrend die Hand. „Das ist im Moment nur Ihre Aussage. Haben Sie konkrete Beweise?“

„Rufen Sie Hagmanns Anlageberater an. Er heißt Peter Hartmeier. Er wird es Ihnen bestätigen.“

„Telefonnummer?“

„Hagmann hat die Nummern. Fragen Sie ihn. Das Geld befindet sich in einem Schließfach hier am Bahnhof. Den Schlüssel dazu finden Sie bei Lucia Hagmann.“

Morettis ernste Miene verwandelte sich in Erstaunen. Er winkte einen der Polizisten zu sich und wies ihn an, die Nummer von Hagmann zu beschaffen.

Dann wandte er sich wieder mir zu. „Espresso?“, fragte er.

Ich schüttelte nur den Kopf. Hagmann saß unschuldig in Untersuchungshaft und Moretti dachte an Kaffee. Er beauftragte den zweiten Polizisten damit, ihm einen Kaffee zu bringen.

„Ich muss unbedingt telefonieren“, sagte ich.

Moretti deutete mit der Hand auf einen Apparat auf einem Schreibtisch.

Ich wählte die Nummer des Hotels Eleonora, die ich auswendig kannte. Eine unbekannte Frauenstimme meldete sich.

„Bitte verbinden Sie mich mit Anna Lundgren“, sagte ich.

„Wissen Sie, wie spät es ist?"

„Es geht um Leben und Tod", erwiderte ich.

Es knackte im Hörer.

Moretti lächelte amüsiert. Der Polizist reichte ihm einen Becher.

„David?" Annas Stimme klang besorgt.

„Ich wollte dir nur sagen, dass es mir gut geht."

„Wo bist du? Ich habe mir solche Sorgen gemacht. Ich wollte schon die Polizei anrufen."

„Da bin ich gerade."

„Bei der Polizei?"

„Mach dir keine Sorgen. Es ist alles in Ordnung."

„Geht es dir wirklich gut?"

„Ja – das heißt, ich wurde am Arm verletzt, aber …"

„Ich komme."

„Das ist nicht nötig. Ich …"

Die Verbindung war unterbrochen.

„Also", sagte Moretti. „Was ist nach dem Telefongespräch zwischen Hagmann und seinem Anlageberater geschehen?" Er nahm einen Schluck aus dem Becher.

Ich gab mir alle Mühe, ruhig zu bleiben und das Vorgefallene so genau wie möglich zu schildern. Moretti hörte mir aufmerksam zu.

Als ich berichtete, wie Rizza mich im Meer ertränken wollte, fuhr Moretti vom Stuhl hoch und unterbrach mich. „Das war völlig unverantwortlich von Ihnen! Sie können froh sein, dass Sie noch am

Leben sind. Sie hätten als Erstes die Polizei informieren müssen!"

„Was hätte ich denn Ihrer Meinung nach sagen sollen? Für Sie war der Fall Hagmann doch bereits abgeschlossen. Sie hätten mich nicht einmal ernst genommen."

Moretti räusperte sich verlegen. Es schien ihm bewusst geworden zu sein, dass er seine Schlussfolgerungen möglicherweise zu früh gezogen hatte. Er hatte einen Fehler gemacht und ein Privatdetektiv, einer, der nicht dazugehörte, musste ihn darauf hinweisen. Verlegen führte er den Becher zum Mund. „Nun gut", sagte er dann. „Fahren Sie bitte fort."

In diesem Moment kam einer der Polizisten herein und informierte Moretti, er habe Hagmanns Anlageberater auf seiner privaten Handynummer erreichen können und dieser habe bestätigt, dass die Konten vor zwei Tagen von Lucia Hagmann saldiert worden seien.

Nun gab Moretti den beiden Polizisten die Anweisung, den Schlüssel für das Schließfach bei Lucia Hagmann zu suchen.

„Eigentlich müsste sie von einer Polizistin durchsucht werden", erklärte mir Moretti mit einem Schmunzeln auf den Lippen. „Doch leider steht in diesem Moment keine zur Verfügung."

In Morettis Büro klingelte das Telefon. Er eilte hinein und nahm den Hörer ab. „Ist in Ordnung", sagte er. „Sie soll heraufkommen." Er setzte sich wieder vor mich hin. „Ihre Freundin ist da. Die kann von Glück reden, dass sie Sie nicht in einem Leichensack abholen muss."

Ich ignorierte seine Bemerkung. „Was wird nun weiter geschehen?", fragte ich.

„Zuerst muss geklärt werden, ob das Geld widerrechtlich abgehoben wurde." Moretti strich sich über das Kinnbärtchen. „Lucia Hagmann ist schließlich die Ehefrau von Werner Hagmann und hatte vielleicht eine gültige Vollmacht. In diesem Fall hat sie nichts Rechtswidriges getan."

„Darum geht es doch überhaupt nicht!" Ich versuchte die Wut, die in mir aufstieg, zu unterdrücken. „Verstehen Sie denn nicht? Ich habe Ihnen Lucia Hagmann und ihren Komplizen Claudio Rizza geliefert. Damit ist bewiesen, dass Werner Hagmann seine Frau nicht ermordet hat. Er muss auf der Stelle aus der Untersuchungshaft freigelassen werden!"

„Wir müssen zuerst die Identität der verhafteten Frau zweifelsfrei klären. Wir wissen nicht, ob es sich tatsächlich um Lucia Hagmann handelt. Sie trägt keinen Ausweis bei sich. Der Mann auch nicht."

„Ich kann Ihnen bestätigen, dass es sich um Lucia Hagmann handelt", versicherte ich.

Moretti verzog sein Gesicht zu einem gequälten Lächeln. „Herr Klein, Sie sollten wissen, dass ich Sie nicht als Zeugen akzeptieren kann. Sie sind befangen, denn der Angeklagte ist Ihr Auftraggeber."

„Von welchem Angeklagten sprechen Sie? Werner

Hagmann steht im Moment nur unter Verdacht. Soviel ich weiß, wurde er noch nicht angeklagt."

Moretti trank den Kaffee aus und warf den Becher in einen Abfalleimer. „Wie dem auch sei. Wir brauchen einen neutralen Zeugen, der bestätigen kann, dass es sich bei der Frau tatsächlich um Lucia Hagmann handelt."

Die Glastür öffnete sich und Anna kam herein. Ihr Gesicht war bleich, Angst und Sorge waren in ihren Augen zu lesen.

„Bitte sehr", sagte ich zu Moretti. „Darf ich vorstellen: Ihr neutraler Zeuge!"

Als Anna meinen blutigen Ärmel sah, drehte sie sich zu Moretti um. „Sie vernehmen diesen Mann, obwohl er offensichtlich verwundet ist? Bringen Sie mir sofort einen Verbandskasten! Oder gibt es so etwas nicht bei der Polizei?"

Moretti schien von Annas Auftritt überrascht. Er stand auf und suchte in einem Aktenschrank.

Anna setzte sich neben mich auf die Holzbank und betrachtete meinen Ärmel. „Was ist passiert?", fragte sie.

„Das ist nur ein Kratzer", sagte ich.

Moretti kam mit einem Erste-Hilfe-Koffer und reichte ihn Anna. Diese riss ihm den Koffer aus der Hand und warf ihm einen strengen Blick zu. „Die Polizei, dein Freund und Helfer." Sie wandte sich wieder mir zu. „Du musst dich frei machen, damit ich dich verbinden kann."

Ich zog mein Hemd aus. „Siehst du. Wir sind das ideale Team. Ich werde verwundet und du flickst mich wieder zusammen."

Anna schien das nicht lustig zu finden. Sie desinfizierte die Wunde. „War das wieder Claudio Rizza?", fragte sie.

Ich wollte gerade beginnen, Anna die ganze Story zu erzählen, als die beiden Polizisten wieder hereinkamen. Der eine hielt triumphierend etwas in der Hand. „Es waren sogar zwei Schließfachschlüssel. Die waren gut versteckt. Aber wir haben sie trotzdem gefunden." Mit diesen Worten zwinkerte er Moretti zu, wurde aber sofort wieder ernst, als er Anna bemerkte.

„Details später." Moretti betrachtete die Schlüssel. „Nummer 112 und 127. Fahrt zum Bahnhof und bringt mir den Inhalt hierher." Umgehend machten sie sich auf den Weg.

Anna hatte inzwischen den Verband angelegt. Ich küsste sie auf die Wange. „Danke. Ich weiß nicht, was ich ohne dich machen würde."

„Wer hat dich angegriffen?", fragte Anna nochmals.

„Lucia."

Sie machte große Augen. „Sie lebt? Ich dachte, sie sei tot."

„Das hat die Polizei auch geglaubt." Ich warf Moretti einen vorwurfsvollen Blick zu.

Dieser kam zu uns und stellte sich vor Anna hin. „Kennen Sie Lucia Hagmann?", fragte er sie.

„Ja, ich kenne sie. Warum?“

„Stehen Sie in irgendeiner Beziehung zu ihr?“

Anna verdrehte die Augen. „Was genau meinen Sie damit? Ich bin nicht lesbisch, falls sie das andeuten wollen.“ Ich musste schmunzeln.

Moretti räusperte sich verlegen. „Sagen Sie mir einfach, wie gut Sie sie kennen.“

„Sie ist Gast im Hotel Eleonora, in dem ich arbeite. Das ist alles.“

„Das ist alles?“

Anna zog die Augenbrauen zusammen. „Soll ich es Ihnen schriftlich geben?“

Moretti schien einen Moment zu überlegen. „Bitte kommen Sie mit“, sagte er. „Ich möchte, dass Sie eine Frau identifizieren.“

Anna warf mir einen fragenden Blick zu und folgte Moretti durch eine Tür.

Allein blieb ich auf der Bank sitzen. Die Wunde schmerzte und ich befühlte den Verband an meinem Oberarm. Die Art und Weise, wie Anna offen und direkt mit Kommissar Moretti umging, hatte mich etwas aufgeheitert.

Nach kurzer Zeit kamen beide wieder zurück. Anna setzte sich neben mich auf die Bank. Moretti ging in sein Büro und telefonierte. Als er zurückkam, stellte er sich breitbeinig vor uns hin. „Ich habe gerade mit dem Staatsanwalt gesprochen. Werner Hagmann wird aus der Untersuchungshaft entlassen.“ Dieser Satz schien ihm schwer über die Lippen gekommen zu sein. „Ich habe alles Notwendige in die Wege geleitet. Sie können jetzt nach Hause gehen. Aber morgen brauche ich Sie noch mal für die Protokollaufnahme."

„Ich werde erst nach Hause gehen, wenn Werner Hagmann auf freiem Fuß ist", entgegnete ich.

„Es kann eine Weile dauern, bis alle Formalitäten erledigt sind."

„Ich werde warten."

„Wie Sie wollen." Moretti zuckte mit den Schultern.

„Gibt es hier keinen Kaffee?", fragte Anna.

Moretti schaute sich um und fluchte, weil niemand da war, um die Maschine zu bedienen. Schließlich machte er selbst einen Kaffee und reichte ihn Anna.

Wir saßen schweigend da, während Moretti sich in seinem Büro zu schaffen machte. Ich sah auf die Uhr, kurz nach drei.

„Wo sind denn deine Schuhe?", fragte Anna erstaunt.

„Das ist eine lange Geschichte." Ich gähnte und kämpfte gegen die Müdigkeit an.

„Es ist nicht so wichtig", sagte sie. „Hauptsache, es ist dir nichts passiert."

Ich nahm ihre Hände und sah in ihre Augen. „Für mich ist jetzt nur eines wichtig: dass du da bist und ich dir sagen kann, dass ich dich liebe."

Sie streichelte sanft über meine Wange.

Moretti stand auf und hantierte wieder an der Espressomaschine herum. Als sein Telefon klingelte, hastete er zu seinem Schreibtisch. „Wie viel ist es?“, fragte er. Er machte ein beeindrucktes Gesicht und lauschte gebannt. „Gut“, sagte er. „Bringt es her.“ Mit einem lauten Knall legte er den Hörer auf und kam zu uns. „Wir haben das Geld gefunden. Es war tatsächlich in zwei Schließfächern am Bahnhof.“

„Wie viel ist es?“, fragte ich.

„In einem Fach waren etwa dreihunderttausend und im anderen etwa das Doppelte. Zusammen also fast eine Million Schweizer Franken.“

Ich pfiff durch die Zähne. „Ein schönes Sümmchen.“ Die Frau ist wirklich schlau, dachte ich. Von dem zweiten Schließfach hatte sie Rizza nichts gesagt.

Anna nahm meine Hand. „Du bist ein guter Privatdetektiv. Du tust alles für deinen Auftraggeber. Ich bin stolz auf dich.“

Das hatte noch nie jemand zu mir gesagt. Silvia hatte sich nie für meine Arbeit interessiert, denn eigentlich hasste sie meinen Beruf. Die unregelmäßige Arbeitszeit, das unsichere Einkommen, die Nächte, in denen ich nicht zu Hause war. Meine Kündigung bei der Polizei hatte sie nie verstehen können. Auch mein Vater hatte nicht viel von meiner Arbeit als Privatdetektiv gehalten. Für ihn waren das postpubertäre Männerträume und er meinte, ich solle endlich erwachsen werden. Und jetzt war jemand stolz auf meine Arbeit.

Nach einiger Zeit klingelte wieder Morettis Telefon. „Hagmann wird jetzt entlassen“, sagte er, nachdem er das Gespräch beendet hatte. „Kommen Sie mit."

Anna und ich folgten ihm bis zu jener Metalltür, die ich gut kannte. Und wieder stand ich mitten in dem kahlen Besucherraum.

„Warten Sie hier. Ich muss zurück ins Büro." Mit diesen Worten ließ uns Moretti allein.

„Dieser Raum macht mir Angst", flüsterte Anna.

„Das hier ist nur ein Besucherraum", erklärte ich. „Das Gefängnis beginnt hinter jener Tür." Ich deutete auf die gegenüberliegende Metalltür. Wir setzten uns an den schmalen Holztisch.

Anna nahm meine Hand und drückte sie fest. „Ich habe mir große Sorgen gemacht, als du um Mitternacht noch immer nicht zurückgekehrt warst. Ich habe in der Flamingo Bar angerufen. John sagte mir, Claudio Rizza habe die Bar schon vor Stunden verlassen. Da wusste ich, dass du ihm gefolgt sein musstest. Aber ich wusste nicht wohin."

Ich seufzte. „Und du hättest es auch beinahe nie erfahren. Ich verdanke mein Leben einem Taschenmesser aus meiner Militärzeit und einem Albtraum."

Sie hob fragend die Augenbrauen. „Was für ein Albtraum?"

„Ich hatte am ersten Tag, als ich hier ankam, einen seltsamen Traum. Ich lag gefesselt in einem Boot und konnte mich dank eines Taschenmessers befreien. Dieser Traum schien so real, dass ich beschloss, mein Messer immer bei mir zu tragen."

„Und wo ist dieses Taschenmesser jetzt?“

„Ich muss es verloren haben, nachdem ich mich ans Ufer gerettet hatte. Dieser Traum war wie eine Vorahnung oder Vision.“

„Du meinst, dass du dich mit dem Taschenmesser retten konntest?“

„Nicht nur das. In diesem Traum rettete ich eine Frau aus dem Wasser, die sich daraufhin mit einem Messer auf mich stürzte. Genau so ist es tatsächlich passiert. Diese andere Frau war Lucia. Sie ist mit einem Messer auf mich losgegangen und hat mich am Arm erwischt.“ Nachdenklich saß ich da.

„Bin ich auch in deinem Traum vorgekommen?“, fragte Anna.

„Nein, aber manchmal habe ich Angst, dass ich aufwache und du nicht da bist, dass alles nur ein Traum war.“

„Ich beweise dir, dass ich kein Traum bin.“ Sie umarmte mich und wir küssten uns.

In diesem Moment wurde die Metalltür entriegelt und Werner Hagmann trat herein. Er trug jetzt keinen blauen Overall mehr, sondern seine Kleidung. Wie verloren stand er vor uns. Anscheinend hatte er noch nicht richtig begriffen, was passiert war.

„Willkommen in der Freiheit“, begrüßte ich ihn.

„Was hat das zu bedeuten?“, fragte er verwirrt.

„Das erzähle ich Ihnen unterwegs. Kommen Sie! Machen wir, dass wir hier endlich rauskommen!“

30

Der Raum war klein. Er musste früher einmal als Archiv oder Abstellraum gedient haben. Fenster gab es keine. Das Licht kam von zwei Neonröhren an der Decke. Die Einrichtung war spartanisch und gleichzeitig zweckmäßig. Ein runder Metalltisch und vier Stühle. In der Mitte des Tischs ein überdimensionaler, viereckiger Aschenbecher aus Glas. Daneben ein altertümlicher Kassettenrekorder und ein Mikrofon, das wie ein Frosch auf der Tischplatte lauerte, begierig, jedes noch so unbedeutende Wort aufzuschnappen. Die Luft war stickig und es roch nach abgestandenem Zigarettenrauch. Hier drinnen sind bestimmt schon viele hartgesottene Kerle weichgekocht worden, dachte ich.

Ich war früh aufgestanden und hatte mich pünktlich um halb acht im Polizeipräsidium eingefunden. Moretti war natürlich noch nicht da gewesen und so hatte ich auf der Bank beim Eingang gewartet.

Die Erinnerungen an den gestrigen Tag lagen wie hinter einem Nebel. Nach Hagmanns Freilassung war ich in mein Zimmer gegangen und hatte mich erschöpft ins Bett gelegt. Die Ereignisse der letzten 24 Stunden hatten ihre Spuren hinterlassen. Erst am späteren Nachmittag war ich aufgewacht und hatte mir vom Zimmerservice ein blutiges Steak und eine Flasche Barolo aufs Zimmer bringen lassen. Danach hatte ich draußen auf der Terrasse gesessen, bis es dunkel geworden war. Alles war mir auf einmal unwirklich und fremd erschienen, als rührten meine Erinnerungen von einem Kinobesuch her.

Als Moretti mit einer halben Stunde Verspätung im Polizeipräsidium eingetroffen war, hatte er mich in den kleinen Vernehmungsraum geführt, wo Korporal Rossi und ein uniformierter Polizist namens Cesari bereits gewartet hatten. Als Erstes bat ich darum, dass in dem kleinen Raum nicht geraucht wurde. Die Anderen schienen nicht sehr begeistert, erklärten sich aber einverstanden. Nachdem ich mein Einverständnis für eine Tonaufzeichnung gegeben hatte, wurde der Kassettenrekorder eingeschaltet.

Ich begann mit dem Gespräch mit Hagmann im Park, als dieser mir den Auftrag erteilte hatte, seine verschwundene Frau zu suchen.

„Die Frauenleiche im Gerichtsmedizinischen Institut", warf Moretti ein. „Sie vermuteten damals, es handle sich um Lucia Hagmann, nicht wahr?"

Ich nickte und fuhr mit meinem Bericht fort. Ich erzählte von der Konfrontation mit Rizza in der Flamingo Bar und der anschließenden Verfolgung durch die Gassen der Altstadt. Und von dem leer stehenden Haus in der Via Fiori, Rizzas angeblicher Adresse. „Rizzas Ausweis habe ich leider verloren", entschuldigte ich mich.

„Der Ausweis war auf jeden Fall gefälscht", erklärte Moretti. „Wir haben weder bei ihm noch bei der Frau Pässe oder Ausweise gefunden."

„Sie haben sie versteckt“, erklärte ich. „Das Fluchtauto und die gefälschten Pässe befinden sich in einer alten Scheune neben einer Gärtnerei.“

„Die Gärtnerei Poticelli“, sagte Rossi.

Moretti machte sich eine Notiz in seiner Mappe. „Bitte fahren Sie fort, Herr Klein“, bat er dann.

Ich erzählte von dem Telefongespräch zwischen Hagmann und seinem Anlageberater und dessen Hinweis, dass Lucia zwei Tage zuvor die Konten saldiert habe. „Es war ein glücklicher Zufall, dass dieser Kontakt zustande kam“, ergänzte ich. „Den Zettel mit den Telefonnummern des Anlageberaters hat eine Krankenschwester bei der Leiche von Mario Bernasconi im Spital gefunden.“

Moretti machte sich wieder eine Notiz.

Es war ein kapitaler Fehler der Spurensicherung gewesen, den Zettel bei der Untersuchung des Tatortes nicht sichergestellt zu haben.

Ich fuhr fort und berichtete, wie ich Rizza vor der Flamingo Bar observiert hatte und ihm gefolgt war und wie Rizza mir aufgelauert und mich beim Bootshaus aus dem Hinterhalt niedergeschlagen hatte. Als ich schilderte, wie Rizza mich im Meer ertränken wollte und wie ich mich mit Hilfe meines Taschenmessers unter Wasser befreien konnte, stand bei den beiden Beamten Rossi und Cesari die Spannung ins Gesicht geschrieben.

Zwischendurch holte Cesari Kaffee und reichte Moretti und mir auch einen Becher. Rossi nutzte die

Unterbrechung für eine Raucherpause vor der Tür.

Ich gab mir Mühe, alle Ereignisse lückenlos und genau zu erzählen, sodass Moretti mich nur selten unterbrechen musste, um eine ergänzende Frage zu stellen. Schließlich hatte ich selbst bei der Kantonspolizei Zürich schon viele Zeugenaussagen geleitet und wusste genau, worauf es ankam.

Als ich geendet hatte, drückte Rossi auf die Stopptaste des Kassettenrekorders. Alle saßen nachdenklich da, Moretti stopfte seine Pfeife, Rossi trommelte nervös mit den Fingern auf der Tischplatte und Cesari kratzte sich am Kinn.

„Was geschieht jetzt mit den beiden?“, beendete ich das allgemeine Schweigen.

„Wir haben die Fingerabdrücke der Verhafteten gestern durch den Computer laufen lassen“, sagte Moretti.

„Bingo!“, entfuhr es Rossi.

Moretti warf ihm einen tadelnden Blick zu. „Die beiden werden seit drei Jahren gesucht. Sie legen sich immer wieder neue Namen und neue Identitäten zu. Ihre richtigen Namen haben wir noch nicht herausfinden können.“

„Das werden wir aber noch“, versicherte Rossi.

Moretti fuhr fort: „Es handelt sich um ein europaweit gesuchtes Betrügerpaar. Rubacuori, Herzensbrecher, werden sie im Polizeijargon genannt. Sie gehen immer nach dem gleichen Schema vor und machen sich an ähnliche Opfer heran.“

„Älterer, wohlhabender Mann, geschieden oder verwitwet", ergänzte Rossi.

„Wie viele Morde haben die beiden auf ihrem Gewissen?" fragte ich.

„Soweit wir bisher wissen, nur einen", sagte Moretti. „Mario Bernasconi."

„Und ein paar gebrochene Herzen", sagte Rossi.

„Hat Rizza den Mord an Mario gestanden?", fragte ich.

Moretti schüttelte den Kopf. „Er behauptet, es sei ein Unfall gewesen."

Rossi grinste. „Das Geständnis kitzeln wir schon noch aus ihm raus."

„Dasselbe hat er mir auch gesagt", entgegnete ich. „Er wollte Mario drohen, er wollte ihn nicht töten. Ich glaube ihm, dass es ein Unfall war."

Moretti sah mich lange an und überlegte. Dann notierte er sich wieder etwas auf seinem Notizblock.

„Die Frage ist: Warum wollte er Mario unter Druck setzen?", sagte ich.

„Das haben wir bisher noch nicht herausbekommen. Rizza macht einen verwirrten Eindruck. Seine Aussagen widersprechen sich teilweise. Auf jeden Fall wissen wir, dass er Bernasconi in Ihrem Zimmer bedrängt haben muss. Bernasconi musste irgendetwas Belastendes gegen die beiden in der Hand gehabt haben."

„Das werden wir aber noch herausfinden, darauf können Sie wetten." Rossis Augen funkelten.

„Und was ist mit dem Hammer, den ich im Hotelzimmer gefunden habe? Darauf waren Hagmanns Fingerabdrücke?“, wollte ich wissen.

„Den Hammer hatte seine Frau vor der Abreise aus seiner Werkzeugkiste genommen und mitgebracht. Klar, dass da seine Fingerabdrücke drauf waren.“

„Und das Blut, das man auf dem Hammer und dem Trainingsanzug gefunden hat? Es war dieselbe Blutgruppe wie jene von Lucia?“

„Da laufen die Untersuchungen noch. Vermutlich ist es tatsächlich ihr Blut. Wir haben Schnittwunden an ihrem Körper gefunden.“

Jetzt stellte ich die Frage, die mich am meisten beschäftigte. „Haben Sie von Rizza erfahren, ob er mich tatsächlich im Meer ertränken wollte?“

„Diese Frage haben wir ihm auch gestellt.“ Moretti blickte zu Rossi hinüber.

„Und? Was hat er gesagt?“

„Er hat die Frage nicht beantwortet“, sagte Rossi.

Moretti beendete die Vernehmung. „Danke für Ihre ausführliche Aussage. Sie können jetzt gehen. Aber vorher noch eine letzte Frage.“ Er lehnte sich zurück und setzte eine ernste Miene auf. „Warum haben Sie eigentlich Hagmanns Zimmer durchsucht? Er war doch Ihr Auftraggeber. Und weshalb haben Sie die Polizei hinzugezogen? Dadurch haben Sie uns auf eine falsche Fährte geführt.“

Einen Moment war ich sprachlos. Schließlich fasste ich mich wieder, beugte mich zu Moretti vor und sah ihm direkt in die Augen. „Zuerst verhaften Sie Werner Hagmann aufgrund reiner Vermutungen und werfen ihm vor, seine Frau ermordet zu haben. Dann verhaften Sie mich ohne irgendwelche Beweise und behaupten, ich hätte Mario Bernasconi getötet. Und nun wollen Sie mich auch noch für Ihre Ermittlungsfehler verantwortlich machen? Herr Kommissar, von Ihnen hätte ich eigentlich mehr Stil erwartet."

Moretti fiel die Kinnlade herunter. Er öffnete den Mund, brachte aber kein Wort über die Lippen. Vermutlich kam es eher selten vor, dass jemand so direkt mit ihm sprach.

Ich registrierte ein verstohlenes Schmunzeln auf den Lippen von Rossi und Cesari. Ich stand auf und wollte den Raum verlassen.

„Herr Klein!", hörte ich Morettis Stimme hinter mir.

Zögernd drehte ich mich um. Moretti machte den beiden Anderen klar, dass er mit mir unter vier Augen sprechen wolle.

Als wir zu zweit im Raum waren, sagte er: „Die harte und hektische Polizeiarbeit führt dazu, dass die Umgangsformen manchmal etwas rau sind. Aber das kennen Sie bestimmt aus Ihrer früheren Erfahrung bei der Polizei." Er räusperte sich kurz und fuhr dann fort: „Ich möchte mich für Ihre Unterstützung bedanken."

Ich schwieg und wartete auf eine Fortsetzung.

Moretti nahm seine Pfeife in den Mund, zündete

sie aber nicht an. „Sie wurden, wie sich später herausstellte, versehentlich in Verwahrung genommen. Aufgrund der damaligen Beweislage war dies jedoch eine gerechtfertigte Maßnahme, um einer möglichen Fluchtgefahr vorzubeugen. Als ehemaliger Polizist können Sie das bestimmt nachvollziehen, nicht wahr?"

Kein Wort einer Entschuldigung. Sein Stolz ließ es offensichtlich nicht zu, einen Fehler einzugestehen und sein Bedauern auszudrücken. Ich biss mir auf die Lippe und widerstand meinem inneren Impuls, Moretti gehörig die Meinung zu sagen. Ich wollte nur noch eines: so schnell wie möglich raus aus diesem Gebäude!

Moretti begleitete mich bis zum Ausgang und wandte sich noch ein letztes Mal an mich: „Die Schweizer Polizei hat einen Fehler gemacht", sagte er und zog an seiner kalten Pfeife. „So einen Mann wie Sie hätte man nicht gehen lassen dürfen. Schade, dass Sie nicht mehr dabei sind."

Überrascht nahm ich die Hand, die Moretti mir zum Abschied reichte.

Den Mann, der unten an der Treppe des Polizeipräsidiums auf mich zukam, konnte ich sofort einordnen, obwohl er nur eine kleine Digitalkamera in der Hand hielt. Ich dachte daran, wie oft ich schon mitten in der Nacht von einem Vertreter dieser Branche geweckt worden war. Sie sind wie lästige Schmeißfliegen, dachte ich. Sie tauchen aus dem Nichts auf, umschwirren einen und man kann sie nicht verscheuchen. Bei der Kantonspolizei wurde ich regelmäßig von ihnen heimgesucht und ich hatte nie herausfinden können, woher sie ihre Tipps bekamen.

„Herr Klein?“ Der Mann war schmächtig und hätte das Leben keine tiefen Furchen in seine Gesichtszüge gegraben, hätte man ihn für einen Teenager halten können. „Umberto Antognoli, Repubblica“, sagte er und hielt mir seinen Presseausweis hin.

„Was wollen Sie?“ Ich überlegte, woher er meinen Namen kannte.

„Können Sie mir bestätigen, dass die Rubacuori gefasst wurden?“

Lucia Hagmann und Claudio Rizza waren kaum 24 Stunden in Haft und schon war eine der größten Tageszeitungen Italiens der Sache auf der Spur. „Woher haben Sie diese Information?“

Er grinste und seine nikotingelben Zähne kamen zum Vorschein. „Wir haben unsere Quellen.“

Wie war es möglich, dass die Presse so schnell von der Verhaftung Wind bekommen hatte? Es gab nur eine einzige Erklärung: Die Information musste direkt aus dem Polizeirevier gekommen sein. „Und wer ist diese Quelle?“, wollte ich wissen.

„Sie werden sicher verstehen, dass ich diese nicht nennen darf.“

Selbstverständlich, dachte ich. Es könnte ja ans Tageslicht kommen, dass eine größere Geldsumme für die Informationslieferung im Spiel ist.

„Können Sie mir bestätigen, dass meine Annahme stimmt, Herr Klein?"

„Was für einen Grund sollte ich haben, mit Ihnen darüber zu sprechen?"

Antognoli trat näher zu mir heran. „Sie könnten dadurch zum Beispiel sicherstellen, dass die Wahrheit berichtet wird. Das dürfte doch auch in Ihrem Sinne sein, nicht wahr? Andernfalls müssen wir von irgendwelchen Gerüchten ausgehen und die sind oft nicht sehr objektiv. Sie verstehen, was ich meine? Ich gebe Ihnen die Gelegenheit, dies zu verhindern."

Ich spürte, wie mir vor Wut das Blut in den Kopf stieg. Am liebsten hätte ich den Zwerg gepackt und ihm gezeigt, was ich von solchen fiesen Erpressungsversuchen hielt. Aber hier vor dem Polizeigebäude war nicht der ideale Ort dafür. Andererseits musste ich ihm zugestehen, dass er nicht unrecht hatte. Wenn ich nicht auf seine Fragen eingehen würde, wäre ich selbst schuld, wenn am nächsten Tag irgendwelche haarsträubenden Geschichten über mich in der Zeitung stehen würden. Es blieb mir also keine andere Wahl. „Also gut", sagte ich. „Unter einer Bedingung!"

„Und die wäre?"

„Sie halten meinen Namen aus der ganzen Sache heraus, klar?"

„Einverstanden."

31

Der Pfad, dem ich folgte, verengte sich zusehends, bis zu einer schmalen Spur, die ich nur noch erahnen konnte. Das Unterholz wurde immer dichter und die Dornen zerrten an meinem Hemd. Eine vage Erinnerung trieb mich vorwärts. Von Zeit zu Zeit blieb ich stehen und spähte durch das dichte Blätterwerk. Die hohen Bäume warfen dunkle Schatten. Der Untergrund war feucht und morastig und manchmal sank ich mit einem Schuh leicht ein, wenn ich den unsichtbaren Pfad verließ. Mit hektischen Handbewegungen versuchte ich die Mücken zu verscheuchen, die immer aufdringlicher zu werden schienen, je tiefer ich in die Wildnis eindrang. Doch diesmal würde mich nichts davon abhalten können, mein Ziel zu erreichen.

Damals in der Entzugsklinik hatte ich es mir geschworen: Wenn ich die Klinik jemals gesund und geheilt verlassen würde, würde ich wieder hierherkommen. Es lag schon eine Ewigkeit zurück. Doch ich wollte diesen Augenblick des Glücks über die Schönheit der Natur noch einmal erleben. So wie in jener unbeschwerten Zeit. Und dieser Gedanke ließ mich nicht mehr los.

Vor ein paar Tagen musste ich umkehren. Doch diesmal hatte ich mir den ganzen Tag Zeit genommen.

Auf einmal hörte ich es. Jenes melancholische,

hohe Schreien, das mir all die Jahre in Erinnerung geblieben war. Mein Herz schlug höher. Und als ich ein dichtes Gebüsch durchdrungen und einen morschen Baumstamm überwunden hatte, sah ich sie endlich vor mir.

Die Kolonie befand sich zwischen hohem Gras inmitten einer Waldlichtung. Sie bestand nur aus ein paar wenigen Nestern. Und der Moment, als ich sie erblickte, weckte in mir dieselben Gefühle wie früher und eine tiefe Ehrfurcht vor der Schöpfung. Ich war zwar nicht sehr religiös, aber in diesem Moment glaubte ich, dass nur eine höhere Macht solche Schönheit erschaffen konnte. Ich setzte mich ins feuchte Gras und beobachtete den eleganten, schwebenden Flug der Vögel. Die Brutzeit hatte begonnen. Die Weibchen saßen auf den Gelegen, während die Männchen ihnen kleine Fische von den Ausflügen an die Küste brachten. Ich war fasziniert von der Schönheit der Vögel. Das Silberweiß von Brust und Bauch, das Samtschwarz des Kopfes und das leuchtende Gelb des Schnabels. Eine Traurigkeit überfiel mich, als ich daran dachte, wie lange diese Vögel wohl noch hier brüten würden. Wie lange es wohl dauern würde, bis sie für immer verschwunden wären. Ich wusste, dass der Bestand der Zwergseeschwalben stark zurückging und dass die Art vom Aussterben bedroht war. Ein unsichtbares Band der Erinnerungen und Emotionen verband mich mit diesen Tieren. Lange saß ich dort in Gedanken versunken.

Den Weg zurück ging ich am Strand entlang. Eine frische Meeresbrise blies mir ins Gesicht und die Wellen wogten kräftig gegen das Ufer. Nach einer Weile erreichte ich einen Hügel, auf dem ein einzelner Baum stand. Es war der Hügel der Hoffnung, den mir Anna gezeigt hatte und auf dem wir gemeinsam unser imaginäres Haus bauen wollten. Ich verließ den Strand und machte mich daran, den Hügel zu erklimmen. Oben angekommen, entdeckte ich eine Gestalt, die am Fuß des Baumes saß und in die Ferne blickte.

Sie lachte, als sie mich sah. Ihr kastanienrotes Haar wehte im Wind.

„Störe ich dich gerade in deinen Gedanken?", fragte ich, als ich vor ihr stand.

„Ganz im Gegenteil", erwiderte Anna. „Du passt sehr gut zu meinen Gedanken." Sie strich sich eine Haarsträhne aus dem Gesicht.

„Und was für Gedanken sind das?"

Sie zwinkerte mit einem Auge. „Mein Geheimnis."

„Darf ich mich zur dir setzen?"

„Du bist immer willkommen unter meinem Baum."

Ich setzte mich neben sie, legte den Arm um ihre Schulter und küsste sie auf die Wange.

„Heute Morgen war Marios Beerdigung." Ihre Stimme klang etwas heiser. „Ich bin nicht hingegangen. Ich fühle mich ihm hier näher als in der Kirche."

Ich wusste nichts davon und das war mir peinlich. In Gedanken stand der freundliche junge Mann mit den dunklen Augen vor mir an der Rezeption. Ich wollte etwas zu Anna sagen, fand aber nicht die richtigen Worte.

„Ich habe dich gestern den ganzen Tag nicht gesehen", sagte sie.

„Gestern habe ich geschlafen wie ein Murmeltier, bin erst am späten Nachmittag aufgewacht."

„Das glaube ich dir gerne, nach allem, was du durchgemacht hast." Sie streichelte meine Hand.

„Heute Morgen musste ich wegen der Protokollaufnahme noch mal aufs Polizeipräsidium."

Jetzt hatte ich endlich Zeit, Anna alles ausführlich zu erzählen, was an jenem Abend geschah, als ich Rizza zum Bootshaus gefolgt war. Sie hörte mir mit ernster Miene zu und ihre Gesichtszüge spiegelten wider, was ich erlebt und durchgestanden hatte.

Als ich geendet hatte, umarmte sie mich mit aller Kraft. „Ich kann nach all dem nicht glauben, dass du hier bei mir bist." Dann fügte sie hinzu: „Hoffentlich erhalten die beiden Verbrecher die Strafe, die sie verdient haben."

„Gefährlich ist die Frau. Rizza war von ihr abhängig. Sie hat ihn als ihr Werkzeug benutzt. Ihr war jedes Mittel recht, um zum Ziel zu kommen. Sie schreckte auch vor Mord nicht zurück."

„Es ist dein Verdienst, dass die beiden verhaftet werden konnten und Werner Hagmann wieder auf freiem Fuß ist. Hat sich Kommissar Moretti eigentlich bei dir dafür bedankt?"

„Er hat mir immerhin ein Kompliment gemacht." Ich schmunzelte. „Er sagte, er bedaure, dass ich nicht mehr bei der Polizei arbeite."

„Das ist alles?" Anna schüttelte den Kopf. „Was ich nicht verstehe ist, warum Mario als Letztes deinen Namen gesagt hat."

„Das habe ich mich auch immer wieder gefragt. Ich kann es mir nur so erklären, dass er mich warnen oder mir eine Botschaft übermitteln lassen wollte. Doch dazu war er nicht mehr in der Lage."

Wir saßen gedankenversunken da. Ein gelber Schmetterling tanzte mit schaukelndem Flug um uns herum, bis er von einer Böe erfasst und in die Höhe getragen wurde.

„Woher kommst du gerade?", fragte Anna. „Ich habe dich vermisst."

„Ich habe ein altes Versprechen eingelöst, das ich mir selbst gegeben habe. Ich war an einem Ort, an dem ich als kleiner Junge war und der immer wieder in meinen Träumen aufgetaucht ist. Ich bin dorthin gegangen, um meine innere Ruhe wiederzufinden."

Sie sah mir tief in die Augen. „Und? Hast du sie gefunden?"

Ich zuckte mit den Achseln. „Ich bin nicht sicher. Aber ich habe etwas viel Wichtigeres gefunden." Ich neigte mich zu ihr und flüsterte ihr ins Ohr. „Dich."

Sie ließ sich ins Gras sinken und zog mich zu sich herunter. Wir küssten uns und vergaßen die Welt um uns herum.

Hand in Hand gingen wir am Strand entlang zurück zum Hotel.

Als wir in die Hotelhalle traten, kam Cavallo auf uns zu.

„Herr Klein, haben Sie einen Moment Zeit?" Er trug eine dunkle Brille und einen schwarzen Anzug. Ich folgte ihm. Auf seinem Schreibtisch stand ein gerahmtes Foto von Mario mit Trauerband und daneben ein Strauß mit weißen Rosen. Ich überlegte, ob ich ein paar Worte zu Marios Beerdigung sagen sollte, ließ es aber.

„Lieber Herr Klein", begann Cavallo. „Unser Haus ist Ihnen zu großem Dank verpflichtet. Sie haben dafür gesorgt, dass ein unschuldig verhafteter Hotelgast wieder in Freiheit ist. Außerdem haben Sie dafür gesorgt, dass der Mörder von Mario verhaftet werden konnte."

„Lieber Herr Cavallo", entgegnete ich. „Ich habe meinen Auftrag so gut ich konnte ausgeführt. Das ist alles."

„Ihre Bescheidenheit ehrt Sie, Herr Klein. Aber es ist nicht von der Hand zu weisen, dass Sie der Polizei vorgemacht haben, was gute Ermittlungsarbeit ist."

Die Tatsache, dass die Polizei, die sein Hotelgelände abgesperrt und abgesucht hatte, keinen Erfolg vorweisen konnte, schien ihn irgendwie zufriedenzustellen.

„Auf jeden Fall bin ich Ihnen zu großem Dank verpflichtet", fuhr Cavallo fort. „Es wäre mir eine große

Ehre, Sie als meinen persönlichen Gast hier in diesem Haus beherbergen zu dürfen. Das bedeutet, dass Ihr Aufenthalt inklusive Service zu Lasten des Hauses geht."

„Ich weiß nicht recht", sagte ich verlegen. „Das ist ein sehr großzügiges Angebot, aber …"

„Bitte", fiel mir Cavallo ins Wort. „Es wäre mir eine große Freude, wenn Sie dieses Angebot annehmen würden."

Ich war einverstanden und bedankte mich bei ihm.

„Übrigens", ergänzte Cavallo, „Herr Hagmann hat Sie dringend gesucht. Ich glaube, er ist jetzt im Speisesaal."

Als ich den Speisesaal betrat, winkte mich Hagmann von seinem Tisch aus zu sich heran. Er trug ein weißes Hemd und einen roten Seidenschal. Es schien, als hätte er sich vom Gefängnisaufenthalt einigermaßen erholt, nur seine Gesichtsfarbe hatte nicht mehr die ursprünglich Bräune.

„Herr Klein", begrüßte er mich. „Ich möchte Sie gerne zu einem guten Wein einladen. Machen Sie mir die Freude?"

„Ich freue mich, Sie in guter Stimmung hier zu sehen", sagte ich und setzte mich zu ihm an den Tisch. Der Kellner kam und füllte mein Glas.

„Ich hatte noch gar nicht die Gelegenheit, mich bei Ihnen zu bedanken." Mit diesen Worten hob Hagmann sein Glas. „Auf ein Leben in Freiheit!", sagte er.

Ich hob ebenfalls mein Glas. „Auf die Lösung des Falls Hagmann!“ Wir lachten beide und die Gläser klirrten.

Hagmann wurde wieder ernst. „Ich bin sicher, dass ich ohne Ihre Hilfe für den vermeintlichen Mord an meiner Frau verurteilt worden wäre. Dass ich hier sitzen und diesen vorzüglichen Brunello genießen darf, habe ich einzig und allein Ihnen zu verdanken.“ Er nahm einen langen Schluck aus dem Glas.

„Ich habe nur meinen Job gemacht.“

„Sie haben Ihren Job hervorragend gemacht! Ich bin Ihnen zu großem Dank verpflichtet und ich stehe in Ihrer Schuld. Das vereinbarte Honorar wurde bereits überwiesen.“ Er beugte sich zu mir vor. „Ich möchte Ihnen sagen, dass ich in meiner Position einen gewissen Einfluss habe“, sagte er. „Falls Sie jemals meine Hilfe brauchen sollten, werde ich Ihnen zur Verfügung stehen.“

„Vielen Dank. Vielleicht werde ich bei Gelegenheit einmal auf Ihr Angebot zurückkommen.“

„Herr Klein, ich bin mir bewusst, dass Sie hier eigentlich Ihre Ferien verbringen wollten. Stattdessen mussten Sie den größten Teil der Zeit für die Klärung dieses Falls opfern. Ich weiß, dass Herr Cavallo Sie hier als seinen persönlichen Gast beherbergen will, und ich habe bereits mit ihm gesprochen. Ich möchte Ihnen zwei zusätzliche Wochen Aufenthalt in diesem Hotel offerieren. In dieser Zeit sollen Sie Ihre wohlverdienten Ferien wirklich genießen können.“

Ich war überrascht. „Sie haben mir das Honorar bezahlt und damit ist der Auftrag für mich abgeschlossen. Ich weiß nicht, ob ich Ihr großzügiges Angebot annehmen kann."

„Die Frage ist nur, ob Sie Zeit haben, zwei Wochen länger hierzubleiben. Bitte bedenken Sie, dass ich ohne Ihre Hilfe eine große Summe Geld verloren hätte. Betrachten Sie es also als eine Art Finderlohn."

„Zurzeit habe ich keine dringenden Termine in der Schweiz."

Hagmann lachte verschmitzt. „Ich vermute, es gibt sogar einen hübschen Grund für Sie hierzubleiben." Anscheinend war ihm die Beziehung zwischen Anna und mir nicht entgangen. „Darf ich fragen, wie Ihr momentaner Auftragsbestand ist?"

Ich zuckte mit den Schultern. „Ihr Auftrag war der erste in diesem Monat. Die momentane schwierige Wirtschaftslage wirkt sich auch auf meine Branche aus. Die Aufträge von Unternehmen wie auch von Privatpersonen sind stark zurückgegangen. Ich kenne zwei Detekteien in Zürich, die bereits schließen mussten. Zusätzlich bekommen wir durch die billigeren Angebote aus Osteuropa Konkurrenz, was auf die Honorare drückt."

„Ich bin beeindruckt von Ihrer guten, professionellen Arbeit und ich möchte Ihnen ein Angebot machen." Hagmann nahm das Glas wieder in die Hand, schwenkte es sanft und roch am Bouquet. „Ich möchte Ihnen gern eine Anstellung als Versicherungsinspektor in unserem Unternehmen anbieten. Als großer Versicherungskonzern haben wir es oft mit Versicherungsbetrug zu tun. Dabei geht es manchmal um Beträge in Millionenhöhe. Sie könnten als mein persönlicher Berater die Aufklärung solcher Fälle übernehmen. Dabei hätten sie ein gutes, regelmäßiges Einkommen, bezahlten Urlaub, gute Sozialleistungen."

Ich wusste in diesem Moment nicht, was ich antworten sollte. Verlegen führte ich mein Glas an den Mund und nahm einen großen Schluck. Silvia hatte mein unregelmäßiges Einkommen oft kritisiert. Sollte ich das Angebot annehmen?

Hagmann schien mein Zögern zu bemerken. „Ich weiß, dass dies keine einfache Entscheidung für Sie ist", sagte er. „Sie müssen sich nicht gleich entscheiden. Überlegen Sie es sich und lassen Sie sich Zeit. Das Angebot steht auf jeden Fall. Einen Mann wie Sie könnten wir gut gebrauchen."

„Ich werde zwei Wochen länger hierbleiben", sagte ich, als ich mit Anna am Strand entlangging.

Sie strahlte. „Das ist ja eine schöne Überraschung!"

„Glaubst du, dass du zwei Wochen freinehmen kannst?"

„Das sollte sich schon irgendwie einrichten lassen. Herr Cavallo wird mir sicher diesen Wunsch erfüllen können."

„Ich möchte diese zwei Wochen mit dir zusammen verbringen. Das wäre mein größter Wunsch. Was meinst du dazu?"

„Das wäre sehr schön", flüsterte sie mir ins Ohr.

„Hagmann hat mir diese zwei Wochen offeriert."

Anna nickte zustimmend. „Das ist eine schöne Geste von ihm. Aber du hast es auch verdient. Du hast ihn aus dem Gefängnis rausgeholt."

Ich blieb stehen. „Er hat mir einen Job in seinem Unternehmen als Versicherungsinspektor angeboten."

„Und? Hast du zugesagt?"

„Noch nicht. Es hätte gewisse Vorteile. Ich hätte eine feste Anstellung, ein regelmäßiges Einkommen, einen sicheren Job."

„Ist es denn das, was du dir wünschst?", fragte sie.

Ich sah auf das Meer hinaus und überlegte. „Ich bin mir nicht sicher. Ich schätze es sehr, selbstständig zu sein. Selbst zu entscheiden, welche Fälle ich übernehme und welche nicht. Meine eigene kleine Detektei liegt mir sehr am Herzen. Eigentlich bin ich ganz glücklich so."

„Dann lass es doch so, wie es ist", schlug sie vor.

Ich war erstaunt über ihre Antwort. „Ist es denn nicht das, was du bevorzugen würdest? Wenn ich einen sicheren Job und ein regelmäßiges Einkommen hätte?"

Sie nahm meine Hände und sah mir in die Augen. „Wichtig ist, dass du glücklich bist. Wie du dich auch entscheidest, ich stehe zu dir." Dann lächelte sie verschmitzt. „Zudem muss ich dich daran erinnern, dass wir jetzt ein Ermittlerteam sind."

Als wir eine Weile Hand in Hand gegangen waren, blieb sie plötzlich stehen. „Ich habe hier etwas für dich.“ Aus ihrer Tasche zog sie ein kleines, in Geschenkpapier eingewickeltes Päckchen.

Überrascht nahm ich es entgegen und öffnete es. Es enthielt ein original Schweizer Taschenmesser.

„Du sollst es immer bei dir tragen“, sagte sie. „Vielleicht rettet es dir eines Tages das Leben.“

Ich umarmte sie und wir küssten uns.

Vom Klingelton meines Handys wurden wir unsanft unterbrochen. Zuerst dachte ich, es sei Jenny, doch die Nummer auf dem Display mit Vorwahl von Zürich kannte ich nicht.

„David Klein“, meldete ich mich.

Es war eine Frauenstimme. „Sind Sie David Klein, der Privatdetektiv?“

„Der bin ich. Worum geht es?“

„Ich brauche dringend Ihre Hilfe!“

Pendragon Verlag
gegründet 1981
www.pendragon.de

Gedruckt auf holz- und säurefreiem Naturpapier

Originalausgabe
Veröffentlicht im Pendragon Verlag
Günther Butkus, Bielefeld 2013

Lektorat: Eike Birck, Axel Fröscher
Umschlag und Herstellung: Uta Zeißler, Bielefeld
Umschlagfoto: Ralf Rissmann
Satz: Pendragon Verlag auf Macintosh
Gesetzt aus der Adobe Garamond
ISBN 978-3-86532-354-5
Gedruckt in Deutschland